U0088016

以及山胞問題是比較普遍性的題目；再不然，即是以目前臺灣較不尋常的社會景況爲背景的報導居多。

在這種普遍深入社會黑暗面調查、呈現、建議的報導提出後，這項文學又遭到批判，持反對理論者，咸認這種挖掘社會黑暗的寫實報導，不足以推動社會進入發展秩序中的軌道，甚至有礙國家建設。

這種被劃分爲寫實面與健康面的報導文學，我以爲是不必要的，報導文學既是主觀感受與客觀報導，既是從歷史的觀點著眼，從現實的環境落筆，把知性與感性溶爲一體的文學，它同時也應當兼併著寫實面的呈現和健康面的報導，換句話說，如果這項文學是：有人努力著報導國家各種首要建設，把建設中的艱辛、甘苦以及建設後人們將可獲致的美滿生活，做深面的報導，這種健康面的提出是必要的；另外又有一羣人努力深入文化和生活的底層去探索礦工的生活、建築工人的心態、漁民的工作實錄，甚至我們生活的四周，一些特殊事件的挖掘，然後針對要害，提出具體事實的建議。我認爲這種兼容並蓄的羣體合作的文學才可能造成和達到它文化上的積極、建樹功效。

如若我們再從實際的報導層面上看，我們當可發現，不論是文化的、社會的、生活的、藝術的，新聞的各種報導，只要它的背面是站在希望我們的文化更好、生活更進步，它都有理由被提出探討。我們看到「漢聲雜誌」在文化、藝術上所努力的報導績效，已經是本國雜誌界中無與倫比的重要呈現；同時，我們也看到電視臺「三百六十度」、「大特寫」走著報導文學的路子，對發展中的社會，透過螢光幕，把藝術和新聞做事實性的主觀與客觀的整合性報導。

這是一種必然的趨勢——我們無法讓生活的破敗面一直被深藏在不見天日的狹小巷弄裡，也無法使不少被社會某類特權壓抑的各行各業的人羣，生活在悲痛之中；可是也不能不去報導改革我們生活現狀的各項國家重大建設，以及這種報導所將給予人們帶來的耳目一新的認識。

毋庸置疑的，報導文學的使命在這被劃分的兩個大層面裡頭，是必須深入社會羣眾和非學術、非學院的知識報導，從這種報導出發，一個報導文學工作者才得以在其中充份發揮熱情的流露、關懷的呈現以及對歷史、人類和文化負責；也才不會被那不必要的兩個層面困惑。

小說家張系國先生在參與第一屆中國時報報導文學作品決審時，曾表示他個人對這項文學的看法，他說：

「我認爲報導文學不可能完全客觀，也不應完全客觀，報導文學之所以仍是文學，正因爲它有較大彈性，能讓作者表現自我。如果不能發揮自我，就不可能有文學。

但反過來說，報導文學因此也可能更接近宣傳。報導文學常用來宣傳作者的人生觀、哲學觀和政治觀。如何能達成宣傳的效果，而仍能保存作品的文學價值，是報導文學作者所面臨的難題之一。他一方面選擇剪裁眞實材料，一方面通過某一（哲學、政治）觀點詮釋這些素材，這中間難免有衝突矛盾的地方。報導文學作品是否成功，我以爲就看它是否仍能成爲文學作品，卻同時又達成宣傳的效果。報導文學無可諱言是『有所爲』、『載道』的文學，不是『純文學』。」

另一海外學人，曾任香港明報月刊總編輯的胡菊人先生，也提出了他的意見，他說：

「它必須有『報導』又有『文學』。它不是一般的新聞報導，也不是一般的學術研究調查報告。『文學』兩字，表明它是用『文學筆法』來寫，以『文學方式』來表現的。」

聯合報專欄作家，中央日報副社長彭歌先生在參與該屆報導文學決審時，也提出他個人的看法，他說：

「我想報導文學所要求的，首先是事實，而且這個事實必需要有報導性：我們不知道的事實，經過報導後爲我們所知；或者我們所知不深，經此報導的發揮，啟發我們更深刻的了解與思考。所以我覺得報導文學不只限於事實的報導，必須要深入人性，從人的言行中探求更深的社會意義，因之報導文學不是純粹表現事實的報導，也不是像其他的文學形式，可以出諸想像。報導文學不應該全憑想像，必須重視知性，不忽略感性；重視事實，而更重視事實之後的意義。報導文學的作者應具有史家一樣的精確思維，同時也應懷有文學家們所擁有的廣大的寬諒與同情心。」

從以上幾位學者所發表的意見看來，「報導文學」究竟是一種怎樣形態的文學，到目前爲止是沒有一定的看法，但無可否認的，利用知性與感性對事件提出事實的報導，卻是這項文學的從事者必須認清的一個中心點。

我個人即是熱愛報導文學的工作者之一，曾經也爲了它的定義和形態困惑過，我不知道在它文學的領域裡必須包含多少的新聞眼，或者多少的報導價值，可是當我實際去參與這項工作後，發現報導文學是一項必須從參與中才能領略它的可貴、眞實面、價值意義的工作；也惟有從學習認識人性、尊重社會中，才能確切的體認報導文學的具體定義。尤其，當我多次在我負責的「愛書人雜誌」提出有關這項文學的再深入探究中，深深的領悟到，報導文學確實是必須深入，必須實際參與，才可以從中發現具體的社會動態的文學，對一個年輕人來說，報導文學應當是很有抱負的一項工作，這就正如張系國先生所言：報導文學是有所爲的文學。

可是，到底報導文學從中國時報發展開來之後，究竟演變到怎樣的形態？以及其他對這項文學有所眞知灼見的學者、同好者中，他們又持以怎樣觀點呢？因此，在差不多一年半之前，我即有編輯一本「報導文學討論集」的想法，本來我個人是希望透過愛書人雜誌的版面，使這種討論的層面更廣，卻沒料到仍有更多雜誌也繼而對它提出各個角度的探索，這種可喜的現象，更加深了我編輯這本書的念頭。

收輯在這書裡將近四十篇的作品，都是我在個人能力所及的資料中覺得具代表性的言論、觀點的整理集結，這中間難免有遺珠之憾，只是我但願這書的出版，能爲報導文學表現一點我個人覺得必須提出的整合性探討，藉著這些學者、工作者的探討，報導文學能更澄明一些，意義更深一些。

這書的出版，不表示它已塵埃落定，它是必然繼續發展下去的，它未來的延伸將會超過目前，因爲報導文學必會成爲年輕的文學工作者付出心血、熱情，藉以表達個人探索人性、擁抱人類、關懷羣眾、建設社會的一項可貴的「行動文學」。

這書的編輯完成，我必須向所有應允讓我收輯作品的作者們致謝，他們很快地、順利地使我完成了一個小小的心願。

現實的探索 目次

報導文學討論集

泛論「報導文學」

荊溪人

「報導文學」一詞，早在五四運動之際，便被引用，它的意義，是將文學的範圍限於報導之內，因之與新聞寫作有密切而不可分的關係，直到抗戰期間，報導文學大興，正與西方新聞文學的性質，不約而同，相互發明。參照西洋新聞文學的各類報導（Reporting），進而探討報導文學的內涵，對新聞寫作來說，實有莫大的幫助。

第一節 何謂「報導文學」

「報導文學」是人類歷史上最早的文學，當我們的祖先沒有文采的時期，用各種不同的方法，來達成報導的目的，這就是報導文學，例如結繩記事，烽火爲號，史官的記載，和公私文書札，莫不富有「報導文學」的價值。

就「報導文學」性質的不同而分，在一般報章上所見到的報導文學可大別爲三類：第一類，稱之爲特寫（Features）或專訪，這是對有特定對象的人、事、物，予以描述，由記者採集資料作專門訪問，撰述而成者，謂之特寫或專訪。這一類報導文學的特色，是強調某一部分，正如電影裏的特寫鏡頭一樣，以一個主題爲中心，再加以描述。在國外的報紙中，沒有副刊，而以特寫和專訪，來補充新聞的不足。例如貿易局創議舉行一次「鞋的展覽」，吸引了數千家國內外廠商，來參加這一展覽，報章配合「鞋的展覽」，就可以專闢一版，刊載「鞋的特寫」，報導鞋的歷史，人類爲什麼要穿鞋，鞋的演進，鞋的種類，最原始的鞋，最便宜的鞋，最華貴的鞋，和鞋的軼事再配以鞋的照片，……總之，一切以「鞋」爲中心，這就是「鞋的特寫」。

第二類是專欄（Columns），西洋報紙稱欄爲 Column 兩欄以上合併爲一欄地位，所以恆用多數。專欄的性質是有獨特見解的新聞寫作，它可以評論和議事，這與一般特寫和專訪，大不相同。專欄作家稱之爲 Columnist，有他崇高的地位，外國的專欄作家都是有名的記者，積數十年以上的專業採訪經驗，常受到社會人士和政要的敬仰，因此，專欄作家的報導文學，影響深遠。

第三類是特稿和邊欄（Article），這是有一定範圍的新聞寫作，就是在一定範圍內，討論學術上的一個問題，或報導一件法令，規章予以補充說明，以增進讀者的瞭解。但它的報導，有時較與新聞脫節，也沒有獨特的新聞上的見解，也不作特別強調的特寫，與其說它是新聞報導，不如說是新聞的解釋或補充。

從上面三類「報導文學」的性質，予以歸納，可以得到一個概念，就是「報導文學」包括人物的專訪，新聞的補充，問題的分析，背景的描述，和興趣的引發。「報導文學」因爲有這些性格，所以是最受讀者歡迎的一種新聞報導，也是新聞記者所最喜愛的寫作方法。

第二節 「報導文學」的演進

一般文學，雖有虛構的情節，但它也有它發展的時代背景。例如在專制時代，文學一方面反抗專制，另一方面卻歌功頌德。又如在婚姻不自由的時代，往往在各種不同的環境下產生各種不同的愛情故事。所以，不論古今中外，每個不同的時代背景，都會產生這個時代的代表文學。唯特「報導文學」，因爲它是反映時代的文學，所以它歷久常新，它是永遠跟着時代，甚至於走在時代前面的文學。正如故總統　蔣公所說：「新聞記者要走在時代的前面，不要落在歷史的後面。」這就是「報導文學」的本質，也是「報導文學」永遠在不斷演進和創新的特質。

人類古代的「報導文學」，因爲沒有文字的記載，沒有軌跡可尋，但自有文字以來，知其可記載人類的行爲，但不知有報導的作用。因此，我們從中國有報紙型態的出版物以來，試將「報導文學」分爲四個時期：

一、文牘時期（——一八五八年）我國報紙肇始於漢代，最早的是官方的「邸報」，邸者宮庭也，是帝王生活和中央政府的記載。唐代有「開元雜俎」範圍較廣，但仍以官方的文告、詔書、命令和動態爲主，而到宋代「朝報」，才有具體而微的「報導文學」。但這一個時期一直到現代化的報紙出現，報導文字多偏重於文牘式的記載，所以我們稱之爲「文牘時期」。

「朝報」在宋徽宗大觀四年十月一日刋載了一則對退職宰相的報導：「前宰相蔡京，目不明而彊視，耳不聰而彊聽，公行狡詐，行跡謟諛，內外不仁，上下無檢，所以起天下之議。」從這一則報導中，我們可以看出，不但有報導，而且有詳述，已具現代專欄報導的特徵。

二、記事時期（一八五八——一九一七）清咸豐年以後，中國的報紙具有了現代的形色，也成爲了「歐化的產品」（馬著新聞自由論六十五頁）。一八五八年，第一張華文報「中外新報」在香港創刋，由伍廷芳（後任北洋政府外交總長）和英人合辦，一八七二年史良才與英商在上海創辦「申報」。在這一時期中，中國清末的文學是屬於筆記文學，記事多以較通俗的白話爲之。一九一七年是第一次世界大戰結束，離五四運動僅兩年，正是中國文學新舊交替的時代，所以報章所載的報導文學，也別具風格，但均以記事爲主。

戊戌年八月，康梁政變失敗，一八九八年八月上海「中外日報」曾有一篇「康有爲到吳淞」的記事報導，可作爲當時「報導文學」的代表。

據本館派妥友確訪云：前日順和進口，上海道派多人在怡和碼頭吊橋口守候，另派人至船上，搜拿康有爲未得。至新濟到埠，又遣多人上船搜尋未見。據買辦云：康在天津，已搬行李上船，忽與同伴耳語，卽乃搬行李去，云擬次日搭重慶至申。據買辦云：重慶輪接近吳淞口，忽一藍煙囪小船駛近船旁，卽有二西人上船，手持照片，遍處搜尋，忽見一人像與照片相彷彿，指照片問此人，此人卽點首言是。西人卽拉此人取行李上小船去，旋駛上相距二十丈之某兵船，上兵船去。

以上記事時期的「報導文學」，類多間接採訪而得，而非直接採訪而來，當時上海洋行的買辦，就是爲洋人辦事的職員，他們所說的一口洋經濱外語並不標準，但善曲迎洋人意態。記者稱爲訪員，常從這些人的口中，採訪洋務新聞。至於其他國內政治、社會、教育、文化、經濟等新聞，在此一時期，也多道聽途說，新聞的正確性，遠不如今日。因此，記事時期的「報導文學」，正如稗官野史一般，雖缺乏眞實性，但卻有吸引力。

三、描寫時期（一九一七年——一九四五）從第一次世界大戰結束，到第二次世界大戰結束，也就是我國五四運動到抗戰勝利，這是「報導文學」極爲蓬勃的時代，亦是我國報導文學步上現代新聞寫作的時期。

描寫戰爭的「報導文學」，成爲這一時期的特色，從海明威的「戰地鐘聲」，到約翰根實的「內幕」文學，再到賴恩的「最長的一日」，有「一個小兵的故事」，「硫球島浴血戰」，「南太平洋」，「巴頓將軍」以及「美國總統的造成」、「小城風雨」等，優秀的報導文學作品，眞是不勝枚舉。

這一時期的報導文學，以描寫和寫實爲主，但很多運用資料的「報導文學」，流於內幕報導（Inside Reporting），對當事人的隱私權，不免侵犯。同時爲了迎合讀者的趣味，不免過分渲染。但不可否認的，新聞寫作的確已較前推進了很多。

四、新聞文學時期（一九四五——）一九四五年以後，新聞寫作的方式大有改變，現代化的報紙已不是過去的報紙可望其項背，新聞寫作的領域，已大大擴展，成爲文學的一部份，且賦有文學所最缺少的時代精神。新聞文學的興趣，與廣播電視的發展，有極爲密切的關連，因爲報紙爲自求生存，不得不在新聞寫作上下功夫，因此，除了記事和描寫之外，必須注意到「報導文學」的可讀性。近代的讀者雖然爲了求生而異常忙碌，但爲了更好的生活，他們產生了饑渴的求知慾望；爲了滿足精神生活，他們產生了高度的好奇心；爲了獲得安慰和鼓勵，人情味的故事常使他們念念不忘。所以，報章的新聞不能滿足他們，他們迷失在這一個時代裏，他們更需要不斷的趣味，來調劑他們單調的物質生活。報章上的「報導文學」，就是一方面在自求出路，另一方面在給讀者有效的利用，新聞文學的時期，就廣佈在「報導文學」的第四個時期中進行着。新聞文學將如何發展？是否會打破傳統的新聞報導的原則？是否會改變一些新聞學上的觀念，因爲這正是這一新新聞學的萌芽，我們尚無法逆料，但「報導文學」的範疇，將愈見廣袤，「報導文學」的內涵，將愈見深入，這是無可置疑的。

第三節 「報導文學」的種類

「報導文學」由於歷史悠久，它表現的方式又很多，因此，要將它分門別類，大不容易。但循其進展的軌跡，可以分別爲五類：

一、新聞報導（News Reporting）這是報導文學的起源，也是最基本的方式。就是用新聞形態，來寫出報導文學的最原始的方式。這一方式，它比一般新聞爲深入，但亦僅限於記者採訪所及，沒有經過有組織，有目的的培養。例如下面一則「本報專訪」。

【本報專訪】抗日期間曾與國軍併肩作戰的美國第十四航空軍協會會員，飛虎隊創辦人柯克蘭‧湯姆斯昨天說：「我認爲，十四航空隊在第二次大戰期間最大的貢獻有二：一是他們成功的戰術運用，振奮了中國的民心士氣，拙弱了百萬日本的氣焰，不再轟炸重慶。二是提高美國的信心，使能在太平洋上從容部署，在形勢上從珍珠港開始的頹勢，轉弱爲強，扭轉了全面戰局。」

曾在羅斯福政府下擔任國家銀行法律顧問的柯克蘭，是第一位得知羅斯福總統有意組織航空隊而立卽諮詢陳納德將軍，商討籌組的詳細事宜，若不是他的肝膽熱忱，積極進行，十四航空隊何時能組成就不得而知，將整個戰局的影響則不是我們今日所能預料的。

柯克蘭代表來臺的兩百多位會友，以堅定而略帶沙啞的口吻說：「此次十四航空隊在臺開年會，卽是一種重新堅定中美合作精神的表現！」

接著他說：「當年陳納德將軍率領飛虎隊到中國來，爲的是堅守自由正義，對抗日本侵略。今天，十四航空隊帶來的，不僅僅是美國人民對中國人民的問候，也是對中美友誼的一種堅定的信心。」

提到目前的中美關係，柯克蘭鄭重地表示，美國人民向來佩服中華民國反攻大陸復國建國的決心。他說：「從遠處看，今天不僅僅是中華民國需要美國的支持，美國更需要中國這個忠實的盟邦。」

柯克蘭描述當年的情形，很感慨的說：「十四航空隊志願軍當年初來中國時，隊員年齡平均都在十八、九歲左右，相當年輕，但今天都已五十多歲了，事業上也都小有一些成就了。」

他驕傲的表示，二次大戰期間，美國大約有二十個左右的航空隊，到今天，只有十四航空隊仍有組織、有連繫。

這一則專訪的內容，已超越了一般新聞的範圍，它有報導也有描述，更難免產生了記者的意見。它的目的不够明朗，組織不够嚴密，但並無害於它的寫作。這一類報導，是在無法深入而又欲引起讀者的興趣時所採取的。

二、綜合報導（Collective Reporting）所謂綜合報導，是將相類似的新聞，予以改寫，成爲一則報導，使其內容充實而一致，易讀易懂，幫助讀者閱讀，例如下面這一則「本報綜合報導」，它是由多種通訊稿和記者自己的採訪稿，綜合寫作而成的。

【本報綜合報導】據外電報導，在以色列北部、黎巴嫩南部首次發生大規模的軍事衝突，以軍坦克車和機械化部隊於十六日上午六時（臺北時間十二時）開始，正向黎境的阿克布地區推進；黎巴嫩的砲兵，也轟擊邊界對面的以色列坦克集中處。

據目擊者報導：以色列的坦克在該地區遭遇到巴勒斯坦游擊隊的強烈抵抗，無法奪得通往克發橋巴村道路的控制。克發橋巴村是過去五天來，一直遭受以色列砲擊的黎巴嫩村落。又據報導：以色列部隊曾一度進入該村北部，但經過激烈的戰鬥後已撤出。國際紅十字會爲了村民的生命安全，已安排該村居民離境，除了巴游的戰鬥部隊外，橋巴村已成廢墟。

在這一次戰鬥中，以色列部隊摧毀一座橋樑，擊斃四名巴游份子，另俘虜一名巴游，以軍亦有兩名士兵受傷。

綜合報導有兩種報導方式，一種是當時的綜合，就是當新聞發生時，採用各類不同的報導中的特點，去蕪存菁，綜合寫成一則綜合報導；另一種是事後的綜合，待新聞發生以後，再加上採集資料，使讀者在「如墜五里霧中」時，讀了一篇綜合性的報導，有如「撥雲見日」，上面所舉「黎巴嫩事件」的綜合報導，就是屬於後者。

以上兩種報導，是國內報刋沿用已久的報導方式，以下三種報導，是近代美國新聞採訪和寫作中推陳出新的報導方式。

三、解釋報導（Interpletative Reporting）解釋報導，盛行於美國二十世紀之初，它有四十年的光輝記錄。何謂解釋報導？就是以背景分析爲主，解釋一則新聞的背景，來充實這一表象新聞的內容。這一種寫作方法，實則應以當年赫斯特系的「小型報」爲濫觴，只不過當時沒有「解釋報導」這一個名詞罷了。

所謂「解釋報導」，它包括有五部份重要的內涵，一是搜集資料，二是發掘問題，三是整理素材，四是寫作深入淺出，五是引起讀者興趣。我們從「解釋報導」中，可以看出它是引出近代新聞寫作的轉捩點。

所謂收集資料，是當一件新聞發生的時侯，單純的新聞不能引起讀者的興趣，必須多方搜集它的背景資料。例如啟達公司冒貸案，四行庫的高級職員被免職的事發生後，讀者絕對不會以新聞的表象而滿足，讀者一定要問啟達公司是誰經營的？爲什麼四行庫的高級職員會圖利於他？啟達公司經營的是什麼？它冒貸了這許多錢又去做什麼？除了四行庫的職員外，政府官員有沒有牽涉在內？這案子最早由中部的一個地方報揭發，斷斷續續報導了三個月才眞相大白，其中有什麼過節？因此，記者根據這些疑問，便要廣泛搜集資料。搜集資料的對象包括報章上的記載，啟達公司職員的訪問，主管官署官員的訪問，四行庫職員的訪問，法院案卷的調查，啟達公司關係企業的調查，當初檢舉人背景的調查，貸款的處理過程等等。

資料收集好了，便要進行分析和研判，然後再發掘問題。在收集資料前，已存在了若干問題，依據已存在的問題去收集資料；在資料收集後，又從已有的資料背景裏，再去發掘新的問題。例如：該公司經營啟達公司的動機何在？當啟達公司儘量擴充後，與官員和銀行行員如何往還？貸款的手續是否合法？誰在封鎖新聞？法院當局處理的經過如何？資金有無外流？免職行員的刑責問題，主管官署何以善其後等等。

解釋報導最主要的兩部份，就是搜集資料和發掘問題，其後整理素材，是以新聞報導的原則，將其中不能報導的部份，去蕪存菁。深入淺出和引起興趣，是寫作的方法，我們在本書的第一部份，已詳加檢討過了，不再贅述。

四、深入報導（Depth Reporting）由於大衆傳播媒介的日益精進，報業遭遇到嚴重的威脅，所以報章爲了本身的生存，不得不在寫作上推陳出新。我們可以說：廣播事業發達以後，解釋報導就出現了；而電視事業發展之際，深入報導跟着興起。如果我們一定要將「深入報導」發生的年代加以標榜的話，那應該是一九四五至一九五〇年間，也正是電視被啟用的年代。

美國的名新聞編輯人柯貝爾（Neal R. Copple），他在一九五六年，撰寫了一本以「深入報導」爲名的書，這是新聞寫作劃時代的著述，它不僅引導了美國新聞界進入寫作上的新境界，也開拓了報章內容革新的新天地。因爲「深入報導」的興起，報章才有了新的生命，在傳播事業中與廣播、電視爭千秋的事業。在一九五〇年代，艦隊街和美國的報團，紛紛倒閉或面臨危機，但一九六〇年代以後，由於新聞寫作的改進，報紙在傳播事業中的地位，又屹立不移。

深入報導之長處，是網羅新聞報導、解釋報導之優點，而沒有近年來風行於美國的調查報導的缺點，而且吻合新聞原則，不違背社會責任和道德的標準，是近年來新聞寫作中最完美的報導方式。（另見拙著：「深入報導」，民國六十年一月出版。）

五、調查報導（investigative Reporting）近年來，美國記者醉心於調查報導，已使美國新聞自由面臨嚴重考驗，因爲調查報導侵害了新聞的原則和人權的尊嚴，但報紙爲了逞一時之快，爭一時之雄，而罔顧法律，道德和責任。如果我們認爲調查報導是報導文學的進步，則今後報導文學的發展，必將誤入歧途。

在新聞報導上，我們必須常常記牢「紐約時報」創刊以來的一句名言，就是「適宜於報導」，很多新聞發生了，但不適宜於報導。就以美國近年來發生的「水門事件」、「安格紐事件」、「五角大厦事件」、「美國國會緋聞案」等，都是調查報導的傑作。前兩案使總統、副總統下臺，後兩案使軍方和議員灰頭土臉。在這個世界上，如果要扒糞的話，誰無隱私？尤其是男女間事，更不可在報紙上樂此不疲，去臧否人物，往古來今，多少風流韻事，不多是出於大人先生，一旦筆觸，交相渲染，當事人固然沒有顏面，報上刋多了，又何嘗有趣！但不論歐美，報人已卸去了社會教育的責任，專以調查他人隱私，使取悅於讀者，所以有人感慨地說：今日的報紙，已淪爲商品，失去了風格，更不能給人寄托爲精神食糧了。

調查報導的方式，是「不擇手段，以得到新聞」爲目的。例如採訪芝加哥黑社會的記者，混充爲流氓；採訪風化區的女記者淪落爲神女；這種爲新聞而犧牲的精神，固不容易，但記者變爲當事人，在新聞客觀報導上，大成問題。因爲身歷其境，就失去了記者的判斷力。而且斷章取義，以一概全，常常歪曲了事實的眞相。

調查報導的方式有三：第一種是深入調查，採訪的記者化身爲新聞中人，調查事實眞相；第二種是廣泛調查，將發生的事從各不相同的方面去調查，然後合併改寫；第三種是綜合調查，綜合上述兩種方式，以一個重心寫各種不同的反應。第一種的實例是一九七四年美國的「水門事件」；第二種的實例，是一九七二年的慕尼黑世運會巴游殺害以色列選手事件，稱之爲「黑色的九月」；第三種的實例赫斯特孫女派翠西參加「共生解放軍」，直至偵騎追踪破案破獲爲止的報導。

第四節　「報導文學」的寫作原理

「報導文學」的種類很多，但寫作上卻有共同之處，這就是「報導文學」的寫作原理。

一、三種標準：當一件新聞發生的時候，它的範圍非常廣泛，但所能刊載的範圍，卻並不同樣廣泛，反而有時會非常狹窄，這是什麼原因？就是因爲「報導文學」在寫作上，有三種標準的限制。

第一種標準是社會的標準（圖中1圈），也稱之爲道德的標準。社會的標準分爲「新聞道德」和「社會責任」兩項，「新聞道德」是主觀的，是先新聞而存在的；「社會責任」是客觀的，是後新聞而產生的。在「報導文學」中，由於寫作面的擴大，和寫作程度的深入，往往會忽略了「新聞道德」和「新聞責任」。例如車啟亮殺妻未遂案，記者採訪車啟亮的前妻楊女士，楊女士已與車離異，另組美滿家庭，新聞不應傷害其丈夫子女。又如臺北市議員孫鳴護航受賄案，記者詳訪孫鳴過去之發跡史，亦與發生的新聞毫無關連。

第二種標準是讀者的標準（圖中2圈），讀者的標準就是趣味，讀者需要閱讀的是新聞有趣味的部份，但趣味是廣泛的，是

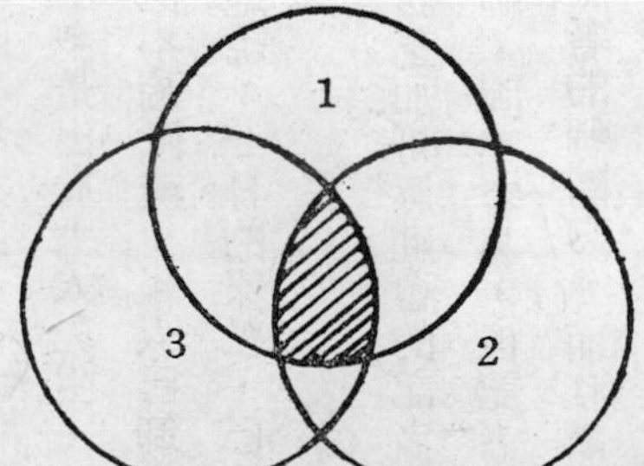

因人而異的，所以無論如何完美的，權威的報紙，也不能適應每一個讀者。因此，報紙有不同的讀者羣，所謂報紙的特色，就是配合讀者的趣味，吸收讀者羣。例如以文敎體育爲特色的報紙，它的讀者羣就是青年和知識份子，如以經濟爲特色的報紙，它的讀者羣就是工商界人士。

第三種標準是編者的標準（圖中3圈），編者的標準就是報紙的立場，什麼適宜於刋載，每一家報紙都有它特殊的立場，報紙如果沒有立場，人云亦云，必將失去讀者，或得不到讀者的尊重。例如最近有些美國報紙的社論版，有相反論調（Oped）同時在一版出現，這種騎牆派的作法，反而會失去讀者的信任。

由上面三種標準融合起來，就是三個圓圈中重疊部份（有斜線部份），才是適合報導的新聞。換句話說：一件新聞的發生到報導，其間要經過一層層的淘汰，才是新聞的精華。如果「報導文學」忽略了這三項標準，一旦刋載出來，就會問題叢生。

二、四個單位　新聞報導中，祇分導言（Lead）和本體（Body）兩單位，但在「報導文學」中，卻分爲引語（Beginning）、導言（Lead）、本體（Body）和結論（Conclution）四個單位。所謂「引語」，就是以一兩句足以引起讀者興趣和注意的話，來引導全文的開端，它可與導言合而爲一，也可與導言分而爲二。例如當日本率先承認中共，某報的東京特派員的一篇專欄報導中，一開頭就這樣寫著：「今天日本人的心情，就好像趕公共汽車，深恐搭不上這一班車。」再引出日本人率先承認中共的原委。

所謂「結論」，在新聞報導中是絕對沒有的，有人時常譏評寫新聞，是「不了了之」的寫作，它可以隨時結束，如果拼版拼不下，還可以在前一段就結束，這種寫作方法，叫做倒金字塔，後來愈寫愈弱，當然沒有結論，因爲一有結論，就無法割棄。但在「報導文學」中，卻不可沒有結論，而且往往結論是最主要的。

第一單位（引語）　比起新幾内亞的丹尼族人，世界其他各地的人們眞可說都是色情狂了。

第二單位（導言）　丹尼族人是如此的清心寡慾，以至於他們一生的大部份時間，根本就不作任何性行爲，丹尼人的「初夜」，常常延到結婚兩年以後。丹尼人的產後禁慾期竟然長達五年，他們不談性，不爲性煩惱，也無所謂昇華，或作其他方面的發洩。這使得正在研究丹尼族文化的科學家大吃一驚。

第三單位（本體）　南加州大學的海德博士已在丹尼部落住了許多年，他覺得這些發現「與我們對人類性行爲瞭解的範圍有很大的關係，特別是在性行爲是否受文化影響方面」。

換句話說，假如我們不過份強調從學校時代直到老年都一直壓迫著我們的「性」，一個西方男人是否仍會爲了性而耿耿於懷？

海德博士說，此項發現也似乎將推翻佛洛伊德的理論——人類有某種程度的精力上的活力，必須以某種方式來宣洩，例如那些禁絕性慾的人，便往往把精力發洩於戰爭或創造等別的途徑。但丹尼族人沒有這種現象。丹尼人是個強大、勇敢、健康的民族，但他們却過著「低活力」的生活，他們不會爲了性的煩惱而以仇恨、戰鬪、或作樂來耗盡自己的精力。

海德博士說，大多數人類學家都認爲一年的禁慾，對於一夫一妻制下的夫婦是一項很大的負擔，但是丹尼族却沒有一個人顯出「不愉快或壓力的徵象」。他幾乎沒看到過丹尼人有通姦、避孕、或墮胎的現象。

他最後指出，丹尼人是最好客、脾氣溫和的民族，雖然偶而也會和鄰邦發生戰事，却「顯然沒有侵略心，也不仇視敵人」，西方人應向丹尼人學習。

第四單位
（結論）

三、六項結構

「報導文學」的結構，可以分爲六項，但並不是每一篇特寫都有六項結構，而有六項結構的才是最完整的「報導文學」。

第一、構想。「報導文學」首重構想，如果一篇特寫沒有重心，就不會言之有物。特寫的構想就是㈠要寫些什麼？㈡給什麼人看？㈢有什麼目的？㈣產生什麼效果？

例：寫一篇「大專聯考面面觀」的特寫，如何構想？

先說「寫些什麼」？㈠聯考的過去現在和未來。

㈡聯考的得失，應如何改進？

㈢大專聯招還是大學與專科分招？

㈣如何選擇科系？如何準備？

㈤談經驗。

再說「給什麼人看」㈠聯考的學生，家長。

㈡教育主管及教育界人士。

㈢一般社會人士。

再談「有什麼目的」㈠給聯考作一檢討。

㈡指出聯考應行改進之處。

㈢為考生提供意見。

預期「產生的效果」㈠使聯考辦得更完美。

㈡對考生有所助益。

第二、組織。「報導文學」的組織，就是要有寫作大綱，有了構想之後，要有更具體的寫作大綱，構想可以漫無限制，寫作大綱卻必須具體，因此，寫作大綱固然可以將構想中的寫出來，也可以取構想的一部份。

例：擬撰「人壽保險一葉知秋」

寫作大綱：㈠從國光人壽保險公司倒閉談起

㈡今日國內保險業的缺點

㈢中外人壽保險事業的比較

㈣人壽保險與金融業務

㈤如何符合要保人的願望

㈥限制、監督和防弊

㈦人壽保險業的遠景——社會安全

第三、資料。有了寫作大綱，就要根據大綱搜集資料。根據上述「人壽保險一葉知秋」的大綱為例，先從各報的新聞中，瞭解國光人壽保險公司倒閉的本質。然後再訪問財政部主管單位，探知國內人壽保險業的缺點。再從書籍中和專家口中，明瞭美國人壽保險業的做法，和人壽保險對個人和社會的重要。再研究國內一般人壽保險業者，如何利用要保人心理上的弱點，套取資金，從事投機事業，擾亂金融體系。更要對要保人作抽樣調查，去發掘人壽保險對要保人的困擾和對社會的危害。再訪問保險主管當局和健全的保險事業機構負責人，談談有關對保險業的限制、監督和防弊的必要，和在「國光案」發生後如何輔導保險業步上正軌。最後，將美國和社會安全政策國家的社會安全制度來看人壽保險業的前途。

第四、問題。「報導文學」的可貴，不僅在作新聞的描述，發揮其輕鬆和興趣，更不可忽略其嚴肅的一面，「報導文學」的嚴肅的一面，就是問題的發掘。

例：「青少年何去何從？」這是一個時代的問題，不論古今中外，青年的問題永遠存在，存在的原因，就是「新舊觀念的衝突」。用上一代的觀念，來處理下一代的事務，矛盾百出，在所難免。「青年問題」的輕鬆面，可以指出今日中外青少年的通病，如好動、好勝、幼稚、好奇、反上和模倣。嚴肅的一面，可以從「時代的苦悶」，「社會的改變」，「家庭的變遷」，「兩性的誘惑」和「學業的負擔」，來追溯出種種問題來。再針對這些問題，給「青少年」找一條出路來。

第五、描述。一篇「報導文學」有了結構、大綱和問題，就有了骨架。資料是血，描述是肉，最後的結論是精神。這樣的「報導文學」，才有新聞的內涵和文學的價值。

描述雖然是以文字技巧爲重，但不可忽略實質的依據，尤其在「報導文學」中，報導必須是有所根據的，因此，描述卻不可空泛。時下一些「報導文學」的通病，就是流於空泛。例如臺北某大民營報，曾在報導高雄青菓合作社「剝蕉案」中，發表一篇有關調查機關主管對「剝蕉案」的貢獻時，除了文中有一百二十四字與「剝蕉案」有關外，其他長達一千五百字卻是推崇那位主管的聰明、機智和廉明，與「剝蕉案」毫無關係，如果一定要說有關係的話，就是說明該主管辦「剝蕉案」是大公無私的。這樣的「報導文學」就不免使人懷疑到報紙的功能，也剝奪了讀者的權利。

第六、結論。結論是「報導文學」的精神所寄，沒有結論，這篇「報導文學」便無法結束。在我國歷代相沿的文章作法中，有起、承、轉、合之說，所謂「起」，就是開始，也就是「導言」；所謂「承」，就是說明，也就是「本體」的一部份；所謂「轉」，就是問題，也就是「本體」的另一部份；所謂「合」，就是「結論」。在新聞寫作中的「報導文學」，依然脫離不了這些原則。有人認為：「報導文學」的重點要在「導言」，但「導言」是開端，而決不是結論。有了「導言」，才將「報導文學」導入正途，有了「結論」，才使「報導文學」有了歸宿。

第五節　「報導文學」的體裁

「報導文學」的體裁，以「本體的描述」為討論的主體。所謂「本體的描述」，就是故事的本身，也是報導文學最重要的一部份。因為導言雖好，但畢竟只能「引人入勝」，而真正的「勝景」，還在「本體」（Body）「導言」是美好的引子，本身才是眞實的內涵。

本體的描述，最重要的是這篇「報導文學」的對象是誰？是寫給什麼人看的？例如反共義士來臺，很多記者到機場和碼頭去採訪，他們說出了動人的故事，甚至記者自己也不禁流淚，因為大家都是來自大陸。血肉相連，休戚相關。採訪完了，我們要問：這篇「報導文學」是寫給什麼人看的？因此，決定這篇報導的重心和題材，都要先有主見。如果說這篇報導是在動搖敵人的信心，堅定我們反攻的信心，重點就要放在心理作戰上。如果這篇報導是在慰勉義士，重點就要放在祖國同胞的溫馨上。但不論重點如何，描述的方法上，都應採用故事的描述，而不能用說教的方法。又如在國民九年義務教育推行以後，學生程度日見低落，學生品行亦日見放蕩，很多家長要將自己的子女送到私立中學去，這又是一個反常的現象，那麼，是九年國民義務教育的政策不對，還是執行的人發生了偏差？如果政策不對，就要寫給負責教育行政的人看；如果是執行的人有偏差，就要寫給各校的校長看；如果家長對國民義務教育有不健康的偏見，就要寫給家長看。

「報導文學」本體的描述，可以歸納為四種體裁。

一、專訪體　專訪體有兩種不同的對象，一是以「人」為對象，如訪問學者、工商人物、電影明星、運動員、政壇人物和科學家等；一是以「事」為對象，如採訪建設、交通、醫藥、教育、經濟和外交等。不過如以「人」為對象，必須是製造新聞的人；如以「事」為對象，必須已發生了「問題」的事，否則，就沒有報導的價值。

例如臺北某民營報，報導有關政大外交系前主任李××的殺女案，認為李某泯滅人性，竟將親生女兒勒斃。但另幾家報紙，對李某的報導，並不如此苛責，尤其一家公營報，更為中肯。它將這一親父殺女案，分為五部份報導。第一部份敘述案情的經過，第二部份訪問校區宿舍內的近鄰，第三部份訪問被殺女童就讀的某私立學校，第四部份訪問李某的同僚和親友，第五部份訪神病醫生，完成了一篇完整的報導文學。

專訪體的特點就是要著重在訪問，而決不可以一概全。上述新聞某民營報祇看到了新聞的「趣味」性，而將「問題」揭發了，卻沒有解決這一問題。也許有人詳斷，解決社會新聞的「問題」，是治安機關和司法機關的事，但記者對新聞的報導上，也要提供解決「問題」的資料。如果報紙一味發掘「問題」，而沒有針對問題解決問題的報導，則問題愈來愈多，勢必增加社會的困擾。而在「報導文學」中，專訪體的「本體」，必須訪得普遍，訪得深入，才能達成專訪體的任務。

二、問答體　問答體就是以一問一答的方式，來報導新聞的一種體裁，也可以「人」和「事」爲不同的對象。如以「人」爲對象，則訪問要人，專家等。有些記者，在訪問國家元首或其他重要的人物，採用問答體的報導，再從每一答案中，加上記者的按語。例如「美國新聞與世界報導」，每一期對特定人物的專訪，都是採用問答體裁。關於「事」的報導用問答體的，如在記者招待會上，宣佈的事情不容曲解，必須用問答體，以存其眞；此外就是法院的供詞，如果是重要的刑案，也不斷章取義，所以必須要用一問一答。

三、分析體　分析體的「報導文學」的本體，是以「事」爲對象，因爲分析「人」容易引起誹謗，在近代「報導文學」中，不常被採用，而且應該避免去採用。在分析「事」的時候，特別注重因果的關係。例如爲了臺北市的都市發展，檢討臺北市的違章建築的拆除，就必須分析違章建築的成因，才能切中時弊。又如聯合國的柔弱無能，因循姑息，就要分析聯合國中東西雙方力量的消長，以及聯合國制度的缺點。總之，分析體是偏重運用資料，來說明一件事實的眞相，增進讀者對於新聞有關的某些事物的瞭解。

四、描寫體在「報導文學」中，本體的描述中，有百分之六十以上，是採用描寫的體裁。但描寫必須要有獨特的看法，否則，描寫就流於空泛。換句話說，描寫不能流於俗套，更不可言之無物，像寫無病呻吟的酬酢文字，就不是「報導文學」了。在描寫體中，易犯主觀的毛病，但不主觀就不能深刻，描寫而不深刻，就不能引起讀者的興趣。例如寫一篇畫展，一場音樂會，一個有趣的人物，既不能過於阿諛，也不可隨意褒貶，這就是描寫體裁用得雖多，出類拔萃者卻難得一見。例如在臺灣出版的某日報，寫一位商業銀行的經理，是如何的博學多才，「他不但精於理財，還在大學中教授英文，他眞是一位現代的孔夫子。」這樣的描寫，就難免有點不倫不類了。

近代新聞文學興起，往往使人誤解「新聞文學」已代替了「報導文學」，殊不知「新聞文學」的範圍，不能够限於「報導文學」，新聞文學是廣義的，舉凡報章上所刊載的文字，甚至連廣告用語在內，都可以納入「新聞文學」的範疇。而「報導文學」，是祇指與新聞報導有關的，如專訪，特寫和專欄等，其他如副刊文字，社論、專論、短評等，都不能視爲「報導文學」。

因此，試擬一「報導文學」的定義，作爲本文的結束：「報導文學是以新聞的體裁，運用文字的技巧，作有目的、有系統、有結論的報導，以補充新聞的不足，引導讀者，增進閱讀興趣的一種新聞寫作。」

（本文選自「世新二十年」）

永恆與博大

——報導文學的歷史線索

高信疆

民國六十年以後，臺灣似乎已經邁入了一個新的境域、新的冒險裏了！國際形勢的變化一波波的衝擊而來，國內政治的趨向愈來愈熱烈而開放，經濟的大量成長，教育的普遍昇高，文學藝術觀念的紛歧與擴大，出版事業的蓬勃發展，到處的演講、座談……等等，在每一層次、每一階段裏，都有新的變化與考驗等待著。新的面孔、新的聲音、新的知識，新的事事物物不斷交替湧現，相互舖陳出這幾年來滿佈希望卻也佈滿陷阱的道路。

在這條路上，我們也同時看到了一個新的文學景象，迅速的茁壯、擴展而來——這就是我們所要談的「報導文學」。

民國六十四年，中國時報副刊推出了一個新型專欄：「現實的邊緣」，立即獲得各方面的讚賞。很快地，它那種以文學的筆、新聞的眼，來從事人生探訪與現實報導的生動寫作方法，以及配合了攝影圖片一併刊出的親切形式，因而被推廣開來。在許多雜誌與校園刊物裏，被廣泛而有效的運用著。

今年，經過時報文學獎的正式肯定，以及聯合副刊、戶外生活、綜合月刊、皇冠雜誌等等有力的推動，更多的關懷、更多的獻身與疑問同時集中了過來：究竟「報導文學」的來龍去脈是什麼？它與文學有何關係？與新聞有何牽連？它的寫作該注意些什麼呢？

今天，就讓我們從這裏出發，作一次接近「報導文學」的史的思考和嘗試吧！

報導文學的濫觴

事實上說報導文學是新的文學景象，頗有些問題。如果擴大來看，可能剛剛相反，它該是最古老的一種文學才對。我們所以要說它「新」，只是因爲作者對它的普遍自覺和讀者的廣泛認可，以及它本身的逐漸被文學界所討論、所接受罷了。

然而，當我們重新回顧文學史的時候，我們會發現，人類的文學，當它一開始的日子，就具備了強烈的報導色彩。雖然沒有「報導文學」的自覺，但那些傳達了無數生活訊息、民情風俗、個人見聞的作品，無論是歌謠也罷、傳說也罷、史詩也罷，都裝滿了實質的人生與歷史的現象。甚至古老怪誕的神話，在心理學家、人類學家的挖掘下，都不過是一個民族最早記憶的轉折陳述而已。也可以說，文學最早最大的功能，就是報導。

落實下來，我們就以中國的「詩經」和荷馬的史詩來作一中西的說明。

孔子對三百零五篇的詩經，曾經給予這麼一個評語：「思無邪」。這句話被許多人作過解釋。我們從報導文學的眼光來看，那不正是最好的對眞實的追求，以及誠懇而合理的表現嗎？正因爲詩經是報導的文學，所以才有「採詩」的傳說，也所以才能够在其中整體的說明了周朝的政治、社會、宗教、民生、經濟、乃至教育、愛情……興亡治亂的痕跡，在這裏都有著極明晰的投影。而孔子所說的：「不學詩，無以言」，「小子何莫學夫詩？……邇之事父，遠之事君，多識於鳥獸草木之名」，都足以印證詩經對人生眞象的掌握。縱使是一些充滿神話傳說的詩篇，像「大雅」裏的生民、公劉、綿綿瓜瓞等篇章，也都淸楚的記載了初民開拓的眞實形象，並且與社會進展的脈絡相合，成爲周朝民族的敍事史詩。

至於那些小雅、變風、變雅中的社會詩，更是隨處都洋溢著現實的實態、民衆的聲音，鮮活而生動。一部詩經正是報導文學在中國的濫觴。

看看西方又如何呢？希臘史詩裏儘多的是昇天下地的神話，然而，現代的批評家們大都接受了「劍橋古代史」所作的相同結論：「這些故事裏的英雄，就像他們所活動的那些地理環境一樣，都是千眞萬確的」。一方面固然是遠古的人們對事象認識和感受的不同；一方面也由於一代代的以口相傳，增添了許多想像的細節，然而，這並無礙於它本質的眞實，考古學的證據是最明顯不過的，伊里亞德史詩中所敍述的特洛伊、美西尼……等城市都被證實了。再看看奧德賽詩中的描述：「有一塊叫做克里特的土地，位於深紅的葡萄酒色的海中，一片美麗富庶的土地，四面環水，島上的人多得數不清，有九十個區城……」這又是多麼明白的報導。而這個城市的遠古文明——甚至包括其中的邁諾斯宮殿，也都一一被掘發了出來。

勿怪乎，一位日本文學家在談到荷馬史詩的時候，會指出：「荷馬的世界是輪廓明確的世界，眼能看見的世界。那是展現時間與空間裏的人生的敍事詩，連神都是具體的。」

誠然，文學與報導原本是相依相生的。許多時候，它們都是合在一起。就是在文學逐漸走上抒情的、想像的、個人的道路上以後，它仍然不可能完全脫掉報導的影子。這也就是爲什麼寫「英國詩之歷史」的瓦爾頓，要讚美文學是：「忠實地記錄時代特徵以及保存最優美的習俗」的功臣的原因吧。

中國第一個報導文學家

當文學的發展愈來愈繁富愈自主的時候，文學的形式與功能也分別有了各自的名份和特色。這時候，「報導」與「文學」有了較大的分歧，而我們今天所討論的「報導文學」，遂潛沉（更可以說是昂揚）到史學的、散文的園地裏了。

於是，我們看到了中國第一個偉大的報導文學家：司馬遷的出現。時隔兩千多年，當我們以現代的眼光來考察，來審閱「史記」的時候，我們依然要驚服於它在「報導文學」上的典範作用。

我們且試試看，從採訪與報導兩方面，對「史記」作一次簡要的「體驗」。

先談「採訪」的工夫。「史通」的作者劉知幾曾經說過：「古今路阻、視聽壤隔」。史家的責任既然是要把這一受阻的道路、壤隔的視聽打開，就不得不依靠豐富的資料搜集，與普遍的尋訪問故作爲憑藉。這也正是一項成功的深入採訪所必須的基礎。在這裏，司馬遷的努力已經達到了當時條件下最大可能的要求。

就資料搜集而言，司馬遷對於當時搜求到的一切典籍，都曾參考採摘，有分辨地融會貫通到他的書中了。所謂「紬史記、石室、金匱之書」、所謂「百年之閒，天下遺文古事，靡不畢集」，都是很好的說明。據後人統計，單單司馬遷自己在書中提到的，他曾有所摘引的史籍，就有八十一種以上。至於參考採納的歷代官書、公文、圖册條例等等，更是不勝枚舉。此外，司馬遷對當時「新出土」的古文書傳的重視，也表示了他隨時發掘、隨時接受新資料的客觀求知的態度。在這個「知的掌握」的背景下，司馬遷一生往復不斷的「眞的追求」，才顯得那麼深切而動人。

這項「眞的追求」的行動，踐履在司馬遷多次的全國性旅行訪問中。而「實證的態度」，「參與的熱忱」以及「承擔的精神」，共同組合建構了它的不朽內容。

在實證的態度上，司馬遷是客觀的，卻也是科學的。譬如他對老子的敍述，就陳述了當時所有的不同意見，用了一連串的「或曰」，而以「世莫知其然否」來作結論；又如他對「天雨粟、馬生角」的批判；對於崑崙的傳說：「日月所相避隱爲光明也，其上有醴泉、瑤池」，也從實際的經驗裏予以推翻，而獲得結論說：「禹本記、山海經所有怪物，余不敢言也。」他常常向一些身歷目擊者尋訪史事故實，也常常要親臨其地，作一實際的查證，如他到豐沛的時候，不僅僅「問其遺老」，同時也要「觀故蕭、曹、樊噲、滕公之冢」；當他經過「大梁之墟」的時候，立即「求問其所謂『夷門』」，而知道「『夷門』者，城之東門也」；一到會稽，他就親自去「探禹穴」……這種態度，正是一個現代新聞從業員必須具備的首要條件。

在參與的熱情上，司馬遷對事物人生的普遍關愛，以及不斷逼使自己進入報導對象的生活境域、思想情感裏的事實，更是值得後來的報導文學工作者效法的。這是一種人格的提昇與溶入。唯其如此，採訪者才不會是一個不相干的陌生人；也唯其如此，採訪者才有強大的行動之力，以及廣博的包容之心。譬如司馬遷對屈原的嚮往：「余讀離騷、天問、招魂、哀郢，悲其志。適長沙，觀屈原所自沉淵，未嘗不垂涕，想見其爲人。」對晏子的欽慕：「假令晏子而在，余雖爲之執鞭，所忻慕焉。」以及，他到達魯國時的：「觀仲尼廟堂，車服、禮器；諸生以時習禮其家。余祇迴留之不能去云。」乃至於進一步在當地講學的行爲，都這般清楚的烘托了司馬遷的一顆熱心腸，一份參與感。而他在治河的水利工作上，不但曾普遍觀察，更曾親身參加，所謂：「余從負薪塞宣房，悲『瓠子』之詩而作『河渠書』」，更是一幅多麼感人的由實際介入而達致人性共鳴的圖畫！

在承擔的精神上，司馬遷有著絕對的職業良知，他是勇於向事實負責的。他的採訪視野，既向著全民而開展，也向著歷史而盡責。因此他採集了不少民間英雄、布衣匹夫，醫伎倡優等等的事蹟，毫不隱晦的給予他們以應有的評價；而我們也不止一次的讀到了他對當朝顯貴的無情批判，譬如酷吏列傳、佞幸列傳，大宛列傳裏的一些人與事的記載；譬如他對漢朝開國功臣早年生涯的敍述：說謊、耍賴，好酒色；操刀的、殺狗的、賣布的……都直言不諱的寫了下來，大大彰顯了他忠於採訪所得的勇氣。所以，當魏明帝批評司馬遷「著史記非貶孝武」的時候，王肅的回答才那麼正義昂然：「司馬遷記事，不虛美，不隱惡」，並進一步說出：「漢武帝聞其述『史記』，取孝景及己本紀覽之，於是大怒，削而投之，於今此兩紀有錄無書，後遭李陵事，遂下遷蠶室。」這一問一答，生動活潑的點出了司馬遷對職業、對事實負責的承擔精神——李陵案，更鮮明更深刻的突出了這一精神。因爲這一精神，司馬遷的採訪工作，才具有掌握問題的能力，也才有了強烈的批判性格與可信的深度。今天！我們所要求於新聞記者的職業道德社會良心，豈不就是如此？

實證的態度是理性的，參與的熱情是感性的，而承擔的精神連結了這兩者，成爲一個優秀的訪員對歷史負責，向永恒承諾的良心事業。

關於司馬遷的「報導」手法，也是值得大書特書的。簡要地說，它具備了：通俗可讀的文采、開放平等的胸懷、綜合象徵的能力三大要旨。

當然，史記的文學性地位，早已被肯定，勿庸我們多言了。但是，透過報導文學的角度來看，又如何呢？

首先，我們看到它的可讀性。畢竟，報導的目的在於溝通，能够藝術地運用大衆可得而知的字眼，獲得創發性的成就，「史記」是擁有先導性地位的。我們在書中隨時可以發現「語曰」、「諺曰」、「民有作歌」如何如何的字句，對於民間歌謠、諺語、鄉音、土話的採納，使得史記充滿了民間情調與可親的活力。此外，不少古典的艱澀的字眼，到了司馬遷手裏，馬上就被改成了現代語言。這點，宋代的王觀國曾經作過一個比較，譬如「厥田」改成了「其田」、「肆覲」改爲「遂見」、「克從」改爲「能從」等等。從這個基礎出發，在司馬遷充滿聲音、色彩、動作與形象的文字下，我們讀史記，一如書中「張釋之馮唐列傳」中所說的：「有味哉！有味哉！」也如「司馬相如列傳」裏的大漢天子般：「大說（悅），飄飄有淩雲之氣」了！

史記在報導上的另一個特色就是：「不以高低論人」，「不以成敗敍事」的平等開放的著墨原則。在這個原則下，陳涉進入了「世家」與孔子相提，項羽邁入了「本紀」與漢高祖並列；在刺客列傳中，他下結語說：「自曹沫至荊軻五人，此其義或成或不成，然其立意較然，不欺其志」。而予以著錄，但是他對張良和劉邦共談天下事一大堆資料，卻因「非天下所以存亡」，而不予採錄。他自己身受酷吏之害，就在他「何足數哉！何足數哉！」的批評酷吏的同時，也肯定了「其廉者足以爲儀表」的意義。而貨殖列傳的「夫千乘之王、萬乘之家、百室之君，尙猶患貧，而況匹夫編戶之民乎」！更是在「利」的徵逐上，寫出了人性一體的事實。這種從多樣的社會形態，萬端的歷史變遷中，不偏不倚的公正報導方式，建立了報導文學應有的尊嚴和愛心。這也就是現代人所以要提倡報導文學的基本因緣之一。

然而「史記」在報導上的可貴，更在於它能「成一家之言」。也就是從生冷冷的資料中創造活潑潑的意象，從現實採訪裏付與永恒價值的獨特筆法。這是一種綜合力與透視力共同經營下的結果，使得枯燥煩瑣的事件，紛複混亂的世態，躍然而出，在司馬遷筆下，條理清明的映照到人性深邃的所在，使平淡的有了神采，短暫的成爲永遠。每一篇報導，都有了超越事象以外的力量。要言之，這是一種「象徵」的能力。

想想看，史記一書上下幾千年，縱橫百萬里，包羅之廣，涉事之雜，如果不能提玄拘要，綜合社會外在的形象，抓住事物內在的題旨，在不相關處找出關連，在不起眼處給予精髓，然後一以貫之的展現而出，它將成爲一個何等累人的雜燴！然而司馬遷統一了它們，提昇了它們——「史記」一書中隨處可見的證據不必舉了，單單一篇太史公自序，就是一系列點石成金的總滙，幾乎每一篇章，都被付與了更深刻更寬廣的意義。

「史記」能够跨越兩千年而不朽，又豈是偶然的？

我們對「史記」的報導文學性格，有了這份崇高的體認之後，我們也同時爲中國的報導文學尋到了它的「根」，它的身分與源流。

回頭看看西方。

被西塞羅譽爲「歷史之父」的希羅多德，在「報導文學」的要求下，固然也有相當的成就，但較之司馬遷，仍然黯然。不只是他追求事實的公正性不足（誇大希臘人在戰爭中的勝利），他在廣大時空中的象徵性也不夠（主題大多環繞著「非凡的事蹟與戰爭」）；而寫「伯羅奔尼撒戰爭史」的蘇西的底斯，可能是更精確的掌握、考證了事實，然而它卻缺乏普遍的包容力（屬於文化的、政治的、經濟的事物，都被忽略了——雖然，就題旨而言，它只是一部軍事的報導，但軍事是國力的總動員，忽略了這些，多少都是令人遺憾的）。這都使我們認識到一個全面性的偉大的報導文學家之不易，但也教育了我們，怎樣在報導文學的寫作上，珍視中外傳統，吸收先人經驗的一份諦旨。

邁入近代

文學家眞正全面性的展開對「報導」的自覺，是在文學已經發展到一個限度，社會達到一個新的轉型時期後，開始的。在西方，十九世紀的寫實主義與自然主義文學，可以說是文學家追求「報導」的準確性與現實性的最佳代表。

這與新聞事業的普遍成長是無法分割的。由於傳播的迅速與普遍，由於新聞的對象是人羣與社會，也由於新聞的平民個性和它的參與精神，以及它對事實的講究，有意無意的影響，並且改變了人們的思想與行爲，也改變了人們表達思想的方法——當然，那個時代的科學運動、民主運動，也都促進了文學家對社會負責、對報導熱衷的自覺。以往沉浸在個人的靈思裏，用「美」來取悅自己的作家，現在紛紛走入廣大的社會裏，開始以「眞」來說服讀者了。就那個時代的西方文壇而論，文學家的一般想法，可以歸納到「文學論」的作者，史泰埃夫人的一個信念裏：「文學是社會的表達方式」。

自這個人與社會的文學概念開始，我們看到了好幾個巨大的座標，同時或先後在文壇上出現了。就今天的報導文學而言，無論他們的寫作方法或表現，都是足堪表率的。單以當時歐洲文壇的重鎭——法國來看，我們且舉出三個座標：巴爾札克、福祿拜爾和左拉，作爲例證吧。

被譽爲「偉大的文學肖像畫家」的巴爾札克，是歐洲寫實小說的創立者。在他筆下曾寫出過兩千個不同的人物，每一個竟都栩栩如生！這種對現實人物的觀察、掌握的深透力量，來自他的信念：「個人只在和社會相關時才存在」。而社會的廣濶與多變，給出了他作品豐富的造型。他的小說「人間喜劇」，就是一系列對法國近代社會深入觀察下的通盤報導。事實上，他也是如此自期的。他給這部包含了九十多篇小說的鉅著所作的分類，可以明確的使我們瞭解他在「報導」上的自覺。巴爾札克將這部書分作三部：「風習的研究」，「哲學的研究」，「分析的研究」。在「風習的研究」中，又分爲「私生活場面」、「地方生活場面」、「巴黎生活場面」、「政治生活場面」、「軍隊生活場面」、「鄉下生活場面」等六組，這幾乎已是一份素樸的報導文學的編目表了！

如果說，巴爾札克爲報導文學作了初步的分類，那麼，福祿拜爾就爲它提供了方法學上的論據。他是首先提出文學的實踐性的重要作家，他對文學的報導能力：「精確」與「完美」的不斷要求，已經爲「報導」與「文學」二者，作了不朽的連接了。他曾對莫泊桑說：「你應當非常長久地、非常專注地去考察你要表現的任何事物，應該能在裏面發現出前人所沒有見到沒有表現過的一面。不論在什麼事物裏，都有尚未被鑿穿的一面」；他除了要求作家深入的觀察之外，同時要求準確的表現：「天底下沒有完全相同的兩粒砂……我們描寫人物時，應當用正確的方法，使能區別於同種類別的人物。」福祿拜爾本身的寫作歷程，更可以說明這種態度。他在著手一部以三世紀的迦太基爲背景的小說時，就曾考察過好幾百卷書，以調查古代的風俗、衣著，並曾親自到埃及去觀察古代遺跡，甚至爲了書中談到蛇病，他也曾實地作了研究。

這些勤於搜集資料、查證資料、深入探訪、認眞觀察、準確表現的種種，爲報導文學工作者，提供了一份追求眞實，再現眞實的極佳範例。

在以文學的筆追求眞實、再現眞實的小說家中，左拉也許是更徹底的一位。福祿拜爾體驗到文學已經進入了科學的層次，而以之爲寫作者求眞的可靠方式；左拉則從根就肯定了文學是一種科學眞知的研究，並且盼望自己能被人認爲是一名科學研究員。他曾認爲巴納德的「實驗醫藥研究之入門」，是可以完全套用在文學上的，只不過把「醫師」兩字改作「小說家」就可以了。他晚年寫作「三都故事」之一的時候，曾在一封信裏說：「我已經做成了一千七百頁的紀錄，現在只差把它寫出來罷了。」在這裏，我們聽到了左拉寫作上的「定音鼓」。他是這樣認眞不懈的，在寫一篇作品之前，已經作過了無數的調查、分析、和研究紀錄了。這與「報導文學」的基本態度，還有多少差距呢？

因此，左拉有理由如此說：「我的著作替我辯護，我的著作是眞的著作」。這只是幾個較大的例證而已。其實，在各個不同的國度、不同的作者羣中，都有一個相同的事實呈現——愈來愈多的文學的筆，都漸漸融入了「報導」的脈搏之中。所差的，只是「報導文學」的正式肯定罷了。

挑戰與回應

「報導文學」是這個世紀最初的三十幾年裏，被普遍肯定、被大量開發出來的。它的背景往往源自一場挑戰、一次變動、一個秩序的毀壞或再生……然而，它彌補了、並且跨越了這些。基於它行動的本質，實踐的熱力，求眞的特性，快速的效果，以及它對羣體的關照和平衡，於是，我們看到報導文學在痛苦中透出溫煦、在寂寞裏帶來友愛，在紛亂間提供知識、在變遷時展現契機的可能。在那些年份裏它是以一種新生的乳虎般的姿態，投入到文學園地裏的——雖然，一般正統文學家，常常只看到它年輕粗糙的一面，以爲它是屬於一個低層次的產品，一種照像機的模仿，而錯估了它的意義。但這無礙它本身的成長，以及社會對它的需要。

近世的報導文學在俄國首發其端。十九世紀的「到民間去」的運動，疾風迅雨般的掃過俄羅斯大地，一方面，它平衡了「斯拉夫派」「西化派」的爭執；一方面，它帶來了報導文學的行動楷模和哲學指引。而後，一個給予它理論上的支持而造成國際影響的重要人物，是被索忍尼辛指名譴責的高爾基。由於一篇「報導文學及其他」，使得大量的作者羣找到了獻身的階梯。當高爾基說：「語言藝術像這樣眞摯而成功地服務於認識生活的工作，是未曾有的」這句話時，他是有洞察力的一位報導文學倡導者；但當他在行爲上服膺於俄共統治階層，率先寫出了效命於政治利益的作品之時，他又是背叛了自己的理想，失去了作爲一位報導文學工作者的基本條件的人。（索忍尼辛本人的作品「古拉格羣島」，是當代的報導文學鉅構。索氏在這部作品中，徹底否定了高基爾的「白海運河」。）這是高基爾的矛盾。這個矛盾卻深沉而雄辯地告訴了我們，爲什麼報導文學在俄國發展得最快最普遍，同時竟也烙印下最大的掙扎與扭曲的痕跡。的確，十月革命前後的俄國，因爲報導文學的經常和政治者牽絆不清，它一方面是倍受推崇，一方面卻在意義上大大的受到了削減和改變。

在德國，早於十九世紀中葉，就有所謂「少年德意志」的文學流派，他們反對脫離現實的思想，要求合理化、平民化與人生之平等。這是近代德國報導文學的先聲。而那個時代裏的一位作家磐爾湼所寫的報導「法國革命」的「巴黎通訊」，也爲後來德國的報導文學留下了一個主要的典範。但眞正使得德國報導文學受到國際重視的，卻是本世紀初期走訪過許多地區的翼希（他也曾來到了中國）。他所強調的：「世界上沒有比簡單的事實更奇異的，沒有比我們周圍的環境更富於異國風情的，也沒有比客觀的現象更美麗的事物。」確實爲報導文學帶來了蓬勃的生氣。他對報導文學工作者的要求：不歪曲對象的意志、強大的社會感情、對人類生活遠景的信念等，也很明晰的成爲報導文學適當的規範。一次大戰以後，報導文學曾蔚爲風尙。許多以前受到壓抑的、記錄了在納粹統治下受難實況的作品，紛紛出版了。譬如哈特勞普死後才印刷出來的從軍日記「從下眺望」，以及描寫俘虜生活的「圖密拉的營幕生涯」等等，都曾名重一時。

報導文學在美國的發展，更是波瀾壯濶。本世紀最初的十年，著名的「耙糞運動」爲它展開了序幕。這是新聞界與文學界的共同傑作，一次綿延十年之久的揭發、暴露、要求改革的新聞與文學携手並進的運動。它逼使這個新時代的美國人抬起頭來，正視他們形形色色的政、經、社會問題。其中，艾普頓・辛克萊的「叢林」是最知名的，它揭發了芝加哥肉類加工廠的骯髒情形，直接促成美國肉類檢查法的誕生。

這以後，自三〇年代到四〇年代左右，可以說是報導文學在美國最意興風發的年代。忽然之間，來自各方面的報導作家登場了：新聞記者、記錄文學家、民間文學家、工協作家、旅行家、探險家、攝影家、歷史學家、傳記作家、自然主義作家……等等，都來到了舞台前面，以目不暇給的方式，繽紛燦爛或滿腹辛酸地，將美國的生活經驗，一股腦兒搬演了出來。

導引它輝煌發展的因素很多。直接的挑戰來自經濟的恐慌。社會的結構改變了，許多人面臨了生活的壓力，被迫離鄉背井，尋找一個新的安身的所在，於是對大恐慌的報導，對新事物、新環境的報導，一一而生。此外，戰爭的濃雲已經自歐洲、自亞洲漸漸飄來，罩在許多人心中，這種苦悶，開發了大家對世界的關切。而「攝影」與羅斯福的「新政」兩端，更點燃了人們對事實

專注的熱情、對社會介入的態度。就這樣，一連串在危機中找尋自我、認識自我、肯定自我的工作，在各方面都展開了。這是一個將美國當代生活作一眞誠記錄的時刻：一個國家所有的動人的故事，都在不同的心智中投影了不同的形像。報導文學，在它參與了這個偉大而變動的經驗之際，不僅僅爲美國畫像，更在爲美國造型。

只消看看那些年份裏的作品的篇目，就會瞭解到報導文學作爲一個國家身份考察與自我辨識的重要特質。路易士．阿登克的「我的美國」，南山．艾許的「路：尋找美國」，愛德門．威爾遜的「美國的神經衰弱」，麥克利旭用詩來箋註的攝影集「自由的土地」……乃至於工協的州省指南，竟也成就了一部動人的美國史地的新詮釋。勿怪乎，曾有人指出，美國報導文學的發展，興起於報導大恐慌的破壞，完成於報導文化遺產的重建。這是值得我們細細尋味的。

回到中國來，更充分的讓我們理解到，報導文學自「憂患」與「變遷」中成長的事實。

早先，清末民初那一段艱難的歲月，已經爲報導文學佈置了一個令人傷痛的場景。若干重要的作品，譬如「老殘遊記」，「官場現形記」……等等，都在這個時候掙扎著誕生了。然而它的普遍覺醒，仍然要等到下一個重要的時刻，這就是抗日聖戰的來臨。

民國二十年「九一八」事變，是現代版的報導文學在中國的催生者；而二十一年的「一二八」事件，正式確定了它在中國文學的地位，並爲它作了正名的工作，稱之爲「報告文學」。當抗日戰爭全面展開以後，它以最快速的步子追趕了上來，變成當時文壇的主流。那個時代的作

家，知名的、不知名的，或多或少的，都採用了報導文學來從事救國救民，為抗戰作見證的工作。這實在是一個地動天搖的大時代。現實變化得太快，人們追不上，沒有時間去沉澱、去過濾，幾幾乎乎只要是反映，就足夠了。於是一些廉價的情感，一些平面的事件，一些概念化的、倉促的文字，造成了早期報導文學藝術性薄於新聞性的現象。但很快地，它有了修正，在抗戰逐漸加深的時日，中國的報導文學也在作者們一次又一次的親身踐履、耳聞目見中，繁複了，多樣化了。報導文學已經不再是事實的重現，它從直接的經驗轉化到間接的呈現，從現象的描寫深入到意象的掌握，從單向的片斷剪輯，到綜合的多面觀察，從戰爭到生活，從熱情到冷靜……它的主題突出了，結構精密了，形式完整了。新一代的中國報導文學，是這樣地用血淚的代價紮下了它的深根。

今天，在臺灣的我們，經過了三十年的生聚教養，新生的一代開始有了覺醒：大家漸漸認識到，我們得自國家的是那麼多，而回報國家的卻如此少！我們對自己土地的責任，文化的信念，同胞的關愛，是應該也必須要透過紙筆，作一生動確切的紀錄了。特別在西洋或東洋文化的大量感染之下，在經歷了種種超現實、存在的、虛無晦澀的風潮之後，也該落實到自身的環境裏，正面的、肯定的做些事了。因而報導文學被倡導了出來。近年來生活景觀的大幅度轉變，新生的事物紛紛湧出，舊的文物也漸漸隱退，更加快了它的步履，加多了它的姿彩。

向文學借火

一般的劃分，往往以報導是「知性」的、「客觀」的與「事實」的，文學是「感性」的、「主觀」的與「想像」的，把它們作了分隔。但在我們的追溯裏，剛剛已經看到了正規的文學家如何走向報導的領域，向知性採訪，向客觀學習，甚至根本就以爲文學是追求事實的工具之一。那麼，當我們對報導文學有了一個基礎的，歷史的認識之後，我們也想請問：正規的新聞界呢？他們的文學傾向如何？新聞報導本身有沒有在理論上、方法上試圖跨越文學的領域，大膽的將主觀的、感性的、想像的方法，運用到指掌之間的嘗試呢？

答案應該是肯定的。從嚴格的角度來看，新聞學仍是一門開發中的科學。但回顧它不算太久的開發歷程，我們就已看到了它不斷吸收、不斷割捨的勇氣。在採訪方法上，它曾如此；在寫作態度上，它也如此。

最早，新聞寫作的理論臣服在「客觀報導」的原則下，認爲新聞記者不過是一個忠實的速記員罷了，個人的見解、相關的評論與說明，都應該剔除掉；他的責任有而且只有一項：嚴格的陳述事實。除了遣詞用語造句的講究簡潔準確外，它不屑一顧於感性的或主觀的層次（這倒有點左拉的調調）。可是，「事實」果眞容易被準確的認識並表現出來嗎？「客觀」是眞能辦到的嗎？時代向前了，又向前；生活繁複了，更繁複。新聞的進展使得這個問題一再被人提起，然而縱使在實務上它已改變，理論上，仍然保守的很。

其間出現過「綜合報導」。它是以一種更經濟卻又包容更多的方式，在多樣的線索裏爲讀者提供一項完整新聞的方法。減少了不同新聞來源的煩雜的困擾。這是一組剪裁刪節的綜合手續，基本原理依舊是新聞客觀的表象，它的不敷應用，是當然的。

二次大戰以後，新聞界才正式突破了「客觀報導」的框架，進入「解釋報導」的時代。蓋洛普所說的「新聞中應該包括更多的背景說明與更多的解釋，是言之有理的」，代表了它的普遍獲得了人心。有關解釋報導的內涵，美國基督教科學箴言報的莊蒙德，曾給予一個很好的說明：「解釋報導是就昨天的事實與今天的事件連繫起來，產生明天的意義」。經由這個理論，解釋報導可以引用背景資料，細述前因後果，也可以用相同的事件來觸類旁通。它的感性增多了，主觀加大了，有了較廣的空間去佈局、去伸展，去接近事物的本質與變數。在此，文學的功能得到了初步的運轉與可能。

然而，它對讀者的吸引與事實的掌握，够嗎？它是否發揮了報導的更大長處呢？

爲了解答這個問題，新聞界更上層樓，開闢了「深度報導」的理論。一位開疆闢土的英雄尼爾·高普魯，在六〇年代前後就已感覺到解釋報導的不足，乃力倡深度報導論，要求新聞從員業在執筆的時候，應該同時考慮到讀者所關心的究竟有些什麼？因此，開發新聞記者的研究精神，培養他的新觀念以及多角度觀察事物的能力，都成了必須的事。在高普魯的理論下，深度報導同時包括了背景的、人情的、解釋的三種報導方式，可以用幾天、幾星期以上的時間，由三五人至十餘人的合作來完成它。……組合了這些條件的深度報導，在方法上已漸漸接近了報導文學。何況，深度報導強調創發性的思考，多少已借用了文學的想像層次。

繼「深度報導」之後，近十年來，我們又聽到了「調查報導」的興起。這是由美聯社首倡其義的。雖然它興起的最短，但它對新聞界的影響極大，時代週刊曾因它的風靡一時，對它作過報導；哥倫比亞大學也曾因它的影響深遠而對它作過調查。在本質上，它應該屬於深度報導的一支，但他們捨棄了這個名詞，多少也意味著兩者的不同。比較起來，調查報導更主動，更有計劃、有目標、有組織了。它以發掘問題、解決問題爲職志，有著強烈的攻擊性與偵察性，許多時候，它都和情報員的工作相似。譬如水門案的調查報導，連專業的情報工作者都被打垮了。近年以來，美國普立茲新聞獎的新聞報導獎，大都頒給了調查報導的執筆人，其受重視可想而知。而調查報導的精神，也大抵相當於報導文學的題旨了。

就在調查報導轟轟烈烈衝起來的時候，「新新聞學」誕生了。（徐佳士教授曾經指出「新新聞學」譯名不當，應該譯作「新的新聞寫作或報導方式」，或者簡稱之爲「新新聞」。這個意見很精闢，也抓住了它的要害。但爲保留它最早的直譯形式，這裏仍暫用原來的譯名）這是新聞界向文學取材的道路上，最重要的一項宣言。到此，新聞界本身，已在理論上掌握了報導文學的要求。

過去的各項變革損益，仍舊是因循傳統新聞寫作方式者多，所變所革者，多是新聞追踪採訪的幅度，以及主動挖掘、報導詳略，客觀與否等問題；在新聞寫作的方法上，仍缺乏積極的、根本的改變。而一九六六年前後，一位年輕的編輯人湯姆．吳爾夫，大膽的作了向文學盜火的普羅米修斯，使得新聞文學化，成爲當然的事。（以往的嘗試自然是有的，但都沒有他這次的聲勢和理論，也缺少相關的大量試驗）。

吳爾夫在他所編的前鋒論壇報星期增刋裏，採用了文學筆調來寫新聞，並爲它加上「新新聞學」的封號這樁事，最最不以爲然的，是文學界。忽然間，批評譏訕的聲音自文學園地裏四處冒起了。彷彿，新聞界是沒有這份資格打入文學殿堂裏的，但是我們很奇怪，文學界向新聞界借光照路的事，不是太多太多了嗎？爲什麼新聞界的這項努力卻要被否定呢？而吳爾夫他們要求採用自由自在的形式，主觀、創造的態度，從事報導的試驗，事實上也是時代進步下的產物。傳統的平面式的報導方法，原本不敷現代多面交錯的立體生活的，有心人自可以在人爲的研究、追尋、掌握、深入採訪、用心推敲之餘，帶來更豐盈的形式。

面對這些責難，吳爾夫的回答更乾脆。他和朋友立刻編輯了一冊「新新聞學」的選集，向社會交待，並求取印證。結果，他們有了初步的成功。接連著，好幾部這類名著的推出，更光大了它的意義。

不謀而合的是，一位文學界的叛徒楚曼．卡波提，也在一九六六年出版一部「非虛構小說」——冷血。大大的暢銷。他以五年的時間跟犯人一起生活，作了無數的訪問資料、刑事檔案，在任何相關的細節都不曾放過下；他以一種抽離了訪問者身份的「新聞體」形式，完成了它。這部書的出版一方面替「新新聞學」打足了氣，一方面也說明了一個事實：把文學與報導結合起來，是這個時代的共同需要，並不是新聞界的不安份，也不是文學界的偏鋒。時代需要它，讀者也需要它。

「新新聞學」是新聞界邁向正式文學的一個紀念性的階梯。在這裏，它容納了一切可能的形式：時空跳接的手法，第三人稱的敍述，對話體，細部描寫，心理刻劃，個人感覺……都是可能的。它仍在不斷革新與充實。而報導文學，作爲一個人生參與者、見證人的身份，從沒有一個時候，像今天這樣繽紛燦爛的，充滿一切希望的，走在時代的前面，被文學界與新聞界所共同肯定，共同擁有，共同開發著它那無窮盡的熱力與光華。

關於報導文學的發展，我們說得很多了。它的意義與目的，在這一發展歷程中，已經十分的彰顯了出來。選擇報導文學，正是一個年輕人接觸人生眞實的具有反哺意義的事業。報導文學是種不斷追尋的良心作業，靠著我們的行動，我們的愛心，我們的知識，才得以實踐並且成長。而當我們拿起筆來，走入鄉間、城鎭、廠礦、漁牧……走近身邊的一事一物時，也正是我們從曚昧無知、受人呵護的狀態中，邁向成熟、邁向責任的最佳經驗。曾經有人問過我：「報導文學是幹什麼的」？我回答說：「是一種學習與教育的歷程」。

我也以這句話作爲對各位的期勉和對自我的鞭策。

（六十七年在政大新聞學會演講）

報導文學與文學創作

何欣

1

民國六十一年二月，關傑明在中國時報副刊發表了「中國現代詩的困境」，指責臺灣的現代詩過於西化，完全失去了傳統。當時這篇文章並沒有引起激烈的反應；半年後，又發表了「中國現代詩的幻境」。這時從國外回來教書的唐文標才首先起來嚮應，連續發表「詩的沒落——臺港新詩的歷史批判」，「論傳統詩與現代詩——甚麼時代甚麼地方甚麼人」諸文，極力攻擊現代詩的脫離傳統、崇尚西方的藝術至上論、強調個人主義，完全逃避了現實。唐文標的文章引起了相當大的「騷動」，給詩壇刮來一陣猛烈的風。隨後很多人便開始由浸溺在西方的各式各樣的主義而轉回自己的現實來。批評與論戰仍繼續着，擴延着，也深入着。唐文標的文章裏所討論的不僅限於現代詩，也討論了一般的文學趨勢，打擊面甚廣，他提出文學作品的功能，文學有其積極的意義，就是一切藝術作品必須同歷史同社會扣得緊緊的。於是強調文學的社會意義及社會文學的口號再度被提出來。我們知道，在關傑明、唐文標諸位先生大聲疾呼之前，也曾有過不少的人要求作家們同現實密切地結合在一起。惜乎「不合時代的要求」而未受到注意，甚至一聲「八股」往爪哇國去了。試想蔣夢麟先生在差不多二十年前就提出「……在臺灣寫文藝的人們，跑進那努就把這種呼籲推力生產、生氣勃勃的農村社會裏去，到工業化初期的徬徨歧路的城市裏去看一看」，但這呼聲像是投入江心的一枚銅幣，連個漣漪都沒有激宕起來。以蔣夢麟先生在學術界、教育界、政壇上的地位，他所說的話應該是很有影響力的，但竟然沒有產生預期的效果。其他人的微弱的聲音自然地也就被淹沒在打着藝術至上的旗幟而販賣風花雪月、西方各種世紀末的主義這種呼籲則從未間斷，直到五年前關、唐二氏展開直接而猛烈的批評現代詩時，才從批評的邊緣的巨浪裏了。不過邁向中心，形成了一場大風暴。反駁的文章不多，而且火力不足，顯得力量非常單薄。一些從事創作的態度嚴肅的作家，並不反對，而且是舉雙手贊成，文學要反映現實生活，且要積極地指導現實。但是文學如果同現實生活密切地結合在一起，或者說，文學只報導現實中的一些現象，其結果又如何呢？既從事小說創作又從事新聞報導工作的王默人曾說：「如果以『文季』目前的立論來推測，在偏重『現實』理論指導文藝創作的原則下，文藝創作必將變成爲『報導文學』，甚至會變成爲『新聞特寫』。但『報導文學』永遠是屬於『報導文學』，『新聞特寫』也永遠是屬於『新聞特寫』，不能稱爲『小說』或是『散文』，因爲未經藝術處理之故。即使有人勉強將它們稱爲文藝，但在文藝領域中，其價值必定不高，這是很顯明的。」（「憂喜參半」，文季，第二期，六十二年十一月十五日）這是一位認眞的作家的意見，我相信也代表着不少小說家們的意見，也是他們感到困惑的原因：過於反映現實——即接近新聞報導體——將會損及藝術。態度積極的人則主張：二者不可得兼時，棄藝術而取報導現實。

這次的論戰產生了效果，從事文學創作的朋友們也肯定了作家要關心社會、反映現實的主張。他們也逐漸地改變了寫作的態度和題材的選擇，新起的作家泰半都着眼在農村生活、工廠生活的描寫。他們的作品開始把那些只表現個人傷感的作品擠向一旁！究竟這類作品是否形成了主流呢？是否爲廣大的讀者所愛讀呢？我不敢做主觀的判斷。這兒我說它受到重視，是看到報紙副刊和一些刊物都偏重於刊載這類作品和討論它們。不過，報紙是很敏感的，它們所刊載的文章應該是一般讀者所接受的。

接着，衆所周知，便是不久前那場熱烈的鄉土文學之爭。這場爭論涉及的範圍之廣、參加討論的人數之多是前所未有的——至少是三十年來臺灣文化界所未有的，這場論爭不是單純文學的，而是思想的、文化的。我們用「鄉土文學」一詞是爲了方便，因爲這個名詞的意義不够明確，而且兩派均曾表示過它的不適當。主張「鄉土文學」的人很自然地強勢地支持文學必須站定中國人的立場；必須爲廣大的民衆服務，民衆之中以農人和工人佔大多數，所以作家不應該也不能忽視他們，雖然不一定拘限於只寫他們；必須是寫實的，使用的語言文字必須是直接的，一般人能看得懂的，因此不排斥而且強調方言的價值。關於這場論戰，此處不再引述。我之再提到它，是因爲它給「報導文學」催生。

2

「報導文學」這個名詞是早已有之的，以前稱之爲「報告文學」，現在大家習慣用「報導文學」了。據說早在五四運動的時候，「報告文學」這個詞兒就已被引用。痙弦說「報導文學」在三十年代至四十年之間風頭非常健，有文藝界的「輕騎兵」之譽。(見「書評書目」63, P.6)在抗戰時期，各報章雜誌上出現的「報導文學」，不論質與量上，都非常可觀。看到「報導」這個詞兒的時候，自然而然地我們就會把它聯繫到「新聞報導」上，因此我們覺得「報導文學」是屬於新聞傳播的範圍內，實際上它也是如此。荆溪人先生在「泛論報導文學」一文中指出，報導文學「是將文學的範圍限於報導之內，因之與新聞寫作有密切而不可分的關係，直到抗戰期間，報導文學大興，正與西方新聞文學的性質，不約而同，相互發明」。(新聞學報，第九號，世界新專)荆先生肯定了報導文學係屬新聞報導的範圍。接着他說，一般報章上的特寫或專訪、專欄、特稿或邊欄，就是報導文學，它「包括人物的專訪，新聞的補充，問題的分析，背景的描述，和興趣的引發」，「所以是最受讀者歡迎的一種新聞報導，也是新聞記者所最喜愛的寫作方法」。從這些解釋中，非專家的我們獲得一個印象，目前所謂的報導文學應該是對新聞報導的補充，因此它必須具有新聞報導的性質。

社會上所發生的任何事件都可以成爲新聞。我們每天早晨以燒餅油條爲早點不是新聞，新聞記者也不會報導你吃幾套才滿足。但是一位旅居美國的國際著名的物理學家偏愛燒餅油條時就成了新聞；一對青年男女到法院公證結婚不會出現在報紙的社會新聞版，但如他們是騎馬結婚或泡在游泳池裏結婚，或者這對青年不是普通人而是歌星明星，新聞記者就會把那結婚的情形描述一番，刋登在報紙上。所以社會上每天發生的無數事件，從幾個人爬山看見一條大蛇到試管嬰兒的誕生，都可以成爲新聞。但是從新聞記者的眼光看，具有新聞價值的事件必須能引起讀者的興趣，能激起讀者的好奇心，而且愈能激動讀者的感情愈好。他們關懷的是能轟動的新聞和使新聞轟動。例如我們時常看到報紙連篇累牘地報導歌星、明星或流氓在咖啡店中或因爭風吃醋或欲顯示自己的威風而大打出手的新聞，關懷歌星明星生活情況的讀者會一字不漏地細心看，而且看得很過癮。但是這類新聞除滿足讀者的興趣外，還有其他什麼意義與價值呢？對於這類的新聞，讀者並不感到滿足，因爲他們要了解的不是煽情的消息本身，而是希望能透過這些消息而看到更多的、更深刻的、更廣泛的意義，於是新聞報導亦必須不只拘限於報導消息了。報紙上的特寫、專欄、特稿和邊欄便是補充新聞報導不足。關於這幾個名詞，荆溪人先生給予它們的解釋也指明了它們何以比單純的新聞報導更深入且更有意義，因之能使讀者獲得深入的系統的了解。荆先生說：第一類稱之爲特寫或專訪，這是對有特定對象的人、事、物，予以描述，由記者採集資料作專門訪問，撰述而成者。第二類是專欄。專欄的性質是有獨特見解的新聞寫作，它可以評論和議事，這與一般特寫和專訪大不相同。第三類是特稿和邊欄，這是有一定範圍的新聞寫作，就是在一定範圍內，討論學術上的一個問題，或報導一件法令、規章，予以補充說明，以增進讀者的瞭解。但它的報導有時較與新聞脫節，也沒有獨特的新聞上的見解，也不作特別強調的特寫，與其說它是新聞報導，不如說是新聞的解釋或補充。（荊溪人，前文）依照荊先生的解釋，我們可以知道，特寫和專欄都是對某一個特殊的人物、事件或問題做系統的描述、解釋、剖析，使讀者對這特殊的人物、事件或問題不但只做爲孤立的現象看，也知道它的諸多關係。

站在新聞報導的立場，如我在前邊所說的，最適宜於報導的是不平凡的人或事物，就是平凡的人做了不平凡的事，不平凡的人做的平凡的事，不平凡的人做不平凡的事，最具吸引力。世界上的許多重要的事件是每個人所關心的，是極具新聞報導的價值的，例如人類登陸月球和影響到絕大多數人生活的戰爭等，我們也看到在戰爭時期產生過很多卓越的報導文學。讀者對新聞版的簡單扼要的消息不滿足，因爲這類消息只告訴讀者戰鬬很激烈，雙方死傷慘重，敵人頑強抵抗，我軍英勇戰鬬，奮不顧身，始克服某一戰略重鎭等等。但在這戰鬬中，有士兵們的奮不顧身的死，也有痛苦的哀泣，有把國旗插在克服的城池上的驕傲，也有礮火摧毀農家或人類文化結晶的痛苦。新聞中不可能把這些都報導出來。於是報紙或雜誌都派遣戰地記者，和戰鬬部隊生活在一起，戰鬬在一起，親自經歷戰爭的酸甜苦辣，而不只是訪問參謀本部。這些戰地記者有些是已經成名的小說家，有些是訓練有素的記者，他們能寫出具實報導戰鬥眞相的文章。抗戰時期，我國曾產生過很多報導戰爭的短篇報導文學，對於鼓舞後方士氣民心有過很大的貢獻。第二次大戰期間，歐美的作家很多投身軍旅，體驗了戰鬥，寫出了直逼「文學」的故事。例如海明威就參加歐洲的戰爭，寫過很多有關戰爭的報導，他的著名的小說也都是利用戰時的經驗寫成，要了解第一次世界大戰和西班牙內戰，我們必須讀他的「太陽也升起」、「戰地春夢」和「戰地鐘聲」；同樣的，我們要了解二次大戰時的眞況，則必須看派爾的「勇士們」，約翰·漢塞的「巴丹的戰士」、「進入河谷」，密契納的「南太平洋的故事」，以及諾曼·梅勒的「赤裸的與死亡的」，伊爾文蕭的「幼獅」等等，這些都可算是上乘的報導文學。

除戰爭外，政治上的重大事件也是新聞報導的好對象，例如美國甘廼廸總統的被刺、尼克森總統的水門事件、美國國會議員的緋聞案等等。社會上也可能有驚人的事件，例如美國的黑社會活動等等。新聞記者們在從事這類事件的調查與報導時，窮追不捨地去搜集背景資料，有時爲了得到一滴點眞實資料，還需冒生命的危險，在搜集資料時，會牽引出許多問題，這些問題看似簡單，但可能直接間接與那事件有關。資料收集得夠了，就要做比較、分析、研究，判定何者爲眞，何者爲僞，去僞存眞，一再印證，而後對那些問題得到答案，獲得結論，再執筆很客觀地寫成一篇極爲完整的深入淺出的報導文章。這種完全以事實爲根據而寫成的報導仍屬新聞報導的範圍。我們都曉得斯坦貝克怎樣寫他的「憤怒的葡萄」——一九三七年底，他乘着自己臨時買的一部汽車，從底特律到奧克拉荷馬州，參看一羣西行的工人的行列，他同他們一起工作，一起生活。這羣難民的悲慘生活使他非常感動。一九三八年春，「生活」雜誌特約他寫這批移民生活的眞相，同時還派了一名攝影記者和他一起工作。他對這些移民的同情使他寫出了那部二十世紀名著之一的「憤怒的葡萄」。當然他做過眞實的記錄，忠實地記錄了也反映了在加州果園工作的採果工人的生活，是絕好的報導文學。但他並未止於此，他利用那些資料，不但報導了那些人的生活情況，也爲美國文學中塡上了一個新的永恒的雕像，就是永遠懷有信心的堅毅不屈的「媽」。「憤怒的葡萄」成了文學作品，而不僅是「報導」了。

由以上的敍述，我們可以了解，「報導文學」應該是以報導事實、追求事實爲其目標的。但新聞報導畢竟不是文學作品，既曰「報導」「文學」，它就不僅限於報導，「它容納多種表現方式和文學寫作的技巧」（黃年，書評書目，六三，頁十四），也就是說，它的表現方法是文學的。究竟使用怎樣的表現方法才算是文學的或非文學的，我們未見解釋。文學的表現方法主要是語言文字的運用，而蔣勳說，「報導文學使用的文字技巧和一般文學作品的用字遣詞都有顯著的差異，例如白先勇的小說裏使用語言非常成功，但這種文學語言或者說文字技巧，很難應用於報導文學的體裁上。報導文學需要一種適合於它的文學語言。」適合於報導文學的文學語言必須具備那些性質？我們也沒有看到解釋。黃年又說，在基本上並不以爲報導文學和新聞特寫或深入採訪有什麼絕然不同，只是在語言的使用和情感、意見的流露上略有不同罷了。也許報導文學很難有個明確的界說吧，從前面引述的一些解釋看來，我們很難辨識究竟報導文學指的是什麼。我們不必求取一個正確的定義了。

3

報導文學今天再受到重視，自有其基本的原因，其中最重要的，我認為，是一個新讀者羣的形成，這個新讀者羣的主要成員是年輕的知識分子和踏進中產階級的社會青年，他們完全不同於二十年前的、甚至十年前的讀者了。他們不再被過去的經歷緊緊地束縛着，他們不再有「可憐王榭堂前燕，飛入尋常百姓家」的感覺，抗戰、剿匪這些縈繫於前代人心靈上的經驗，對他們而言，是遙遠的了，是屬於歷史的了。幾年來，國際政治的變化使他們對於所謂的那些友邦的依賴也失去信心，這些年輕人不再崇拜以美國文化為內容的文化了，他們回過頭來認識自己，也就是所謂的自我認同。這一種改變產生了一種強烈的要求，就是認識自己，建立起屬於自己的文化。這些三十來歲的青年都生於臺灣、長於臺灣，因此他們也最關懷他們生於斯長於斯的家鄉。他們要知道今天臺灣每個角落中每個階層的人究竟怎樣生活着，他們要知道臺灣如何由一個落後的農業社會進入繁榮進步的工商業社會以及工商業繁榮帶給他們的新生活中的幸福與痛苦；他們不僅要清晰了解現在，也要知道孕育現在的過去究竟是個什麼樣子，以及將來他們將生活在一個怎樣的環境裏，或者說，一個怎樣的理想社會；他們也要知道達到那個安和樂利的健康的社會必須付出什麼代價，必須做什麼準備等等的問題。他們珍惜、愛護一切屬於自己的東西，他們迫切希望屬於自己的東西能達於完善之境，於是他們便考慮哪些東西必須發揚光大，哪些東西必須爲了那未來的理想而加以淸除。他們要求「趕快直接了當地告訴我們」眞相。於是報導文學便再成爲「輕騎兵」了。「報導文學」之成爲時代寵兒，據瘂弦說，「這是社會多元性變化的結果，高度的物質化生活無法與精神生活協調，而工業急速發展與農村發展的失調，其所產生的諸般社會問題，使得有些作者覺得用傳統文學方式不足以來表達變動快速日趨繁榮的現實，認爲唯有報導文學最直接、最快速、也最具立竿見影的社會功效」，（書評書目」六三，頁七）也就是說，報導文學能以直接快速的方法報導現實中的社會問題，且對改革社會有立竿見影的功效。「報導文學」的保母之一的高信疆說到報導文學的「功效」時，特別強調它能「產生人生價值的落實與肯定的感覺。就國家民族而言，能夠產生很強的認同意識，喚起整個社會、國家的同胞愛、民族情。更深一層而言，報導文學也是一種邁向民主社會的文學實踐。在這裏，它成爲現代化的觸媒——因爲不同的個人，不同的事物，不同的觀念，逐一透過大量的報導，使大家看到大家，大家了解大家，大家愛大家，能夠產生社會平衡的功能，產生新的尊嚴，新的改革與肯定，這是眞正的民主，是人與人之間的溝通之橋。」他們二位都強調報導文學是改革社會和溝通人與人之間相了解的工具，這也就畫定了報導文學的範圍和目的。

報導文學旣然是反映現實，是教育民眾的利器，是溝通人與人之間互相了解的工具，則選擇題材時，應該特別注意哪些方面呢？當然，我們可以肯定地說，是選擇那些有積極意義的事件、人物等等，也就是報導光明面。如果只報導光明面，則滿篇歌功頌德，流於單調，也失去其改革社會的力量。既曰改革社會風氣，就必須把需要改革的弊端列舉出來，以便對這種「病」加以診斷而後開藥方。持這種主張的人也許是受扒糞派的影響，特別強調暴露黑暗面。但如黑暗面暴露得過分了，則會使讀者失望、沮喪、消沈，或者因失望而產生憤恨，滿心憤恨時，則什麼都做得出來，甚至挺而走險。意欲改革社會，而結果則適得其反。瘂弦認爲「報導文學」在取材上，不應是偏於報憂或報喜，而應該是喜憂俱陳，喜憂皆報。古今中外，沒有一個「社會」是完善得沒有任何弊病的，天下沒有烏托邦，既然任何社會都有其光明面，也有其黑暗面，則以報導現實爲基本精神的報導文學應該是「喜憂俱陳，喜憂皆報」的。事實上在我們的生活中並非一邊站的是光明，另一邊站的是黑暗，兩者涇渭分明，且互不相容；這兩者時常是並存的，比肩而立的。你要報導光明，連帶着也要報導黑暗，因爲這是「現實」。舉個例子來說。

很多年前，那時候我還有足够的氣力和膽量在河裏游泳，每星期總有四五個下午，我們幾個朋友在河裏游水。岸上有茶館，不只一家，有三四家，其中一家生意較好，因爲那家茶館的老板，一位榮民，倒茶較勤，看管衣物也較負責。有一天，那位老板向我們說，他就要歇業了。我們有些驚訝，問他爲什麼，他說，前兩天有位警員來通知他說，河岸這塊土地由一位被選舉出來代表人民講話的代表買了；如果要佔他的地，必須同他定租約。他說那位代表要的租金太高，他賺不出來，只有捲舖蓋了。據他所知，那位代表並沒有買這塊地，只不過是要收錢而已。「我爲國家賣了半輩子命，身上帶過幾次彩，今天落得開個茶館都有人來欺負。」我們知道他是榮民之後，建議他去找他的老長官或是退除役官兵輔導處這樣的機構，或許他們會出來幫他解決問題。過了些日子，他的茶館仍舊開着。他說他聽了我們的建議，找到他的老長官，這位老長官很幫忙，總算由輔導處出名替他解決了問題。

對這件事情做報導，不可避免地要暴露黑暗面——一位被選舉出來代表人民講話的代表竟然欺壓到一個小百姓身上來，如果據實報導了，豈不是破壞了那個代表的信譽嗎？可能一頂帽子擲過來；但是我們的政府的另一個機構有責任照顧榮民的生活，所以出面爲他解決了所面臨的難題。這算不算是歌頌光明面呢？在報導這則事件時，如果對那位應該代表人民講話的代表一字不提，只說那老板面臨了難題，那報導便失去力量，減弱了眞實性，也就連帶着減低了可信性，旣無可信性，還能產生甚麼感服力量？

在寫這類文章時，作者的遣詞用字和語氣常能影響讀者的感情，甚至控制讀者的情緒。例如在前段文字中我用了「一位被選舉出來代表人民講話的代表」就頗有挑撥的口氣，使讀者對他自然而然地懷了惡感，如果用「某代表」就平和得多。所以報導文學的作者的立場和態度是非常重要的，他個人的愛憎操縱着他的筆，也就間接地操縱了讀者的感情。瘂弦曾引用德國報導文學巨匠E. E. Kihch所列舉的報導文學應具備的三個原則：一、作者不能歪曲所報導對象的意志；

二、作者應有強烈的社會感情；三、作者應顯示出一種對人類生活遠景的強烈企求（書評書目63，頁七）頗值得報導文學作者的注意。高信疆則說，一位好的報導文學工作者應該努力建立並堅持的是「平等」（公平）的精神。即是作者要體認自己並不比被報導者有更高的地位，不比事物本身更具權威，否則極易造成報導的偏差，給予被報導者無形的傷害、扭曲。要體認到本身的報導僅是一種學習的過程，一種投入與參與。那麼，任何卑抑或醜化或美化的報導都是應該避免的。其二須具有開放的胸懷，這是一種生長的、活潑的心態，可以接納任何不同的對象，面對任何不同的事物，掌握其背後所包涵的意義，這也是一股進步的動力。（前書，頁十一）這些是報導文學作者具備的條件，頗值得我們參考。我想在這兒特別提出兩點，就是報導文學的作者的立場甚爲重要，他代表誰講話？他代表的立場控制着他選擇題材的角度和做結論時判斷態度。其次是，他寫給誰看？讀者對象也決定他的選材和寫作的方式。

4

我曾就「報導文學」究竟是屬「新聞報導」還是屬「創作的文學」這一問題請教過兩位常常談論「報導文學」的朋友，一位回答說「是以文學的筆調寫報導」，另一位直截了當地說「是文學創作，但是要根據事實」。根據第一個回答，它仍是新聞報導，因此它必須遵從新聞報導的原則來寫作。至於什麼是「文學的筆調」，恐怕也很難說明。根據第二個回答，它是文學創作，不過它處理的題材應該是現實的，或者說，它必須是寫實的。因此「報導文學」根本就與新聞報導拉不上關係。現在我們關心的問題是：新聞報導處理的題材如何能文學化呢？

我們今天要求作家邁出他的小小的寫作間或會客室去接觸廣大的社會和人羣，而且他也有責任向讀者報告他的所聞所見，使讀者能通過他的作品而了解許多社會問題和人們彼此間的關係以及他們的現況與未來的期望等等。也就是主張作家走向十字街頭。好啦，我們姑且認爲這種主張是非常正確的。一位作家看到報紙上刋了一段消息說，我們的榮民深入荒山開採白雲石，這些白雲石供給中鋼公司做燃料，節省了國家鉅額的外滙。他非常感動，便到花蓮去參觀這座白雲石鑛。之後他寫了一篇報導，說明榮民們「披荆斬棘，深入荒山礦區」，這礦區「在海拔七百至一千二百公尺的清昌山，山勢險峻，谷底下是兩條水流急湍的亞干溪與清昌溪，根本無路可以通行」，「由於清昌山都是原始森林，工作人員祇有僱請當地的山胞擔任嚮導，沿着懸崖峭壁攀登而上，進行艱苦的探勘、測量工作」。「榮民員工們懍於責任重大，人人都抱着最大的決心和毅力，以最克難的精神，在懸崖峭壁的山野叢林中，披荆斬棘，櫛風沐雨，星夜趕工」，工程提前完成，現在採礦的榮工，共有一百五十餘人，「他們以三班制，二十四小時進行開採工作，有的礦坑深入山內數公里，裏面如蛛網密布，榮工們把白雲石採出後，由高空纜索運到山下，再用卡車載到花蓮港」。（括號內文字係引自七月廿九日中央日報第三版的由黃敬賢先生寫的一篇報導）這是一篇新聞報導，但因爲它敍述了開採白雲石的經過，白雲石對我國煉鐵工業的重要，外銷頗有前途，使我們對白雲石礦有個系統的認識，但這只是一篇新聞報導，文中使用的那些現成的文詞如「披荆斬棘」「以最克難精神」、「櫛風沐雨，星夜趕工」等，都不能使讀者「看」到那些榮工們的工作的情形、他們遭遇的困難和如何克服這些困難等情形。我們這位作家想進一步給他們畫一幅生動而逼眞的圖畫，他便到礦區去住了一段時間，選擇了代表不同工作性質的幾個員工，由他們口述開採白雲礦的經過。因爲同這些榮工生活了一段時間，他了解他們工作時的情緒，他們工作時所希望獲得的報酬——大量儲藏的白雲石，以及他們成功後感到的喜悅等等。他把這些資料加以整理，然後決定他要強調的是什麼，例如說，拓荒者的精神。他所寫的不是機器而是人，普通的人，他們有沒有恐懼？有沒有在深夜裏聽到呼呼山風時感到的孤獨？他們之間的兄弟情誼如何克服了恐懼感和孤獨感？經過一番審愼的選擇之後，寫出一篇以人爲主的報導文章，這會比單純的新聞報導更生動。但是它仍是屬於新聞報導而非文學創作，或者說，一篇很好的小說，因爲它沒有明確的主題，只是對於許多事實作過一番整理分析而生動地表現出來，這達到了所謂的用文學筆調寫新聞報導的目的了。

我們知道，小說家會利用事實，他們從眞實生活中選取很多故事。但是眞實生活，不論過去的或現在的，並不能完全提供作者和讀者最感興趣的事實。小說家感興趣的事實必須能反映心理發展過程和人做這些事情的動機。在一篇小說中，人物、事件和意義必須交織在一起，然後向前發展，而不僅是孤立事件的靜態的敍述。在發展過程中，我們必然會看到一批一批的衝突，這些衝突必然要互相適應、互相改變，然後走向有秩序的和諧。為了達成這種目標，小說作家可能把重要的事實置於次要地位，而不重要的小事情在小說中可能有決定性的影響，他便要使這些小事情突出，甚至創造出一些小事，也就是虛構的事實——新聞報導中是不允許虛構的。

我重複一個我在別的場合曾談過的例子。

有一位作家在電視的報導中看到十大工程建設之一的片斷的工作情形。那是個星期天的下午，是炎熱的夏季，他正端着冰啤酒慢慢飲啜，他的妻子在冷氣房裏欣賞電視劇，他的孩子和同學們到海濱游泳去了。他獲得暫時的寧靜，但也感到一絲孤獨，他想用詩句把這種感情表現出來，但他找不到合適的詞句，故而他也有些失望。他凝視着畫面上工作的人們，心想：「唉，在星期天，別人都在休息，而他們還要被迫在烈日下工作，可憐喲！」但他再一觀察，這些工作人員的臉上並沒有一絲勉強的或不滿意的表情，他們表現得很積極很愉快。我們這位作家感到一絲驚訝。「難道不是被迫的嗎？」他放下啤酒杯，懷疑地自問。

過了幾天，他接到作家協會的通知，該協會的會員，如果願意，可以報名參加十大建設工程的訪問團。他決定參加，雖然他那位賢妻不太贊成，天氣太熱，怕他吃不消，但他想起電視報導的那段新聞和那些片斷的畫面和他的懷疑時，他說：「我決定親自去看一看。」

在工地，他聽過工程師和管理人員們的簡報，他聽到一連串的數字，百分比，以及該工程完成之後對於我國經濟發展的重要貢獻。一位工程師在受到那些參觀者的讚揚之後，說：「這不是我們少數人員的功勞，這點成績是我們全體員工同心協力努力的結果。諸位知道，眞正在第一線放鎗放礮和敵人肉搏的是士兵們。」他向他們微笑一下，說了聲「團隊精神能克服一切」，揮揮手，便站在一旁，讓別的人再繼續報告。

聽到「團隊精神能克服一切」這句話時，我們這位作家若有所感，若有所悟，他站在那裏，另外的報告似乎沒有再激起他的注意。他是在做一個決定，他想留下來，實地觀察一下團隊精神的意義。通過作家協會的協助，他獲准留在工地，自由地同任何人接觸。他立刻給他的妻子寫了封信，告訴她說他至少在工程進行的地方住一個月或更久，他會隨時向她寫信報告他的生活情況，「但不要給我寄任何生活中的奢侈品來，我要暫時成爲一個工人！」他特別囑咐她。他沒有隨其他團員返回臺北——譬如說，臺北吧。工程處的人員當天爲他開了一個小型的茶會，介紹他和各部門的負責人認識，並保證給他一切方便，使他能夠搜集所需要的任何資料。當然，他也被介紹給一部分工人。

我們可以想像到，他的工作進行得並不像他想像的那樣容易與順利。他擬定了工作大綱，設計了一些問卷。在工餘的時候，他便訪問一些工人：關於他們的家世，教育程度，以前做過什麼工作，爲什麼要來參加這項建設，這兒工作環境令人滿意嗎？待遇公平嗎？諸如此類。但那些工人對他問這些鷄毛蒜皮的問題不感興趣，同時，他們似乎把他看做外人，也不願同他多談。他對工人們的直率言談、粗俗動作也覺得格格不入。「這羣吃飽了沒事兒做的文人，來拿我們窮開心。他寫本甚麼書，賺筆錢。」有天晚上，一位工人憤憤地說。聽了這話，他很傷心，半夜不能成眠，思索的結果，他知道工人們不把他看成他們中間的一分子，他們之間有距離，因此不能溝通。於是他決定要做個臨時工，也掙工資。他同工人們生活在一起，同他們隨便亂談、工作、報酬、女人、過去得意的事、悲慘的遭遇，等等，無所不談。他也同他們一起喝老酒，吃花生米，罵街，抱怨茶水不够熱，抱怨西瓜不够甜，抱怨這個那個的。一件工作完成後，他也和工人們相擁抱，對完成的工作乾杯。漸漸地，他和工人們的距離拉緊了。了解了他們思想、感情。他的腦子裡出現了幾個特殊人物：一個知識分子，極端的個人主義者，對一切持懷疑態度，只想到一己的利益——待遇呀，社會地位呀，等等，一腦子浪漫的理想，在現實面前，常常表現得怯懦而缺乏自信；另一個也是知識分子，來自一個很好的家庭，父親在大陸上曾經做過高官，來臺灣之後，過半隱息生活，晚年患半身不遂，積蓄已經花得差不多了，這位知識分子有懷才不遇的感覺，常發牢騷，對於工作不大負責任，且態度驕傲；一個言行謹慎，工作努力，頗爲上司欣賞的職員，但思想偏激，在工人間散播一些反對當局的言論；一個年輕工人，吊兒郎當，對人對事都不嚴肅，得偸閑時則偸閑；另一個工人，曾在軍隊中服務甚久，參加過抗日、剿匪的戰爭，隻身在臺，工作認眞，對任何事都爭先恐後，只是孤僻成習，跟同事們合不來。這些人參加這項大工程，共同工作，共嚐艱苦，漸漸產生一種兄弟的情誼，且對工作本身產生一種感情。許多經驗使他們了解互相幫助互相合作的重要性，在合作中使個人同團體結合爲一，團體的成敗成爲個人的成敗。

我們這位作家在實踐中逐漸了解了前邊所提到的那些，他把許多許多小事情記錄在卡片上。例如：㈠某月某日，機器突然失靈，修理半天仍未動，機械工程師搖頭，工程人員嘆口氣說，工作恐怕要暫時停頓。一位工人不以爲然，他說：俺聽說抗戰的時候兒修過一條什麼滇緬公路，那時候兒連架挖土機也沒有，路還不是修成了。㈡某月某日，一位監工對於工人們的能盡心力克服困難頗感驕傲，他說：上帝能做的，咱兄弟們就能做。㈢某月某日，一位年輕工人受傷，他的同伴甚爲焦急，可以說是坐臥不安，老劉，一個大個子，平時跟這位受傷的年輕人常在一起工作，竟像自己的弟弟或兒子受傷一般，他說：我們一塊兒工作了一年多了，日夜在一起，誰甚麼時候放屁都知道，父子的關係也沒有這樣親。㈣某月某日，某工人鬱鬱不樂，工作時懶洋洋，後來得知他老母患病，急需他携款回家安排，他去請假借款，均未批准，故情緒不佳。於是工人們均願盡力爲他籌款，積少成多，並願於完成自己工作後，加班做他的一分工作。某君回家三天，歸來之後，對同伴格外親切。㈤某月某日，某君收到家裏寄來一郵包，原來是茶葉，他沒有別的嗜好，就是愛喝茶，但工作隊的茶不好，他必須由家裏寄好茶來，有時茶盡而郵包未到時，他就愁眉苦臉，同事們笑說他是盼情書。他寫的小卡片以千計，都是記載的工作人員們的小事件，也有些記錄的是工人們使用的語言，並註明在甚麼情況下使用的某一個詞。

一個月過去了，我們這位作家領了他那個月的工資，提着兩隻手提箱向工人們告別。

費了一年的時間，他完成了一部小說，描寫工人們的生活的小說。在這本小說裏，他利用了收集的事實，但不是事實的詳盡報導，而是與主題發展、人物剖析、故事發展有關的事實。他運用他的想像，爲這些人們塑像。

這是文學創作，可不是新聞報導。文學創作比新聞報導多些甚麼？也少些甚麼。多的是小說的眞實，少的是歷史的眞實。我們期望多量產生報導文學，使人們能多方面了解他們的生活；我們更期待有新的作家產生，能跨過報導文學而進入「純」文學的領域。

（本文選自「現代文學」復刊第5期）

歷史、現實及文學

張系國

在時報文學獎徵求報導文學作品的同時，七月份的書評書目恰巧也刊出一系列文章，探討報導文學究竟是什麼。其中許多作者的意見，頗值得參考，也是我評審時依據的主要標準：

「報導文學所描述的現象和事件的背後，一定要展示它的精神成份……任何一篇優秀的報導文學不能僅是照相式的反映現象，或是資料式的堆砌而已，而應是現實的藝術化。」（瘂弦）

「報導文學是一種實踐的文學，也是文學的實踐……它本身是作者的一種學習的過程，自我教育的過程……它的意義是愛與尊嚴，它的形式是文學形態與新聞報導的綜合表現……報導文學的另一個條件，則是事物象徵意義的掌握，如此它的永恒性才顯著。」（高信疆）

「報導文學的使命是積極介入社會、認識社會，然後把它具象地表現出來……它對於一般讀者最大的功能是導入社會知識而非學院的知識，這是報導文學的特色之一。」（蔣勳）

「報導文學必須以事實爲基礎，不是小說的虛構。但是處理眞實事件的手法，可比較重視修飾、伏筆、氣氛、感情……所以它的層面有二：一是報導，要建立在眞實的材料上面。二是文學，要容納多種表現方式和文學寫作的技巧。」（黃年）

「既然『報導』兩字在前，『文學』兩字在後，所以報導文學應該是以報導事實，追求事實爲主……（不過）因爲『報導』重在事件的呈現，並促成現狀的改變，而『文學』重在激發同情，並不需要提出改革的方法和意見，所以報導文學的一切性質的確定，都是姑且說的。」（翁台生）

「報導文學在知性的比重是大過於感性……因此著重於事實客觀性的描述應是報導文學的重點……報導文學工作者其本身行動的表徵卽是其關切這個社會的具體事實。」（陳遠建）

從以上各家的說法，不難看出，報導文學作家面臨的主要問題，卽是如何在客觀報導及主觀感受間取得適當的平衡。僅只是客觀報導，不是報導文學。僅表達主觀感受，也不是報導文學。報導文學，如果採取西方批評家對「非小說」的定義，可說是「戲劇化了的歷史」（dramatized history），或說是「有活力的傳記」（energized biography）。但我們並不必借用西方非小說的定義。雖然有人認爲中國傳統文學裏並沒有報導文學，我卻覺得報導文學和中國傳統文學的「傳誌」頗有共通的地方，最好的例子是史記裏的列傳。例如「遊俠列傳」，就可看作我國報導文學的典範作品。我的理由如下：

第一：現實是歷史的切片。歷史是無數現實切片的累積，但沒有一部人寫的史書能包括所有的歷史材料。眞實歷史是客觀的存在。人寫的歷史報導乃是眞實歷史的模型。不論歷史報導多麼詳盡，也祇能容納很小部份的眞實歷史材料。作者通過對眞實歷史材料的選擇與剪裁，構組他的模型。太史公蒐集的遊俠資料，想必不止朱家郭解兩人。但在「遊俠列傳」裏，他祇寫了朱郭，以他倆代表古今所有的遊俠。報導文學第一個特點，便是有計劃的選擇眞實材料，納入特定的文學架構裏。至於材料本身全部來自對現實社會的觀察，或者包括歷史敍述及史料，倒無關緊要——因爲現實不過是歷史的切片，今日的現實立刻會變成明日的歷史。歷史與現實間並沒有絕對的分野。如果太史公在今天寫「遊俠列傳」，他也許不會寫朱郭，而會改用今天現實社會裏的人物。

第二、由於有計劃的選擇眞實材料，報導文學絕不僅僅是眞實材料的堆積。通過作者的匠心安排，報導文學一樣能產生和小說相同的效果——包括戲劇性、人物及事件的典範性，以及對人生的啟示性等。報導文學因此不僅是一般的新聞報導，也不是史料堆積成的史書。報導文學可說是人性化、戲劇化了的歷史或傳記——這裏所說的傳記，不止是個人的傳記，也可能是一羣人，一棟老屋，一條河流、或一種風俗習慣的傳記。我們讀「遊俠列傳」，不能不爲朱家郭解戲劇性的故事所吸引。史記列傳裏人物和事件都有典範性，這也是史記的文學價値所在。報導文學必有其戲劇性、人性的一面。

第三、和新聞報導或史料集叢不同，報導文學的作者可以在作品裏發揮個人的見解，表達個人的觀感，甚至個人也介入所報導的事件裏。這裏所說的介入，並不一定指作者親身參與，也可能指他精神上的投入狀況。「遊俠列傳」並不僅包括朱家郭解的事蹟，也包括太史公對他倆以及遊俠的一般評價。列傳裏太史公講話的地方，也就是他精神投入之處。史記是經過太史公剪裁安排，個人化了的歷史。報導文學可說正繼承了這一傳統。我們稱它是「非小說」也好，「戲劇化了的歷史」也好，「有活力的傳記」也好，其實和中國文學傳統的「傳誌」，頗有共通的地方。

以上簡單說明了報導文學的三個特點：有計劃的選擇眞實材料，戲劇化安排事件的發展，通過作品發揮作者的見解。因此我們也可明白報導文學不是什麼：

第一、它不是單純的新聞採訪，並不以堆積眞實材料或報導事件經過爲滿足。

第二、但它也不是小說。小說可採用虛構的材料。報導文學卻必須嚴格區分眞實材料和虛構材料。儘量避免採用後者。

第三、它不僅是客觀的報導。作者個人的哲學觀、人生觀、政治觀……都會表現在報導文學的作品裏面。

最後一點值得特別強調，我認爲報導文學不可能完全客觀，也不應完全客觀，報導文學之所以仍是文學，正因爲它有段大彈性，能讓作者表現自我。如果不能發揮自我，就不可能有文學。

但反過來說，報導文學因此也可能更接近宣傳。報導文學常用來宣傳作者的人生觀、哲學觀和政治觀。如何能達成宣傳的效果，而仍能保存作品的文學價值，是報導文學作者所面臨的難題之一。他一方面選擇剪裁眞實材料，一方面通過某一（哲學、政治）觀點詮釋這些素材，這中間難免有衝突矛盾的地方。報導文學作品是否成功，我以爲就看它是否仍能成爲文學作品，卻同時又達成宣傳的效果。報導文學無可諱言是「有所爲」、「載道」的文學，不是「純文學」。

根據上述標準，在徵文獎部份，「臺灣現存的書院建築」、「新燈、舊燈」、「最後一把番刀」，都是相當成功的報導文學作品。「臺灣現存的書院建築」，重點不僅在報導碩果僅存的書院建築，也透露出作者對中國文化的關懷，對復興中國文化的信心。全文夾議夾敍，或許有人認爲不太像報導採訪。但從上述廣義的報導文學的角度看，倒也是自成一家的寫法。作者提到我們「自覺太多自知太少」，眞是一針見血之論。最後一段，我極欣賞：「……那一鞠躬，不只使我明白自己的失禮，更使我瞭解文化仍在民間，復興的契機也在民間」。是的，祇有憑著這樣的信心，我們才不致於在現代化、傳統化的爭執間完全迷失！

「新燈、舊燈」是結構比較嚴謹，最接近文學創作的一篇。如果從文學的角度看，「新燈、舊燈」是十分成功的。作者文字優美，描述鮮明清晰，對人、地、時都有清楚的交代。但在主題及宣傳的效果方面看，卻略嫌單薄——老屋遷移當然最好「一個釘眼也不留下」，但畢竟這不是頂大的悲劇。能夠移建，總是比完全拆除好多了。作者選擇的主題，限制了「新燈、舊燈」的成就。

「最後一把番刀」裏，謝老先生敍述他和他的父親如何以生命保護番刀，最後他的孫子卻說：「這是什麼時代了，還用番刀？」他一怒把番刀扔入山頭的湖水裏，這一段故事感人更深，可說已做到高信疆先生所說，掌握住事件的象徵意義。後半段的個案調查也非常成功。除了結構稍嫌雜亂，「最後一把番刀」也是很成功的報導文學作品。

在推薦獎部份，古蒙仁的「黑色的部落」是最好的一篇報導文學作品，他從敍述個人入山之旅開始，倒敍日據時代秀巒山村山胞抗日的壯烈經過，然後敍述目前山胞的生活狀況，及他們未來的希望，結構層次分明，讀來引人入勝。入山之旅（茫茫天涯路）的部份，有不少絕佳描寫文字，「黑色的部落」也成功達到宣傳的效果——「今天泰雅人終於明白了這個事實——路，不光是人走出來的，有時候還需要用上雙手。只有不斷地動手，他們方有接近文明的一天。而屬於他們的文明，也只有透過這種方式，才可以取得」。這段話眞點出全文的主題：山地建設非一蹴可幾，有賴山胞及平地人共同的自發努力。「黑色的部落」綜合了現實的描寫、歷史的敍述、作者個人感性的觀察，符合報導文學創作的原則。無論從文學或宣傳的角度看，都是動人的作品。

戰後臺灣年輕一代已經成長，瞭解自身的欲望也逐漸增強。年輕人不斷在追問：「我們的歷史背景是什麼？我們的現實社會是怎樣的面貌？」我們自身應如何介入現實社會，掌握歷史發展？報導文學的工作，正能及時提供一些答案。在今後我國文學裏，報導文學會佔有相當重要的地位。尤其年輕一代的小說家，多半都注意到小說之外還有另一個創作天地。他們已掌握小說創作的技巧，又擁有年輕人刻苦耐勞的幹勁。隨着這些精力充沛的年輕作家的足跡，報導文學無疑將進入豐收季。

（本文選自67、10、9中國時報人間副刊）

新文學第二期的報告文學

周錦

報告文學，是文學寫作上的一種新體裁。它既是散文，又是小說，更是新聞通訊，並且有及時報導以引起世人注意的作用。民國二十年「九一八」事變後，隨着國難的日漸嚴重，國人也漸趨覺醒，人們亟須知道日閥怎樣侵略我們的國土，如何迫害我們的同胞，以及國人反抗的情緒如何高漲，因此報告文學產生了。不過這種作品，內容必須是現在發生的、眞實的、爲社會大衆所關心着的事情；而以新聞處理手法，通過散文和小說的寫作技巧表現出來的。這樣的作品，在當時產生的很多，但也很雜，現在選取幾個特出的樣品加以介紹：

邊聲，是孫陵於民國二十三年在長春寫成，後來寄給先由東北逃出的蕭軍，一年後經羅烽轉到上海的「光明」半月刊，到民國二十五年開始發表的。這是中國新文學史上，最早的、也是最純粹的一部報告文學，是作者就自己的親身經歷，把東北地區的淪陷，日本軍閥的兇殘，僞滿傀儡政權的成立，以及同胞奮起抗日的義勇行爲，做了忠實的報告。

孫陵自己編報，從事文學創作，所以這一篇八萬多字的報告寫得非常成功。作者向上海寄出這一部文稿的時候，自己正在日本軍閥控制下的長春，確是冒了身家性命的最大危險，這完全是由於愛國的一念，實在是值得敬佩。

作品分爲十四個部分，也就是十四個報告，可以各別獨立，但卻又是一個整體。現在錄下「第一報告」的開頭部分——

溪流，茂草，望不到邊涯的白樺林，和廣漠的沃野，這全是我們的土地；這土地埋藏着無限的，從原始遺留下來未經開發過的寶藏。

但是，我們的土地喪失了，我們的同胞成羣被屠殺，被放逐，從東北人變成了亡國的奴隸。——這話是有語病的，但東北人的國家，却似不歡迎他們跑進它的懷抱來。——那天起，一直被侵略者連一隻螞蟻都不如地蹂躪。同時，那溪流，那茂草，那望不到邊的白樺林，也如同我們的土地、同胞，一樣無抵抗的獻給了敵人。

東北，被一切人們所熟識，但是那富藏，却並不被一切人們所注意。因而兩個偉大的山脈被感覺着神秘，那東北面的長白山，和西線的興安嶺。

長白山是滿清的起家地，並且也是一切人們底狩獵地，另外還有一種「挖棒錘」（採人參）的，聽說也都到這山上來，因此在神秘色彩上，已經不如興安嶺那樣濃厚了，可是這濃厚的神祕外衣，現在已由敵人來搗破；那無垠的寶藏，也已由我們的敵人去自由開發。

他們是要藉着由我們手中奪去的富源，來侵略我們現在尚未全亡的土地。興安嶺，在東北政權時代是廢墟，一落到我們的敵人手中便成爲禁地了，除開有正式憑證的僞滿軍隊外，一切人都是禁止前往的。他們在那裏從事軍事設備，他們在那裏守護着土地富藏的「旣得利益」。所以，這次的興安嶺探勝調查隊，就是由十三個「友邦」人組織成立的。

八月五日，一個初秋清朗的早晨。

廣漠的大野上，溜走着涼爽的風，茂草如同一面望不見邊沿的大毡氈，上面織滿了各樣的山花，蒲公英，野菊花……描繪出了各種不同的圖案。這十三個打着日本旗子的「友邦」人，分乘了八輛馬車和兩匹馬，穿走過遮蔽了高空的白樺林，小山嶺，和山麓下邊錯綜的密佈得同蛛網一樣繁雜的溪流。

這是「報告」，報告了敵人正在玩弄一些什麼陰謀詭計；但也是小說，故事似的漫衍着；卻更是散文，如畫的景色和眞摯的感情呈現着。這一篇題名爲「興安嶺探勝」的報告，就由此展開了敵人十三人小組的活動，當然比起新聞報導和政治評論感人得多。現在再引第八報告「嚴肅的工作」中一段：

偽國宣告成立，接着溥儀推戴使也陸續出發了。這時我們這羣企圖推翻偽國政府的英雄們就要開始行動了。並且又擬定了兩個襲擊瀋陽的計劃：

三月四日（第一回），破毀瀋陽撫順間送電線，先使瀋陽全市黑暗，再發砲三響為舉事信號。東門劉海泉部隊約一千人，北門于煥章部隊八百人，南門于子超部隊七百人，一聞信號，同時進攻。進城後解除巡警商團武裝，並擊滅憲兵隊，兵工廠，守備隊，及城內所有敵軍的部隊。再行聯絡城外各義勇軍，進佔南滿路。

三月八日（第二回），張海山部隊四百，合其他小部隊六百，由撫順南方三十里的小林子地方，開抵城東四方臺，再集合段先元部隊八百名，派先發隊進擊省城；發砲三響，聯絡其他接應部隊，同時行動。另外，由尚昭儀放火班，在省城內外各地放火。

…………

這樣，在敵軍種種壓迫之下，襲擊瀋陽的計劃終於全部失敗了。從三月五日開始到三月二十四日終結，總共被敵軍捕去關係同志六十六人。這些人的名字不必再寫，總之事情是失敗了，而當時這些從事襲城工作的英雄們，也光榮地為了他們的工作犧牲了。

這裏，我不更寫別的，為了「建國」紀念，使我記起「建國」當時努力工作的人們來。這不僅是人命打成的寃結，或鮮血染成的仇恨；這是一件奮鬪的光榮。他們計劃失敗了，但他們的工作是嚴肅的。我們說恢復失地，我們說抗敵救亡，我們必須繼承他們那嚴肅底精神，去從事他們那未達目的底計劃。

這一段報告，前半敍說了僞滿的成立經過，把侵略者和漢奸的嘴臉深刻地描繪出來；後半敍說了軍的義勇行爲，不只是可歌可泣，更是眞摯感人。在情節上，作者提供了很多難得的珍貴圖片，實在是研究近代史不可或缺的可靠資料。

由於這部報告文學的寫成時間（民國二十四年到達上海文壇），正是全國抗敵情緒高張的時候。國聯的無能，日閥不只是掠奪了東北，而漸漸蠶食到塞北華北，國人是多麼的希望知道敵寇的眞面目和同胞的義勇行爲，更渴望着最眞實的報導。可是，這一作品直延到民國二十五年纔得到發表，乃是中國文壇上的一椿醜惡事件。

因爲孫陵不肯接受修改，認爲寫作應該忠實，而把自動組成義勇軍的東北「官民」改成「無產階級人民」是一種對讀者的欺騙，所以延擱了一年多纔轉到「光明」半月刊。民國二十五年九月孫陵逃離東北，經青島到上海，「邊聲」得到發表，同時由東北攜出的長篇「從黃昏到黎明」也打算推出，但是「不修改」的執着幾乎斷送了一個文人的前途。矛盾根據標題下用引號注明的「從長春寄」四個字，竟說有人根本沒去東北，坐在上海亭了間寫文章，卻冒稱「從長春寄」。後來雖然經過有關係的人解說清楚了，但「邊聲」這樣一部很有成就的報告文學，和孫陵的另一長篇「從黃昏到黎明」，卻被冷藏了，幾乎被人們遺忘。這是民國二十六年的事情，這一事件影響了好幾個人的一生。

——孫陵根本不知道共產黨，卻從那時起一直堅決地反共，後來雖然與郭沫若等人過從甚密，卻也沒有改變初衷。

——蕭軍原來是已經投入了共產黨懷抱的，後來卻成了反共健將。

——楊朔本來是和孫陵一起在上海奮鬥的（東北時期就在一起，是因爲孫陵纔到上海，也是東北作家中，最後一個離開東北的），後來抱着一肚子不服氣去到延安看個究竟，結果既不能回頭也沒有反抗的勇氣，卻由標準的「洋奴買辦」（在東北及上海都是擔任英商太古公司的高級職員）而成爲共產黨的御用文人。

如果這三位老朋友將來還能有機會聚到一起，自由自在地各訴辛酸，則中國新文學將光芒萬丈，照耀世界了。

中國的一日，是一部集體創作的報告文學，也可算一個報告文學集。這是民國二十五年由上海「文學社」發起，向全國各階層徵稿，寫「五月二十一日」這一天，各地方各行業所發生的事情，由茅盾主編。這是模仿高爾基編刋「世界的一日」做的，結果收到三千多篇應徵稿，選入了四百九十篇，約八十萬字，以「中國的一日」出版，確是巨編。

書前有蔡元培寫的「序」，和編者的「編輯經過」。「編輯經過」中說：「……從都市的大街和小巷，高樓和草棚，從小城鎮的冷落仄隘的市廛，從農村的斷垣破屋，從學校，從失業者的公寓，從軍營，從監獄，從公司，從公署，從工廠，從市場，從小商店，從家法森嚴的舊家庭——從中國的每一個角落，發出了悲壯的吶喊，沉痛的聲訴，辛辣的詛咒，含淚的微笑，抑制着然而沸涌的熱情，醉生夢死者的囈語，宗教徒的欺騙，全無心肝者的獰笑！這是現中國一日的，然而也不僅限於此一日的奇瑰的交響樂！」最後又說：「……在這醜惡與聖潔，光明與黑暗交織着的『橫斷面』上，我們看出了樂觀，看出了希望，看出了社會大眾的覺醒；因爲一面固然是荒淫與無耻，然而又一面卻是嚴肅的工作！」由這裏，已經明白地說出了作品的來源、內容，以及編輯這本書的目的。

這本書一共區分爲十八個單元：㈠全國鳥瞰；㈡南京；㈢上海；㈣江蘇；㈤浙江；㈥江西、安徽；㈦湖北、湖南；㈧北平、天津；㈨河北、察哈爾、綏遠；㈩失去的土地；㈡山東、河南；㈢山西、陝西、甘肅；㈢廣東、福建；㈣廣西、貴州、雲南、四川；㈤海、陸、空；㈥僑踪；㈦一日間的報紙；㈧一日間的娛樂。

這不只是內容豐富的報告文學，同時也是研究中國近代史的珍貴資料。可惜「荒淫與無耻」和「嚴肅的工作」有些時候並沒有很客觀的評量標準，再加上編者主觀的見解，乃至於政治的好惡，在「選」和「編」的方面形成畸形。諸如：第四單元多集中在「軍訓」，第五單元多是農村的災難，第八單元則儘是「逮捕」；而第四單元的北平、天津，難道在這一個時期只發生了這些重大的事件，難道這些事情就是這幾個地方的特色嗎？過分遷就政治目的，相對地也就減少了文學成就。

儘管在編選上有些問題，但在選入的作品中，確實有很多是非常優良的；而且在那個時代，也確實發生過一定的作用，產生過相當力量。現在把第十單元中劉士引所作一篇「永不能忘記的一課」，節錄在後面，當可以看出一個大概來。——

上午的本國史，教員開場第一句就是：「拿出筆墨來！」

我們現出了奇異的眼光看着他——他的嘴唇在微抖，他的手上的一本書也在顫抖，他的兩眼無力地瞥了我們一下。接着說：「把書翻開——從——」聲音哽咽住，忽然長長的吁了一口氣。又說：「本書第……。還有，濟南慘案，萬寶山慘案，九一八事變……唉！」

我們的心不停地跳動，不過還不大了解到底怎樣？

「還有，一二八事變及日本最近的侵略行動——就在這些課的下面寫『刪去』二字……」

他勉強說完了，接着就在黑板上用力地寫了「刪去」兩字！回過頭來，臉上的表情越發難看。

我們翻着書，找着這些課，計算約佔全書的二分之一。

……………。

「上邊說過，幾天後某國人來查……」

全室充滿了慷慨激昂的空氣，同學們早有哭得不成聲的了，窗外的小鳥也在梢頭啁啾。……

「啊！你們還要留心——你們的日記、作文，以及一切有礙的書籍，都要藏好或燒去。你們應當知道，這或許就會送了你們的生命哪！」先生又很溫和的告訴我們。

同學們這時大半都已停止了悲哀，先生在講臺上踱來踱去，心裏不知想什麼，有時面露微笑，有時現出很難過的樣子。

包身工，是夏衍的成名作，民國二十五年六月發表於「光明」半月刊。這是以上海楊樹浦的一家日本紗廠做爲對象，經過秘密的調查和訪問，用眞實可靠的材料寫成的報告文學。

他把「用紅磚牆嚴密地封鎖着的」日本紗廠工房區域內，「二千左右穿着襤褸而專替別人製造紗布的『豬玀』——『包身工』」的生活慘景，用文字表現了出來，清楚地送到國人的眼裏。這些「包身」工，都是生長在落後的農村，他們的父母因爲貧窮，不得已把她們的身體「以一種奇妙的方式，包給了叫做『帶工』的老闆」。從此，她們失去了人身自由，永遠承受着帝國主義侵略者（日本廠主）和封建主（買到她們的「帶工」，也就是工頭）的雙重壓榨，而墮入了「沒有光，沒有熱，沒有溫情，沒有希望……沒有法律，沒有人道」的人間地獄裏。在那地方，「有的是二十世紀的爛熟了的技術、機械、體制；和對這種體制忠實地服役着的，十五六世紀封建制度下的奴隸」。作者緊緊把握住一個外號「蘆柴棒」的女工，着力地描寫了她的悲慘遭遇，有力地暴露了廠主和工頭們令人髮指的罪行。

據說，作者曾在紗廠工房區附近生活過，對這些「包身工」們具有較長時期的瞭解，所以不只是描敍逼眞，而且充溢着強烈的感情。民國二十五年，正是中華民族已經覺醒的時候，這一類型的作品，不只是更加強了國人同仇敵愾的抗日情緒，也最能够得到廣大讀者。

不過，這一成功的報告文學作品，卻因爲作者個人的思想意識和政治目的，而教條地，在最後拖了一個不必要的尾巴。文末寫着：「黑夜，靜寂的、死一般的長夜。表面上，這兒似乎還沒有自覺，還沒有團結，還沒有反抗，——他們住在一個偉大的鍛冶場裏面，閃爍的火花常常在她們身邊擦過，可是在這些被強力壓榨着的生物，好像連那可以引火，可以燃燒的火種也已經消散掉了。不過，黎明的到來還是沒法可推拒的。」作者當時是共產黨的文工幹部，他有責任製造口號，也必須這樣地領頭喊叫，可是卻忽略了創作的文學性。

總結，報告文學來到中國文壇，本來是可以自成一體，或在散文的國度裏創出輝煌的成就。可是一開始就做了政治鬪爭的工具，做了宣傳文字的寄生體，走上了「雜文」的同一命運。因此，除了前面所介紹的作品外，雖然也可以再列舉一些類似的文章，但是成就都不太大，至於後來的情形，更是每下愈況。爲了中國新文學的正常發展，本書不再作這一類文體的介紹，其較爲特出並具文學成就的作品，則歸於散文類敍說。

（本文選自周錦著「中國新文學史」）

從報告文學到報導文學

尹雪曼

最近一兩年，由於有些報章雜誌的倡導，報導文學忽然受到各方面的注目。同時，也有不少所謂的報導文學作品，在坊間出現。我不敢說報導文學這個名詞是從什麼時候開始流行起來，但是早在對日抗戰前後，或者再早一點說，從民國二十年的「九一八」事變發生起，在當時的報章雜誌上，就逐漸開始有所謂的「報告文學」作品。但是，這卻不是說這一類的報告文學作品，也是從這個時候才有。報告文學作品在我國報章雜誌上的出現，可能很早。最近周錦兄編輯了一套「中國新文學創作叢刊」，先推出的四册：「中國的苦難」、「中國的怒吼」、「中國的奮鬪」、「中國的勝利」，所收的一百多篇作品，可說都是報告文學中的佳作。而在時間上，如朱自清的「執政府大屠殺記」、徐祖正的「哀悼與憶念」，記述的都是民國十五年三月十八日北洋政府與當時北平各大學學生間發生衝突的情形，分別發表於民國十五年。前者因爲是輯自「朱自清文集」，所以不詳原刊載的地方；後者則發表於民國十五年四月第七十五期的「語絲」上。由此可見我國的報告文學作品，由來已久；祇是在民國十五年的時候，尙沒有人使用「報告文學」這個名詞。「報告文學」這個名詞的出現，大約是在民國二十年「九一八」事變發生以後。因爲從此以後，中國人所遭遇的苦難就紛至沓來；報章雜誌爲了肆應這一方面的需求，報告文學作品自然而然的也就多了起來。

但是，不記得在對日抗戰前後有沒有人曾經對報告文學這一類的作品，作過理論性的研討與分析。就是今天，由於手邊缺乏有關資料，也無法對報告文學的內涵作一個有系統的闡釋。祇是從周錦兄主編的「中國新文學創作叢刊」的前四集中，我們可以約略地看出：所謂報告文學也者，第一，它必須具有相當的時間性。這也就是說，它必須具有相當的新聞性，雖然它並不是新聞；或說，它並不等於新聞。然而，顯然的，它具有比新聞較爲深入的內涵。第二，它必須具有文學性。而所謂文學性，也就是說，它必須是主觀的；是在作者個人主觀的觀察或體驗下，寫出的親身經歷與感受。因此，它自然不同於一篇新聞報導；因爲新聞報導要求盡可能的客觀，而文學作品則較多主觀。因爲卽令是自然主義與寫實主義作家們的筆下，也很難呈現絕對客觀的作品。

這樣說，不免使人聯想到近十年來流行在西方新聞性的所謂「新新聞」(New Journalism)。什麼是「新新聞」呢？單從字面上看，顯然地，它是一種不同於原有的「新聞」(Journalism)，或說，不同於「舊新聞」的一種「新聞」(Journalism)。（但請注意，我這兒所說的「新新聞」

也好，「舊新聞」也好，這個所謂的「新聞」，在這兒不等於「消息」（News）這個字；雖然，我們也經常把 News 譯作「新聞」。我這兒所謂的「新聞」，在英文裏是 Journalism，它是涵蓋一切新聞學科方面的新聞學意義下的新聞。）「舊新聞」是什麼呢？大致說來，這個「舊新聞」（Old Journalism）是主張客觀的；它不僅要求新聞寫作的客觀，也要求新聞編輯（標題）的客觀。那也就是說，這個原有的「舊新聞」要求新聞從業人員在從事新聞寫作或編輯時，不要滲入個人的主觀在內。既不允許有主觀的感情，也不允有主觀的思維；所以，它必須是絕對的客觀。但是這種絕對客觀的新聞寫作，由於日趨於冰冷化，所以引不起讀者們的興趣；因此，在十多年前，西方的新聞界，特別是美國的新聞界，就逐漸放寬了這種必須客觀的限制，允許新聞寫作與新聞編輯，滲入編輯與記者們的主觀思維與感情。而這種允許帶有主觀思維與感情的新聞寫作與編輯，便成爲今日大家所習稱的新新聞。

新新聞的產生與報告文學的產生，如此看來，頗有相通之處。這也就是說，當新聞寫作被長期要求局限於絕對客觀的層面上後，帶有或多或少主觀色彩的新新聞或報告文學於是便產生了。因此，我們可以說，報告文學的產生，乃在於補新聞報導某一方面的不足。

但是，報告文學雖說也是文學作品，然而由於它具有一個形容詞「報告」，因而使它無法等於一般人口中所說的嚴肅的文學作品。它無法等於一般人所謂的嚴肅的文學作品的主要原因，乃在於一般嚴肅的文學作品，都是經由長時間的經營所產生，不是在倉促中寫成的急就章。然而大半的，或說所有的報告文學作品，由於它同樣的被要求儘可能的把握它的時間性；因此，它的作者很顯然沒有充裕的寫作時間，或說經營時間；這是報告文學與一般所謂的嚴肅文學作品的最大差異處。而由於這一差異，報告文學作品在數量上可能佔有較大的優勢，但在質量上，可能較一般嚴肅的文學作品略遜一籌。

此外，在與一般的嚴肅的文學作品的比較下，報告文學在內容的涵蓋上，似乎也稍弱於嚴肅的文學作品。這也就是說，嚴肅的文學作品所能處理的題材，遠較報告文學作品為廣泛。嚴肅的文學作品可以利用虛構，藉作者的想像力、推理力，寫作出許許多多事實上並不存在的人物與故事；如我國的西遊記、鏡花緣，以及封神演義等等。但是報告文學作品的內容，卻必須有相當的事實——以眞人與實事作根據。而且，對於這些眞人與實事，報告文學作者只能少寫，不能多寫。所謂「多」寫，就是加油添醋，報告文學作品必須依據事實和人物的眞情而寫作，旣不能憑空創造，更不可以胡亂臆測。

也許是受到這種限制，因此，當對日抗戰勝利後，這類作品在我國的報章雜誌上就不常見了。民國四十年以後，在臺灣地區發行的報章和雜誌，雖然也有這一類的報告文學作品出現，但是，已沒有報告文學這個名稱。在新聞圈內與圈外，大家慣稱這一類的作品為「特寫」。事實上，這些以邊欄（或說鬬欄）形式出現的「特寫」，也就是對日抗戰前後大家所說的報告文學。

就這樣，報告文學在特寫的名稱下，狠狠地流行了一些時日；如此直到三兩年前，才再有「

報導文學」這個名詞的發生與出現。

可是，很不幸的，「報導文學」這個名詞出現後，在解釋上，卻是見仁見智，各執一詞，幾乎每人有每人的看法；幾年來，始終未能一致。譬如十多年前的中國時報前身——徵信新聞報的「人間」副刊，刋有田子文先生「海明威的報導文學」一文，對於什麼是報導文學，便說：「一般而言，報紙或雜誌的報導——卽所謂之報導文學，均須力排撰述者之先入觀念、感情、價值判斷等主觀要素，而出之以客觀的、大公無私的觀點，保持一個目擊者或者說開麥拉眼光爲前提。」

但是，田先生這個看法顯然不是時下一般推動報導文學的人心目中的報導文學。時下一些人心目中的報導文學，概括說來，在認知上，他們認爲「報導是理性的」，「文學是感性的」，「綜合理性與感性」的作品，便是報導文學作品。然而，這卻是一個說了等於沒說的說詞；因爲任何文學作品都必須具有感性與理性的層面。單純的理性固然無法產生文學作品，單純的感性卽令能够爆發出文學的火花，但因它缺乏理性的共鳴，必然會失之於空洞，或淪於言之無物，不足以引起讀者的共鳴。至於這些人在報導文學的內涵上，強要以挖掘社會的黑暗面，描繪社會的汚穢面爲主，又使人覺得它的偏差與單純的歌功頌德的作品，同樣令人覺得作嘔！

我國當前的資深記者劉毅夫先生，對於報導文學曾有很中肯的闡釋。他在「所謂報導文學」一文中說：「所謂報導文學」，它是記述一項或多項新聞故事，而使其興趣化，抓緊讀者的情緒，加深讀者的印象，用簡練的筆法，動人的詞句，織成美麗或醜陋、喜悅或苦痛、樸實或陰險、祥和或兇惡、忠勇或怯懦的一切故事，使人看了產生歡笑、痛惡……的情緒。……最緊要的它必須有其人、有其事、有其地，還要把時間交待出來……」必須有其人、有其事、有其地、有其時，可說是報導文學作品最重要的條件，也是它與一般文學作品的最大不同處！

但是，展現在我們眼前的許多報導文學作品，似乎都沒有能够全然把握住劉先生所說的報導文學的要點。時下的一些報導文學作品，只是盡力的呈現給讀者一種落後、腐敗、衰亡的黑色影象。因此，今天的報導文學作品，事實上並非報導文學作品，而是一種變相的黑色文學讀物！它的流毒，認眞分析起來，恐怕並不亞於赤色文學作品。這樣看，它實在值得我們的警惕！

（本文選自「新文藝」月刊二二七期）

我們吃白米飯

——報導文學的一個概念

林清玄

最近有許多朋友，經常談到報導文學創作的問題，這種文學形式雖然不是最新的，但是它從「報告文學」、「深入報導」的種種稱謂走到今天，必然在精神或內容上與現代社會有息息相關的地方。

究竟現代社會需要什麼樣的報導文學呢？

這個問題因涉及到現實的問題，有些觀念很難釐清，然而有一個基本信念必須建立——現代社會確實需要報導文學，因為只有報導文學可以有直接有效的溝通，來滿足現代人要求「訊息」的欲求，並且滿足現代人用知識探知事實眞相的好奇心，在這個層面它是新聞的、事實的、具體的。

而也只有報導文學這個形式，才能提昇忙碌的現代人，使我們在無選擇的新聞傳播中，對自己的心靈取向還有選擇的餘地，並且有所提昇，在這個層面它是文學的、思考的、玄想的。

因此，報導文學有兩個層面，它是就形而下的事實提昇爲形而上的文學思考或玄想，一方面求得問題的解決，一方面求得心靈的淨化。目前報導文學已經發端，不管是不是有意提倡，相信都會基於社會的需求而輝煌起來。

接著我們觸及到下一個問題，現代社會需要什麼樣的報導文學呢？它應該是有選擇的，而不是無選擇的照單全收，在這裏，我有一些尙未完全成熟的理念可以提出來做爲參考，或者能讓我們在態度上或方法上更接近概念的核心。

我認爲，「報導文學」就是「白米飯」，這不僅是以它被社會需求而言，而是它具有幾個特質：

①在本質上，白米飯是關乎國計民生的，報導文學也然，它必須要在生活中找題材，是落實在人民的衣、食、住、行上才有意義，舉例來說，如果我們做一個有關「臺灣的小吃」的報導文學，價值自然比「美俄間諜戰」對我們的社會來得有意義，並且更親切。

今日我們的報導文學應該是有關於此時此地中國人切身的問題，不應該是疏離的，應該是投入的。曾有一個年輕朋友拿一篇他說是報導文學的作品給我看，題目是「飛碟與太空」，像這類作品，它的文筆再好，資料再齊全，也是毫無意義的。

我們要知道，此時此地的中國人吃白米飯，熱狗麵包不能當飯吃。

②白米飯是平淡的，在平淡中卻自有它的香味，報導文學也是。

眞正好的報導文學，不是報導最奇絕詭異的事件，而是在社會表相看起來平凡的地方能寫出獨特的觀點和別人未見的問題——所謂平凡的地方就是關係到最多大眾的地方。

山珍海味要煮成可口的菜餚，沒有什麼困難，白米飯要煮得鬆軟可口、恰到好處，就不容易了。正如王荆公說的：「看似平凡最奇絕，成如容易卻艱難。」

好的報導文學家不必找山珍海味做題材，僅以白米飯就能做得很香，而且餵更多的人吃飽。有時候，白米飯就是題材，報導文學家要具備「能在平淡中吃出味道來」的條件。

③站在白米飯面前，所有的中國人都是平等的，豪賈巨富與褐衣貧兒都能吃白米飯，而且站在平等的地位。

「平等的地位」是報導文學很重要的一個觀念，在我們的社會中，人的價值、尊嚴是平等的，人性是平等的。

報導文學工作者的基本質素就是要有「平等」的概念，不管所報導的事物是什麼，他必須具備平等的眼光與平等的胸懷——在這種平等下，總統與農民有相同可尊敬的人格，學者與粗漢有同樣生命的尊嚴。

只有站在平等的地位上，才能深入所報導的地位上，才能從理性的分析中培養感性的胸懷；也只有在平等的基礎上，才能自情緒的衝動中析離成理性的觀察。

成功的報導文學者，必須培養博大的胸懷，能容納、能包涵、能愛，而不是用君臨萬方的態度面對他見到的人物。

所有吃白米飯的人，站在「人」的基礎上，應該得到平等的對待。

以上三點，是由「報導文學是白米飯」這個概念引發的，我想所有報導文學工作者都須具備①在主題上，反映此時此地中國人的現實面貌。②在方法上，由平凡中取材，由小見大。③在態度上，對所有人用平等的對待。

「報導文學」雖是最落實、最開展、最無拘束的文學形式，但是它有一些原則是必須遵守的，倘若不能由此基礎出發，我們就不能建立眞正有價值的報導文學。

如果叫中國農民都種麥子，叫中國老百姓都吃麵包，是一件不能想像的事。

（本文選自愛書人旬刊第八六期）

竹筍與報導文學

林清玄

我出身農家，小時候家裏種了許多竹子。

每年春雨剛下，我就經常隨著爸爸帶土鏟到竹林裏挖竹筍，爸爸是挖竹筍的老手，他靠經驗觀察就可以看出竹筍生長的地方，鏟子下去很少落空。他告訴我——竹筍要長出來的地方，土一定有裂痕，從土痕不但可以看到竹筍的所在，也可以查知竹筍的大小和方向。

竹筍又分爲兩種，一種是「出青筍」，一種是「白筍」。「出青筍」是指已經長出地面，筍頭已經轉綠的竹筍；「白筍」則是指深埋在土裏沒有見過日光的小筍。「出青筍」很苦澀，纖維很粗，在市場上的價格很低賤，而且沒有任何烹調技術能使它回甘，「白筍」十分鮮美，市價相當高昂。

在教我挖竹筍的過程中，爸爸有很多次訓誡我：「白筍總是長在不容易發現的角落，長在更深的土中，一個出色的筍農不但要訓練到能找到白筍，還要以自己種的竹筍出青爲恥。」

挖完竹筍回到家裏，要把長滿細毛的筍殼一層層剝去，一直剝到看見鮮白細嫩的筍肉，然後把粗糙的底部切去、洗淨——才算是一個有用的竹筍。而一個好的竹筍不論用煎、煮、炒、炸，只要手藝好，都能做出鮮美無比的菜餚。

兒時挖筍的回憶深刻在我心中，成爲我生命裏很重要的本質——只有在最深的土裏，在最不容易見到的角落，才能找到最甜最美的竹筍——，自然，這個觀念也影響了我日後從事報導的心情。

在整個社會普遍快速成長的今天，我相信，總有很多可貴的事物必須揚棄，這種揚棄有時是有意的，有時是無心的。有些事物在過去，曾經是我們生活重要的一部份，如今卻面臨了消失的命運——而且他們一消失就永遠找不回來了，像竹筍出青一樣。

報導文學工作者，就像是走在竹林中挖掘竹筍，找着竹林裏現出裂痕的土地，看準大小和方向掘下去，把隱在角落、不容易見到、明天可能就要出青的白筍挖出來。

我覺得，做報導文學的工作，就是想找出一般人不容易見到，卻眞正有價值有意義的事物呈現出來，促使大家的注意與關心，使這些事物不至於湮沒無聞。

現在我看到有許多人熱中於「報導文學」的工作，不禁使我想起小時候挖竹筍的情景來，而用筍農挖竹筍的觀點來印證坊間許多號稱「報導文學」的文章與書籍，發現有的只是資料的引述，有的只是一篇論文，常常是報導有了，卻沒有絲毫的文學性，我不禁要問：究竟，「報導文學」四字的眞正涵意是什麼？

做了將近四年的深入報導工作，我不斷的在思考這個問題，也常常希望用經驗來體會這個問題，有一次我路過新竹的一個叫坑子口的小村落，看見一位瘦小的婦人在空曠的竹林裏彎腰挖竹筍，忽然想到，報導文學工作者不是正像渺小的人在大竹林中找竹筍嗎？竹筍不正是報導文學的一個意象嗎？於是，體會到一點點報導文學的精神所在，解答我放在心中很久的疑問。

既是「報導」，必然含帶着事實的根據；既稱「文學」，則又必須有自我的格局與判斷，以及文學特具的感性。從這個角度看，「報導文學」自與一般的新聞不同，它要有一種綜合、秩序、與統一，歸結到最後，它不必一定有新聞性，卻一定要具有永恒的質素——新聞可以看過丢棄，報導文學卻值得永久的保存。

「報導文學」雖然有報導的內容，更重要的應該是它文學的形式與架構，以及作者本身的理念與學養。一篇成功的報導文學作品，它的文學性一定要強過報導性，在這裏，事實的時地人事物並沒有絕對的價值，人物的姓名不必全眞，時地不必全眞，只要反映出一個問題、一個意象、一種理念的癥結所在，便可以成爲一篇優秀的報導文學作品。

譬如，我們要做一篇關於計程車司機的報導文學，這些司機可以是張三，可以是李四，也可以是王五；司機們可以住在臺北，可以住在高雄，也可以住在花蓮；而他們家裏的情形，孩子父母全可以經由作者加以設計；他們的經歷可以由作者玄想假設。最重要的是，這些司機必須要反映出計程車司機共有且普遍的特質，而且，他們的共相可以經由作者的歸納、分析、思考，綜合到所寫的抽樣中去。

又例如，我們要做臺灣木雕的報導文學，則我們可以拿朱銘當抽樣，外國的藝評家曾讚譽朱銘是元朝以來中國最偉大的木雕藝術家，我們便會問：爲什麼民國工匠千千萬萬才產生一個朱銘？傳統的民間木雕到底存在什麼問題？然後，我們以朱銘拜師學藝的過程去追探，以他的學徒時代遍觀學徒制度的根本問題；以他拜楊英風爲師以後的轉型來考察木雕藝術家訓練的癥結所在。

當然，朱銘的背景最先是通宵，而後是三義，最後是臺北藝術界，以及日本的展覽，歐洲的旅遊，整個背景瞭解後，臺灣的木雕藝術就突現出來了。這是「牽一髮動全局」的報導文學方式，自然其中免不了有很重的作者主觀因素，就要看作者自己的修爲了。

以上僅是兩個普通的例子，如果我們把計程車司機再擴大，讓他反映出臺灣交通史的進展，及整個社會邁向現代化的代表，進而檢討過去的交通，展望將來的發展，又是「從最小現象看最大問題」的報導文學方式了。

從此，我們知道報導之爲文學，必須使它的限制最小，並且可以無限的開展，用散文的方式固好，小說也無不可，說不定在感性中穿插理性的論說，會變得更生動而有力量哩！

談到「報導文學」與「竹筍」爲對等詞，我有一些理念可以提出來：

①報導是竹筍出青的部分，文學是竹筍埋在地底的部分，我們如果看到竹筍已經出青了，然後去把它挖出來，雖然最底部還有一些不苦的部分，但是已經在價值上打了折扣了。

②報導是挖竹筍，文學是煮竹筍，兩者互爲因果。一個好的題材像一條白筍，煮的時候毫不費力便能煮得很可口，若是一個壞題材，則再好的廚師恐怕也無能爲力。所以一位優秀的報導文學工作者，不但要一眼就望見竹林土地上的裂痕，他還必須是個好廚師，要知，再好的筍，煮焦煮爛了仍是不妙的。

③好的報導文學工作者不是天生的，像不是人人生而可以成好的筍農一樣。要察知土地的裂痕，要能看到竹筍的大小與方向，絕不是一朝一夕之功，而是長時間找筍挖筍的經驗累積得來；同理，要煮得又好又香也是大功力和大修爲，不是做了一篇就能倖致。

明乎此，報導文學雖是人人可爲，卻不是人人可以做得好，所以從事報導文學的人都要抱着很嚴肅很用功的態度，使自己的作品，不但要在這個遞變的大時代中有被留存下來的價值，還要能使侷限在小說、散文、詩歌的文學傳統朝更大更有影響力的方向開展。

我們大家要反省：我找的題材是白筍，本來可以煮成可口的菜餚，爲什麼還是有不合胃口的缺點，是不是我的手藝和火候仍有待鍛鍊呢？

（本文選自愛書人旬刊第八三期）

報導文學是竹筍嗎？

白冷

八月十一日出版的「愛書人」旬刊，編號〇八三，看到第一版的主題文章是，「竹筍與報導文學」，作者是林清玄先生。由於報導文學近來在國內所造成的熱烈氣氛，這個題目立刻吸引了我的注意，仔細拜讀再三，有一些話忍不住要提出來。

根據「愛書人」的編輯室報告，我們得悉林先生是「時報週刊」海外版記者，「愛書人」刊發林先生鴻文，爲的是要解除許多朋友對「這項熱門文學的創作法」，以及「觀念上」的「困擾」，好澄清「他們對報導文學的」「模糊」的「意念」。立意甚佳，盛情感人。但是，詳讀林文之後，我們卻感到更大的困擾。

歸納林文，大致可分爲若干要點：

一、作者出身農家，自小父親便教他挖筍的方法和道理。

二、寫作報導文學和挖筍的道理一樣。

三、討論報導文學的筆鋒自由。

大家都知道，一個觀念的解說，不是不可以運用譬喻的方法。譬喻得當，效果甚彰，例如，孟子便是個中能手。但是，比喻得不倫不類時，卻等於把讀者或聽眾變成丈二的金剛。

林先生說：「報導是竹筍出青的部份，文學是竹筍埋在地底的部份。」根據林先生的描述，竹筍出青的部份加埋在地底的部份便是竹筍。如用算術代換一下，報導文學便是竹筍了。他又說，「報導是挖竹筍，文學是煮竹筍，兩者互爲因果。」他這兩句話聽起來很像流行在某學院的一則眞實笑話：某教授講授「比較文學」，第一堂課爲比較文學下定義說：「比較文學是一面鑼，這邊敲來那邊響。」兩者可謂異曲同工，相互輝映，實在令人啼笑皆非。

爲什麼會出現這種風馬牛不相及的定義？（請注意，林文用的動詞是「是」，而不是「好像」、「比如」等比喻詞。）我們推測，可能是林先生對於報導文學的「意念模糊」、「觀念困擾」所致。爲了方便解說，請容我引述一段林先生的大文：

既然「報導」，必然含帶著事實的根據……一篇成功的報導文學作品……事實的時地人事物並沒有絕對的價值（按，價值這個詞用的有問題），人物的姓名不必全眞，時地不必全眞……譬如，我們要做一篇關於計程車司機的報導文學……他們家裏的情形，孩子父母全可以經由作者加以設計；他們的經歷可以由作者玄想假設……

上面引述的這段文字，顯而易見，林先生是前後矛盾的。他說報導要根據事實，卻又說人物姓名不必全眞，時地不必全眞，舉例時更主張報導文學的人物可以經由作者加以設計，人物的經歷可以由作者玄想假設。試問，人物是虛構的，人物的經歷是虛構的，這樣的作品何報導之有？還可以稱爲報導文學嗎？

分析林先生的話，可以分爲三個段落：

第一段是林先生的概念：報導必然含有事實的根據。這是百分之百正確的，也是每位讀者大眾都明白的觀念。報導文學必須以眞人實事爲根據。此乃不爭的事實，而且是報導文學所以爲「報導」文學的必要條件。趙滋蕃先生早在民國五十九年，論「報告文學」裏就有一段話，值得關心報導文學的人士深思。趙先生說：「報告文學作者，仍然以有碗話碗，有碟話碟爲基準，他對素描的對象，是無權漫畫化，或予以歪曲報導的。報告文學要求複製具體生活的原來面貌。」（見大西洋叢書五，「生命的銳氣」）這一點，是報導文學的根本要素。趙先生、林先生，以及所有的人，相信必然都持相同的觀點的。

第二段是林先生以他寫作報導文學的實際經驗，扭曲了他自己正確的觀念。據推測；林先生第一本報導文學的著作，「長在手上的刀」，每一篇章便很可能包含許多不眞實的人物姓名以及時地，所以才會出現報導文學人物不必全眞，時地不必全眞的話。又因爲林先生並非不知道報導文學必須以事實爲根據，所以他便一字遮天，巧妙地用了一個「全」字，說什麼「不必全眞」，這種模稜兩可的語句。這裏我們可以看到林先生的理念和實際衝突。換句話說，在這第二階段，林先生以爲報導文學的人物和時地，有眞有假，時眞時假，眞眞假假，悉憑作者耍弄。

第三階段，落實到例證上，林先生已不知報導文學爲何物。他說人物以及人物的經歷都可以由作者玄想假設。這樣的作品，和小說還有什麼分別？

提到小說，林先生還有一句話說：「報導之爲文學，必須使它的限制最小，並且可以無限的開展，用散文的方式固好，小說也無不可。」林先生認爲，報導文學可以用散文寫作，也可以用小說寫作。儼然將小說與散文並列爲不同的文體。殊不知散文爲韻文之對，小說與非小說有別。上至總統文告，下至尋人啓事，無不爲散文。正確的觀念應該是，小說可以用散文體寫作，也可以用韻文體寫作。而報導文學，迄今大抵皆以散文體寫作，尚未見運用韻文寫作者。

根據以上的討論，我們發現林先生的意念模糊，前後矛盾而似乎不自知，也不懂散文爲何物，豈不令人驚訝！

林先生從事報導文學的寫作已有一年的經驗，又得到中國時報鼎力支持，採訪的工作可謂事半功倍，理當有豐富的成果答謝報社貢獻社會。然而，以林先生自己在「竹筍與報導文學」一文所述，那種對報導文學所持的態度，寫出的十餘篇所謂「報導文學」作品，似乎未能盡責。可能多的儘是林先生個人的「設計、玄想和假設」，以不眞的人物和不眞的事件，穿上報導文學美麗的外衣，設若如此，是爲不誠。不論任何類型的文學作品，作者立意的誠摯仍然是首要的條件。所謂誠則有物。林先生這種不當的觀念，多少會影響讀者對「報導文學」的正確認識。是區區所以不能已於言者，並以此謹就教於林先生。

（本文選自67、9、4臺灣日報副刊）

呈現以及提出

向陽

文學創作，除了美感經驗的呈現，最原始而重要的，恐怕是創作者自身「志之所之」的遠景吧！志，勉強可以謂之爲創作者就其面對或關心的對象，有所激動而感發的思想理念，或借意象爲間接的引喻，或循內容爲直截的反映，前者如詩，可以興觀羣怨，後者如小說，不失針砭褒諷，雖然形式不同，大體上都是創作者之思想理念的提出。一部對得起讀者的作品，一則可以呈現孤絕獨立的美感，來供我們娛樂鑑賞，一則更應該能夠提出深刻的情境，導引我們進入寬廣和諧的世界。

小說家言，誠然起於街譚巷議，其意義則不止於掌故秘辛。故事情節的鋪張，氣氛懸宕之詭設，無非是一道具和背景，透過道具的應用和背景的襯托，作者所欲呈現的主題，與其所欲提出的遠景，遂能深入於我們心中。大約深契常情者教人讚歎，故違事理者乏人驚訝，我們反覆思索，咀嚼回味，不僅感受其風華，多少也潛移默化了自己的形貌。文學創作之可貴，厥在於此。

「將他們的眼睛借給我們觀賞」（Lend their eyes for us to see）文學創作者之可貴，亦在於此。

然則如同觀戲，當時激動，事後惘然，一般情節虛構的小說，或可滿足讀者的好奇於一時，卻無法同時滿足其參與感。我們雖可能因移情作用的產生，分享作品中的情趣，但是終不免還會站在旁觀者的立場，加以仔細考量分析。由於時間空間的異同，對於傳統小說的接受，就不如現代小說來得眞確而容易，對於外國小說的感動，亦就不像本國小說那樣容易體貼其親切，於是產生了一種以此時此地爲背景，經之以眞實事件或對象，緯之以文學技巧和手法的作品，一般稱之爲「報導文學」。

其實，自廣義上看，所有文學作品都不脫離報導文學的範疇。創作者「不平則鳴」即使只是將單純的直覺，化爲整合的意象，而不考慮讀者能否接受，仍然缺少不了傳達的可能（卽可鑑賞性）及其技巧的運用。畫竹，則竹的形態生命，透過想像直覺，仍然需要藉着紙墨筆法來言宣；而根據紙墨筆法的運作，欣賞者卽可與創作者相溝通。這種行爲，卽是傳達。所有可鑑賞的文學作品，都帶有傳達的可能。如依傳達的程度論，則小說是衆多文學形式中，較能引我們接近，進而喜愛的。（所以有人說：我國新文學中最有成就的，莫過於小說。此種說論，如端指傳達卽可成立）；而狹義的報導文學，則尤較小說能令我們獲得參與的快感和契合的感動。

準此，報導文學與一般文學創作意義上之不同，卽在於其傳達範圍寬廣深入，創作者不僅欲求將一眞實事件或對象呈現給讀者，也在有意無意間，提出了對於該事件或對象的遠景，來取得讀者的認可或參與。一般文學創作可以捨棄社會性，而報導文學則求其社會性的廣延。嚴格說來，這種態度屬於社會活動，但也正是一個身爲社會人的創作者爲自己生長的時空與土地，所不得不表達的關懷。不自居爲貴族，不存心摒棄周圍感動或刺激我們的社會現象，不拒絕大眾心靈與自身相契合，「以傳達人類至高至善的感情爲唯一目的」。（托爾斯泰語）。這種人間愛的關懷與同情，並不減低作品的藝術性，而正是其彌足珍貴處。

同時，透過報導文學的媒介，一向自以爲熟悉的，常令讀者驚愕其絕冷的嶄新；往往漠視的，忽然會輝耀出光芒；而原來不認識且企求瞭解的，則平順親切地走入心中。就知識而論，報導文學大可彌補一般文學作品之不足。平常我們愛仰望星星，有人指給我們人間的燈光明滅，才會回頭驀見土地的可貴。重新釐定人際的和諧，鼓舞人類向上向善向陽的意志，以更大的包容和同情來對待人生的不幸，這些應是一部有價值的報導文學可以提出給我們的。

始於去夏而終於晚冬的所有文學論爭，漸趨平靜下來了。在文學的殿堂中，我們不必忙着掛招牌，爭地盤。就文學的呈現以及提出來看，只有不斷創作與周納深思，才能讓我們的文學園地更爲壯濶、充實。將曾經或卽將被遺忘的呈現出來，爲我們提出深刻的情境和寬廣的世界，報導文學的創作是值得鼓勵的。「在廢墟上重建華堂！」我們的文學界不是廢墟，但華堂未立則是事實。讀陳銘磻「部落・斯卡也答」，有感於報導文學的可貴與寬廣。謹抒愚見，期待我國文學殿堂的巍然聳立！

（本文選自愛書人旬刊第六八期）

現實的探索

——報導文學的社會功能與價值

朱俊哲

楔子

近幾年來，台灣在遭到一連串外來的橫逆與打擊後，普遍的羣眾意識，像初春的大地一樣，逐一地甦醒了。政治的、經濟的、社會的各個環境，充滿相當可喜的覺醒氣象，即使是這個昏沉的文化界，也響起了不少的反省之聲。許多人開始翻出學院的圍牆，許多人開始默默地實行付出，感動所有的同胞從挫折中堅強地站起來。只有自立自強才是勇敢的表現，只有讓自己挺身起來才是安全的保障，中興的本錢！

事實上以我們當前的處境來說，絕不容許我們耽溺在一片歌功頌德、歌舞昇平的世界裡了，每一個人亟需深刻反省，我們憑什麼擁有如此安定富足的生存空間？到底是哪些人賜予的？我們現在該做些什麼？特別是那一羣享有「四體不勤，五穀不分」特權的「讀書人」——也就是所謂的「知識份子」，政府照拂他們，勞動同胞供養他們，上天如此厚待讀書人，如果他們不知「飲水思源」，隨時戒愼恐懼，爲民生立命的話，就不配享用所有經由勞苦同胞辛勤努力得來的糧饘、衣裘、房舍……。因此，任何一個有良心、有知覺的知識份子，都要對周遭的種種主動加以認知，一本「人飢己飢，人溺己溺」的恕道精神，悲憫地、同情地施予苦難的人們以有力的援手，爲他們爭取生存的利益，爭取普遍的體恤，如此不過是一種「安心」的工夫而已；最重要的是尊重、是愛！以最謙卑的胸懷，愛所有的人——卽使是被忽略、淡忘的人。

現實的邊緣

民國六十四年（一九七五年），中國時報「人間」副刋作了一系列報導性的專題，名叫「現實的邊緣」。「系列報導」出現在一份副刋上是十分特別的，報紙副刋對當代文學的貢獻已是有目共睹，一般人也習慣於副刋內容採行文學藝術爲內容；但是編者似有意嘗試在風格上突破，將「報導」與「文學」結合起來，向廣大的讀者羣，傳述現實世界中爲人所忽視的各個層面，進而達到一種社教功能。一般新聞報導皆出於採訪記者之手。而這個專題的執筆者卻由部份作家及學者、青年寫作者來擔任，先抓住大前提，反應現實，再用「深入報導」的採訪方式去整理該問題的源起、意義、影響等等，再依個人的見解來寫作；文學與報導的成份相融相成。大體上「現實的邊緣」這個專題是可以被列入「報導文學」的範疇裡的。

該一專題共分三大部份：域外篇、離島篇、本土篇。「域外篇」的幾篇報導對象是海外華人的生活條件及環境。國內一般人對海外華人常抱有艷羨的觀念，而忘記他們在海外的開拓精神，忘了他們在洋人的國度裡所忍受種種的不平待遇，事實上從陌生衍發出來的想像常是幼稚的。「離島篇」包括五篇台灣四週各大小島嶼的人文，景物「介紹」，寫作者不過前往遊歷三兩次或一次，就動筆寫作（註），遊記的味道還很濃，「也許」是島上可深入觀察的東西並不多，不過這些報導至少提供不少知識給讀者了。引導羣眾對自己的國土產生認知，基本上是很有意義的。再其次是「本土篇」，這是最出色的一部份，寫作者以年青人居多，他們懷著一份對那些「默默努力，未爲人知的同胞們」執著的熱愛和永恒的敬意，携著簡單的行囊及一支筆、一部相機出發，從五光十色的都會裡邁向窮鄉僻壤，「一筆筆向下挖掘，帶著歌、帶著汗水，帶著血和淚——」，回顧歷史，展望未來，讓我們這個日趨冷漠的工商業社會裡，重新見到和煦的陽光普照。尤其是引起最熱烈反響的「河邊骨」，一方面它的現實條件最爲動人，寫日寇據台所強征的台籍日軍被迫害被剝削的種種，作者陳正毅抽取「在日軍郵儲金」一項爲主題，用寫小說的筆來從事新聞深入報導，感知性都合乎要求，是一篇成功的「報導文學」。

「現實的邊緣」連載後，受到廣大讀者羣的熱烈反應，事實上這次的系列專題並非空前的，只是以前那些專題未經有計劃的設計，力量無法集中罷了。可是此後卻未曾見到任何報章雜誌的反應，這是十分遺憾的，更遺憾的是還有部份人以爲那是偏狹的「地域觀念」的作法——讓我們對當前的現實環境有所認知，有所關懷，這跟地域觀念是不一樣的。或許是人們對於「報導文學」尚未具備比較普遍的認識，而且一般人對它的詮譯亦是眾說紛紜。而我們必須相信，「報導文學」確是有其價值的，它也會有被肯定的一天的！

所謂「報導文學」

要具體地定義什麼是「報導文學」其實並不容易，有人認爲那是散文一類的作品，而又是新聞寫作（或是新聞文學）的一種，依其時間性而言，它既及時地反應現實事件及其問題所在；又頗似「通訊」文件，眾說紛紜之下，只有就其字面的性質加以解釋，說它是新聞報導與文學的結合，和新聞學中的「深入報導」有異曲同工之處，同時活潑了文學創作的內涵，只不同放在新聞性寫作中比較要求其文字的明朗且更具衝擊性，而對文學而言，報導文學被接受的程度較爲容易、廣泛，一般特別強調文學藝術性的作家還是不太願意認同的是將報導文學歸列於文學的範圍內，可是一篇精彩感人的報導文學引起讀者的回饋卻十分可觀，想是題材的趣味性使然。我國在三十年代卽有「報告文學」的出現，成就也很可觀，當時代的史蹟昭彰，無庸在此贅述，但在當時的情況有「報告文學」的產生是有其深刻意義的，這些從事「報告文學」寫作的人們，能够置生死於度外，深涉各地、各階層，閱歷中國人在此空前浩刼中的眞象，以新聞記者的膽識及眼光，用文學家的筆，寫出中國人遭受戰火的苦難與悲憤，寫出這個國家在日寇蹂躪下的「現狀」，向歷史作一卽時的交待，也藉著現實災難的呈現，警醒所有仍未振作起來的同胞，激勵全民動員及團結，爲著正義和勝利咬緊牙根，努力，努力，再努力！可以想見這些「報告文學」的作者從事採訪時的危機四伏，而且當他們在寫作時，將要付出多大的意志才足以抑住似洪流一般，隨時都會泛濫而出的血淚呵！

「報告文學」其實也就是「報導文學」，定義上並沒有什麼不同。那麼，報導文學的處理原則到底是怎麼一回事——首先是掌握主體，無論這個主體的動機是知性或是感性，在完成動機的歷程是必然的客觀，不偏頗任一方，否則淪之情緒化，卽易失去立場，降低了原動機的價值。其次是寫作本身廣度與深度的要求，面的普及，層的發現，都能統整縱橫各個斷面，概括各個點線；判斷資料的可信成份也是很重要的，由正確的資料去配合圖片，不但使歷史再呈現，且能強化其說服力。最後，我們再賦以一個永恒的象徵意義，用以達到普遍性，因爲我們報導某一對象時，該對象也許在最近的時空裡有其意義，一旦它的現實條件消失了，移轉了，從此在另外一個時空不具特別意義，缺乏引人深思警醒的義理，那些義理原只是簡要的，原始的，經過報導一件事實而昇華出來，成就了永恒的、積極的意義。我們提出兩本書來闡明，「冷血」及「我們要活著回去」是比較可用來對照的兩部作品，前者報導一件兇殺案的來龍去脈，後者報導一次空難的經過，（也是美國電影中很流行的材料，果然都先後拍成電影）「冷血」的寫作技巧是高水準的，作者所搜集資料十分齊備，並實地深入探索人物的背景、特性、心理成長、鉅細靡遺地加以秩序化，「應用一切小說創作方法與技巧來寫一篇新聞報導，以敍述一個眞實故事……。」作者卡波提的文筆尖銳、優美不說，單其嚴謹的創作態度就十分可佩了；「我們要活著回去」也是用小說體寫的書，也許本書作者的才華及不上卡波提，但是這個主題很好，由一次空難寫人類在求生的奮鬪意志、人性尊嚴與道德倫常的掙扎，人類生存的意義在絕境中遭遇到空前的難題。反觀「冷血」那本書，就可看出差別所在，「冷血」所影射的「反死刑」可以由於書的大暢其銷而影響到大法官廢除死刑，當問題得以解決，它就只剩下一個「寫實小說」的名稱而已，「我們要活著回去」的價值在於它擁有一個恒久的、要我們反省再三的象徵意義，當然，「我們要活著回去」缺少卡波提那種敏銳、鍥而不捨地探索精神，如果易位而為，「我們要活著回去」必然是更出色、更動人的一本書。

討論幾本書

假如要規定報導文學採取固定的形式來寫作是不太可能的，同理可知，在區分任何一本書是否屬於報導文學時，就無所謂成文限制，只能依據作品性質及其所欲探索的主題而定；各人的寫作方式都不會相同，正如各人的觀念和思維路線必然互異一樣。下面試舉一些書為例，針對它們的寫作方法及其探索主題的意識型態，（只不過是手邊尙可尋及的書本，不可能「放諸四海皆準」）以報導文學而言，這些書至少提供了某種代表性——

探討種族問題的書非常繁多，「根」是國內讀者比較熟知的美國暢銷小說，主人翁金弟・康大的一生命運在小說中有力地邁進，他的傳記事實上也是美國黑奴近一個世紀的血淚史。作者在處理這部作品以前，已事先廣泛收集了豐富的史料文件，再整理成許多故事，由一個人物出發而將素材縱橫全書，寫成一部既是傳記，又是歷史的小說。另外有一本描寫美國印第安人的書，叫「魂斷傷膝澗」，寫作的動機是基於一種同情的、客觀的態度，去寫美國開發史中的印第安各族的興衰史，特別是作者換了一個非常勇敢的立場，以印第安人的眼光來看所謂「上帝選民」的白種人；從前，我們從大眾傳播工具和出版品中肯定印第安紅人是野蠻、落後、殘暴的，無形中更附和白種人所謂「替天行道」的謬論，沒想到紅人在保衞家園的過程中付出多大的代價，沒想到白人在「替天行道」的面具之後隱藏的奸詐、貪婪以及超乎常理以外的殘忍；「這是一本令人不愉快的書」，難得有白人出面爲紅人爭取發言的權利，這證明作者是很有勇氣的史家，它的寫作方法不同於「根」，在內容處理上，它包含有照片、文件、參考書籍很有說服力，去蕪存菁之後，不僅是一部斷代史而已，這也是很可取的「報導文學」的寫作方式。以今天「人權主義」高張的美國社會而言，種族成見依然存在，上述兩本書的先後暢銷雖屬潮流所使，對於那些「積習難改」的美國白色人種實在是莫大的諷刺！

「部落・斯卡也答」是去年十二月出版的一本書，作者陳銘磻所要探討的台灣山地同胞新生代的前途問題，同「根」一樣是由一個人物出發展開的故事，「透過他們（新一代山地青年）在山地、平地的生活與遭遇」，作者提出了他們心中萬般的苦楚。什麼苦楚呢？山地青年覺悟到文明終會對往昔安靜閒適的山地部落加以洗禮，在山地望向山下一片燈海時，他們有意暫別家園，學習新的生活，並且和平地人一爭長短，「他們是想爲自己的生命歷程闖出一條大路來的一伙可愛的人，但卻屢屢遭遇到內心與外在環境的壓抑……。」我們不難發現今天仍有一些人無意地忽視山地人，稱他們是「番」，爲什麼？由社會結構提昇上來的都市人的「自我優越感」無疑是可鄙而可笑的。總之，這是相當有愛心主題，觀察也稱細緻，如果能配合一些普遍的調查及訪問，是比較可以達到深度、廣度的要求的。

有些書描寫戰爭，反應戰爭所帶給人們什麼樣的殘傷，「寫給戰爭叔叔」這本書又代表另一類型；日本有一攝影家幾次前往西貢（戰時）的報導，以越戰中失去家園、父母，日日期待和平來臨的兒童爲對象，採訪各角落，各種遭遇的小孩，並附有他們的照片（淒慘無言的面容），日記、書信、詩歌、文字非常動人——：

「進入孤兒院，五十名左右的孤兒，一個個坐在水泥地上沈思。

我拿起相機，擺好架勢，對著這羣孤兒正要拍攝……。突然間，孤兒們發出嗯——哦的聲音，衝向我來，我的照相機被衝落了，抱著我的手，摟著我的脚，像毛蟲似地黏得我滿身。

我正想趕緊拾起照相機，但卻辦不到。像一根沾滿螞蟻的木頭，小孩子把我和越南人通譯員蜂擁困住了。

『先生，這是怎麼了？』

『今井先生，沒什麼的，他們就是要人抱而已。』」

孩子的感情是最純眞的，「巨匠大著固然有助於我們了解混亂的世局，從孩子的眼光，也可以清晰地看出世界更眞實的一面。」這本書具有深遠的意義，要那些製造戰爭的瘋子驚愕慚愧……。

幾年前出版的一本暢銷書「異域」（鄧克保），據說銷行四十餘萬册，這是可觀的數目。如果說它是報導文學，那是由於滇邊英雄來歸是曾經引起全國矚目的大新聞，小說的成份大過其他成份，僅憑一個人的觀點來描寫英雄們奮鬪的歷程還可以，要概括全面是必須求得多點、多面所觸及的範圍才行。滇邊英雄們在民國四十二年及民國五十年曾有兩次撤退來台，十七年以後由李利國編寫了「從異域到台灣」這本書，當時「異域」一書的結尾只提到數位人物的情形，其後在這些年來有「異域下集」、「異域烽火」等書的出現，但終歸仍以留居滇邊繼續反共戰爭的游擊隊的報導，並未交待撤退回自由祖國的義胞們如何，「從異域到台灣」收集報紙新聞而成，作者也親訪霧社報導義胞再次的拓荒行動與如今的生活情形。

李利國在民國六十六年九月也編著了「紅毛城遺事」，本書說明了報導文學兩項特質：第一是時間性，第二是歷史的殷鑑性。「淡水鎭的紅毛城，三百多年來隨著中國滄桑而斑剝：清朝時代，西方的船堅利礮更鏤在它臉上，然而這個寫滿中國歷史痕跡的城堡，至今中國百姓還不得進入……。」作者透過歷史的、外交的、法律的、羣眾的多角度呈現，希望能尋找出一個具體的方案，向洋人索回「失土」，並且附錄「帝國主義的覬覦和台灣同胞的抗禦」，以喚醒同胞們不忘日寇五十餘年統治的慘痛，激起普遍高亢的愛國意識，由「紅毛城遺事」我們可以看出至少有許多人對這些問題的關心。而「紅毛城」代表了近代中國歷史的創傷，今後如何撫平並根除這些創痕，自是「紅毛城遺事」的不朽意義。

絕不是同情

既然在我們目前的社會裡有那麼多默默耕耘的人，許多人也眞正地付出力量，並且有所表現，無論在哪一個工作崗位的人，都應該相偕奮起，完成時代所賦予的使命；從事「報導文學」工作的行列的人必然會與日增加，但我們仍然要建議這些從事報導文學的工作者，基本上要具備豐富的學識，而且要有寬廣的胸襟去和別人分工合作，才會有更良好的成績。在此要再度強調「愛心」，人們很習慣於將「同情」「憐憫」一類的字眼掛在嘴上，對待某些生活處境不如自己的人，知識份子最容易犯這種自大毛病，用一種高高在上的「假人道主義」去加諸他人之上，揚言關心實漠不關心，討乞幾分虛名而已。紀德說：「不是同情，是愛！」在寫作報導時，要反省到自己和所有的人並沒有兩樣，是平等的，愛別人的「人」。所謂「偉大」，不過是「隨時充滿愛心」而已。

報導文學在現代文學中雖然建立了某種地位，但我們仍然希望這種文學形式能在未來更加發放，在文學中注入一股活潑的力量，當然報導文學本身要先成就出氣候來；至於報導文學的讀者，我們最希望的是對於該問題有影響力的人士亦在其中。能夠將報導中的種種問題，現象加以相當的解決改善或宣揚。

有朝一日將會有許多知識份子團結起來，眞正爲生活立命，爲民族、爲國家作更積極、更具體的奉獻！而這也是報導文學的遠景，因爲只有共同地努力，誠誠懇懇地付出，才會有豐美喜悅的收穫。

註　由於地處偏遠，往來不易，以及軍事上可能的限制。

（本文選自愛書人旬刊第六八期）

必須深入人性

彭　歌

我想報導文學所要求的，首先是事實，而且這個事實必需要有報導性：我們不知道的事實，經過報導後爲我們所知；或者我們所知不深，經此報導的發揮，啟發我們更深刻的了解與思考。所以我覺得報導文學不只限於事實的報導，必須要深入人性，從人的言行中探求更深的社會意義，因之報導文學不是純粹表象事實的報導，也不是像其他的文學形式，可以出諸想像。報導文學不應該全憑想像，必須重視知性，不忽略感性；重視事實，而更重視事實之後的意義。報導文學的作者應具有史家一樣的精確思維，同時也應懷有文學家們所擁有的廣大的寬諒與同情心。

我不知道我心目中選定的這篇作品的作者是誰，但我已有替他「競選」的熱心。對這次所看的作品，我有一點感想要說，這次中國時報舉辦的徵文有小說與報導文學兩大類。很多人都說，小說作文學的形式，已告衰微。但是，事實上並沒有衰微，不斷有新的作品出來。在我們所處的這樣一個變化急驟的世界裏，小說家或其他的作家，有時也可能有一種緩不濟急的苦悶，小說的形式不能完全表達內心的要求，所以要借重報導文學這種形式。譬如索忍尼辛的主要作品「一九一四年八月」是小說，而後來的「古拉格羣島」就是報導文學了。從長遠的觀點來看，「一九一四年八月」是足以繼承「戰爭與和平」的偉大文學作品，具有崇高的傳之久遠的藝術價值。但是從眼前的影響來看，「古拉格羣島」把蘇聯內部殘酷的暴政暴露出來，所引起的震撼，也許不是他自己其他小說所能比的。

美國一位小說家索爾·貝婁，曾得過諾貝爾文學獎，一九七二年接受耶魯大學榮譽博士學位時曾發表演講，開頭的一段話就說：「在我們這個時代，敍述描寫的藝術大大衰微，而幾有被報導文學取代之勢，你們必須保持一個重要的傳統……」，這次聽衆的對象，當然以學文學的爲多，他講這段話的目的，或許在強調純文學或小說的重要，但從他的話裏，我們可以了解報導文學的地位一天一天的提高。

談到中國時報這次報導文學獎徵文，我們就想到美國一位很年輕的編輯伍爾夫(Tom Wolfe)。他編了一本選集「新新聞學」(The New Journalism)，一九七三年出版的。這本書大約有四百頁，書的前部對「報導文學」做了原則性的討論，大約佔五、六十頁，裏面大部分的篇幅，他選了二十三篇「新新聞學」的所謂報導文學的作品，着重他所標榜的主題，包括青年問題、種族問題、戰爭、政治、金融市場、社會犯罪、藝術、體育、演藝人員的問題等等，他在序言中就說明，要從各個不同的角度及方式，來表現「在過去十年間美國生活方式的變化」，這是他們所認定的報導文學的任務。

在技巧上，伍爾夫推崇巴爾札克、狄更斯和杜斯托也夫斯基等人的貢獻，認爲這些偉大作家以文學的寫作用於報導文學的成就，遠超過十九世紀的新聞記者。所以伍爾夫編這本書的構想，就是要把小說家的技巧引入到報導文學中來。他這本集子中，比如卡波堤（Trumer Capote）的「冷血」，也在他選擇之列。依我們看，這個標準並不很適當。

這本「新新聞學」出版之後，很引人注意，可是實際上對美國的新聞界影響不大，新聞界並沒有把這本書當成一個典範來學步，反而在小說界方面發生影響，許多作用者用報導文學的方式來寫作，當然這個趨勢不完全是因爲這本選集，像近年來轟動一時的「敎父」、「根」、「錢莊風雲」等，都是比較好的，還有一些較差的作品。他們寫的都是小說，不完全是事實的報導，但在搜集材料與處理材料上都用報導文學的手法來寫小說。現在的報導文學都採用了科學的「田野調查」方式，在表達上吸收了許多新聞報導的方法。

報導文學作爲一個整體，是要從各別的事件、問題，和人物中，表現出整個生活的動變。在這次徵文中，當然我們所看的只是十幾篇，我的感覺是題裁稍嫌不够普遍，有些作者似乎有意要去選擇一些冷門的材料，以求出奇制勝。這種態度當然也有可取之處，但就整體來看，就報導文學要反映國家民族生活的改變來看，是有些不够。比如近三十年來，臺灣最重大的變革，是我們由農業社會跨入工商業社會。這種變革，影響到每一個人，成長與蛻變是一個艱難的，甚至是痛苦的過程。每向前走一步，都會產生許多障礙，大至十項建設，小如塑膠拖鞋，都有待我們發掘。這不光是新聞報導中的數字或統計，這裏面有千千萬萬人的心血、努力，和感情。

這次徵文，我們沒有看到這方面的題裁，或許是因爲首次擧辦，時間太過匆促，或許寫的不好，被淘汰了。我個人誠懇的希望，在報導文學方面，寫作的面能更廣，更加反映出我們社會的全面。這和光明、黑暗沒有關係，要看到我們的全面，值得報導的不只是瘋人院、痲瘋院、山胞……我們還有許多的題裁，值得發掘。

寫客觀事實

胡菊人

最先想及的是什麼是報導文學？這簡單，它必須有「報導」又有「文學」。它不是一般的新聞報導，也不是一般的學術研究調查報告。「文學」兩字，表明它是用「文學筆法」來寫，以「文學方式」來表現的。

這點相當重要。否則社會學的「個案紀錄」、海洋系的「汚染測驗報告」、心理系的「區民精神病態抽樣調查書」，或每一類經過搜集資料、實地訪問的「學術研究報告」，都可入「報導文學」一類了。事實上報導文學所以與它們不同，正因爲一種用的是分析性、總結性、綜合性、抽象性的文字；另一種則用描述性、具象性、呈現性的文字。後者正是文學語言的特性。

「報導文學」當然也不同於小說和散文。散文可以表現作者主觀的情感思想，甚至主觀到僅是夢中的幻想，可以只寫個人的一時感緒，瑣零私事；「報導文學」不行，一定得寫客觀事實，外在社會現象，可以加上作者的主觀評論與感嘆，但必須以大眾事實、大眾現象、社會問題爲主材。因爲祇有這樣，它纔合於「報導」兩字，「報導」就是爲大衆應該關心的事情與問題，向公衆呈現和報告。

報導文學，可以用文學筆法，寫出人物、對話、場景、氣氛，但它之不同於小說，正因爲它有「眞事眞人」要報導，而小說可以是「虛構」的、「幻想」的假人假事。對於小說，我們可以不問所表現的內容是否爲眞實，爲公正客觀，但在「報導文學」言卻是第一義。儘算可以用散文或小說筆法，但它絕非就是散文和小說，事實上，這些決選的稿件中，有人物有對話有場景有氣氛的很不少。亦有讀來像一篇寫實的好散文的。但它們是「報導文學」。

落實的社會面

張系國

我認為，「報導文學」是包括「報導」和「文學」兩個意義，所謂「報導」應該是客觀的原則，「文學」則是主觀的見解，我個人比較偏重在這兩種的結合。

我想，史記的遊俠列傳，就是很好的報導文學的作品。因為太史公對他搜集到的材料做了恰當的剪裁，在他搜集的許多人中只取了幾人，這其中有太史公自己主觀的意見，也能看出他心目中遊俠的定義，這麼好的東西以今天的眼光看，是很優秀的報導文學。

西方最近有一種「非小說」，它的定義大略講起來，是「比較活潑的歷史或傳記」，或者「個人化的歷史」，也就是客觀的事實加上主觀的見解而產生一種獨特的意念，這就很接近「報導文學」的定義了。

如果報導文學單獨是報導事件和資料的收集，便無從產生獨特的意念；如果過於強調主觀性，這種獨特的意念便成了蹈空的形式，都不能算是報導文學作品。

「報導文學」不是「純文學」，它不只是個人的哲學觀、人生觀、政治觀，而應該有更落實的社會面。固然，任何文學形式都有宣傳的作用，報導文學也許是更大更直接的宣傳。但是它必須在宣傳中取得均衡，很有力量，但不能太生硬。

我個人評審的原則是，一篇好的報導文學是報導與文學的結合，也能在宣傳和生動上取得平衡。

報導事實的眞象

陳奇祿

我對報導文學的瞭解，第一是應該把事實的眞象報導出來，使讀者覺得好像自己參與一樣的去瞭解，我們做人類學或者做其他學術研究的人，常常要出去採訪，或者出去從事所謂的「田野工作」，這些都必須寫報告，就是要把事實的眞象寫出來，而且必須非常的準確。不過，在外國常常有人批評社會學家或人類學家們寫出來的報告，缺乏可讀性，因爲他們只是將報告資料一條條的列出來，準確是很準確，但是缺乏可讀性，所以這報導本身的性質雖已具備，卻沒有文學的技巧，所以不是報導文學。我認爲報導文學應該寫出來具有可讀性，又能引起共鳴，所以要用文學的技巧來報導事實。這和寫報告不同，例如引一個資料：「臺灣有多少人口？」「有多少什麼病？」那一年有多少人口？那一年有多少什麼病？列一個表，人家看了後，不但一點印象都沒有，更不會引起共鳴。如果是用文學技巧來報導，幾句話就能給人一個深刻印象，而且容易瞭解。因爲事實上，這個統計數字，今年多少？明年多少？人口增加多少？這些統計數字的本身並不重要？而是整個的比例，比這數字還重要。所以有時愈是準確的數字，愈是令人不相信，對不對？這一點就需要文學技巧來表達，才能令人信服，這是我對於報導文學的瞭解。

從擁抱自己的土地開始

——高信疆先生談報導文學

李利國

高信疆第一次主編時報人間副刊是民國六二年五月，他決心使副刊脫離文藝的浪漫性和娛樂的消閒性，他要使人間副刊成爲認識時代，了解現實，體悟歷史追尋個體生命和羣體生命共同價值的一塊園地，他充滿着理想，懷抱着愛的憤怒，把報紙副刊的價值意義帶入新的境界。

一般人對他於民國六十四年推出的「現實的邊緣」尤其印象深刻。「現實的邊緣」對以文藝爲主的副刊來說，是一個風格的突破，它不僅在內容上展現了積極關懷人間的意義，在型態上更是第一個策劃編輯的濫觴，導致今日各副刊新面貌的改觀。

朱俊哲先生在「報導文學的社會功能與價值」（愛書人第〇六八號）中曾對這一系列報導性的專題加以分析。他說：「該一專題共分三大部份；域外篇、離島篇、本土篇。『域外篇』的幾篇報導對象是海外華人的生活條件及環境。國內一般人對海外華人常抱有艷羨的觀念，而忘記他們在海外的開拓精神，忘了他們在洋人的國度裏所忍受種種的不平待遇，事實上從陌生衍發出來的想像常是幼稚的。『離島篇』包括五篇臺灣四週各大小島嶼的人文景物『介紹』，寫作者不過前往遊歷三兩次或一次，就動筆寫作（由於地處偏遠，往來不易，以及軍事上可能的限制），遊記的味道還很濃，「也許」是島上可深入觀察的東西並不多，不過這些報導至少提供了不少知識給讀者，引導羣眾對自己的國土產生認知，基本上是很有意義的。再其次是『本土篇』，這是最出色的一部份，寫作者以年青人居多，他們懷着一份對那些『默默努力，未爲人知的同胞們』執着的熱愛和永恒的敬意，携着簡單的行囊及一支筆、一部相機出發，從五光十色的都會裏邁向窮鄉僻壤，『一筆筆向下挖掘，帶着歌、帶着汗水、帶着血和淚——』，回顧歷史，展望未來，讓我們這個日趨冷漠的工商業社會裏，重新見到和煦的陽光普照。」現實的邊緣系列報導給社會最大的震撼是：我們要熱愛自己的土地，我們要相互關切不同生活方式與環境中的人，因爲我們是同一個民族的人，如果我們不肯相互尊重、照顧，我們將無法面對歷史，亦無法向歷史前進的脚步作交待。

從這樣的期許、醒覺和鞭策裏，他愈來愈覺得報導文學對當前社會的推動、啟發民智，和鼓勵知識份子脚踏實地都有其不可推卸的責任，高信疆聽到有人從事報導文學的工作，就十分興奮，聽說某人寫出一篇報導文學，他千方百計的希望先睹爲快，他聽說有人要報導某地某人某事，但是沒有旅費，他立刻傾其所有，高信疆熱愛報導文學，是因爲他深深的了解報導文學將給這個社會，以及文學的領域帶來更多的、積極的、深思的、永恒的影響和價值，他願意謙遜的、默默地、但是盡自己力量來鼓勵、幫助、引導年輕人參與社會、現實、鄉土和民族的眞正需要裏和文化心靈的底層，藉着報導文學，把中國人的永恒意義、把中國面對苦難挑戰時的毅力與創傷，把這一代人共同團結以開創歷史新局面的理想和奮發，一起向歷史作交待與見證。

個人與高信疆先生相交數年，知道他歷經挫折和誤解，但是我從沒見到他因此消極、抱怨，放棄心中的理想。正因爲他堅持自己原則，所以當他重新主編時報人間副刊時，他第一個苦心籌劃，卻遲遲不敢推出的專欄就是「報導文學系列」。今年四月，我們終於看到了第一篇張毅先生寫的「星塵之外」，目前這個專欄仍在繼續推動。高信疆希望更多人的參與，無論任何人在從事報導文學的工作時遇到困難，他一定儘力幫忙。他目前身兼數職，爲中國時報副總編輯、人間副刊主編、時報文化出版公司總編輯。我們特就「對報導文學該有的認識」爲題訪問他，他侃侃而言，層理分明，使我們心中原本模糊的概念得到「撥雲見月」的清明和喜悅。

報導文學是什麽

報導文學很難用一句話加以定義，但是報導文學在根本上有一個特色，就是行動。所以我認爲報導文學是「行動的文學」，也是「實踐的文學」。

就它的內涵而言，它是一種學習的過程，也是一種教育的過程；是愛與尊嚴的追索與表現。就它的外在而言，報導文學是文學型態及新聞型態的綜合形式。就實質言，它追求「眞」是現實的「眞」和文學的「眞」的結合。但是做這樣的界定時，我們必須先反問，什麼是眞，可能得到眞嗎？

於是我們不免感到荒謬，報導文學竟不過是在特殊時空限制下，作者個人觀點的人生反應和文學投影而已，至少目前大部份作品是如此，距離現實的眞、文學的眞所象徵的意義很遠。但是作家如果不放棄追尋，不斷的觀察、認知、接觸之後，可能對人生現世的體悟和意義得到限度性的接近。

在達到這個對人生現世認識了解的極限，又受各種現實條件：地理的、歷史的、個人的修養和現代的各種思潮的影響。在這些客觀因素下，一個從事報導文學的工作者，必須更謙虛、謹愼、深入的去踐履。

報導文學所以是文學的實踐，在於透過作者的文字訓練和人生的體驗加以綜合，進而對現實人生回以反哺。

謙虛和不斷探尋

如此，我們不禁要問，報導文學工作者該有什麼樣的條件呢？他應該對事物、衆生有不斷的追求的精神。雕塑家捷克梅提有一次跟沙特對話，說：「你給我一個模特兒，坐在我面前一千年，我每天都會有一點修正，一千年後我會告訴你，都錯了，但是我更接近一點。」這種對事物的深度思考，是一個報導文學工作者最起碼該有的態度。這樣從事報導文學時，我們才會不斷地對現實事物的一切可能性加以推敲、考慮，且謙卑而認眞的向內層因素挖掘。

例如設立國民住宅的問題，速率低，原因是土地不易購得，土地不易購得的原因，如果我們眞正的追求下去，也許發現牽聯着這個時代的基本問題、人性、商業文化、民族理想等等。這種對現象縱深的思考可以幫助我們對事物本質的某一點得到透徹的了解。

然而，任何事物都不是單獨存在的。所以我們必須對事物横括面的廣濶也該有所認識和充實，可以注意到事物的相關性，方不致因對事物的深度思考，而產生「深度的獨斷」。有些人研究美學，後來以美學來獨斷世界的一切，有些人思考某項道德，後來演變爲該一道德的獨斷，認爲只有這一點才是世界一切事物的準繩，否定其它因素和條件，破壞了人間的平衡。「獨斷」一定會使報導文學產生極大的偏差，因此一個從事報導文學的工作者必須在對事物追求上有足够深度的思考後，還得培養横濶面廣度的觀察，也就是對人生廣面的接觸，事物的多樣性和足够的「關係」的掌握，對表面不相關的事物也留意，考慮其相互的反應。這種態度涉及到個人的胸襟和發展。

曾經有一位學生描述美國名敎育家路易斯·艾卡西的敎學方式，指出艾氏曾給他一條魚，要求他在不用任何參考資料和討論的情況下，去觀察、發現一些關於該一魚類的事。這個學生花了一百個小時的時間，對於魚鱗的排列、牙齒的形狀等等一大堆魚的知識，都反覆想過了，他自以爲對於該一魚類的觀察和知識够豐富的了，於是提出了他的報告，但是艾卡西並不滿意，要他重新來過。他花了許多時間，從頭做起，才眞正獲得了一些自己也不能置信的奇特結果。這個故事可以幫助我們了解自己的微小。因爲報導文學的最後反應是作者個人的人生判斷，個人人生觀的投影，那麼，一個報導文學者如果不謙虛，將會因爲自己的傲慢、草率所導致的偏差帶給讀者多少負影響呢？眞讓我們不能不產生任重道遠的惶恐啊！

四個條件，需要自我鍛練

報導文學工作者此外還須鍛鍊自己，培養自己具備那些特質呢？我想，首先他需有「平等」的觀念。否則對於他所報導的人物，往往會產生扭曲與誤解，如果沒有「平等」的精神，就不容易眞正的參與報導對象的生活，那麼報導既使沒有扭曲，也是浮淺表象的。平等的進一步解釋，也可以這麼說，就是要把所報導的人物當成一個眞正的人來看，並且確知自己在某些或同樣的時空條件下，他可能如此的生活，成爲同類型的人，自己並不比任何人尊貴、崇高；由是而能懇切的體會他們，甚至學習他們的生活，品嚐體驗他們生活的甘苦、心理的狀態以及他們所代表的意義。這種「平等」的胸懷可以幫助我們在報導過程中以謹愼、尊重的心搜集資料，探尋事實，不致劃地自限、浮光掠影、自以爲是。但是「平等」也並不是要把自己卑微化，把自己視爲社會上最不道德、最罪惡且沒有能力的角色，因而把被報導者以誇張、感激、崇拜的態度加以偶像化、神格化了。事實上，任何人物都有脆弱、微小、錯誤的時候，也都有崇高、感人的一面，對於這些人性的偏差，我們必須合理、客觀、公正的加以處理。

第二，一個報導文學工作者，必須建立活潑自由的心靈，那麼，他眼中的世界和萬事萬物才會時常展現出生機，對於所報導的人物和事件，才會採取充滿希望的觀看原則。如此，也才能掌握、判斷不同的對象與事象背後的意義，各別給予不同的肯定，不然很容易單一化、公式化。平等是一種精神內涵，活潑自由是寫作過程中的精神表現。

第三，一個報導工作者除了應具備上述兩個抽象性的條件，在實質上，他也必須具備搜集資料、剪裁資料，判斷資料的能力。要有寫博士論文的想法來寫報導文學，那麼，相關的資料，如歷史背景、地理因緣、人文景觀和在現實裏的相互關聯，都必須運用資料加以瞭解，然後才能給讀者最豐富、最透徹的了悟與認識。一篇好的報導文學，如「冷血」、「美國內幕」，作者都建立了龐大的資料卡，其嚴謹較博士論文有過之。搜集資料可以幫助我們改變自己原先假設的觀點，但一個不能判斷資料的人，也許在資料的取捨上反而受到主觀的蒙蔽，其結果有時也可能更爲偏頗。

第四，他必須實際的參與，如果他不去觀察，不去訪問，不去投入，並且體驗被報導人的生活，那麼他的報導只是自我感懷的幻象。參與的意思就是心中沒有成見，抱着學習的心情加入自己陌生或希望理解的生活圈，決不能禁閉書齋，神遊萬里的寫自己一廂情願式的報導，但也不能自設限卡，用某一套模式或理論去找證據。否則，英雄主義、救贖主義的主觀心理不免產生，對於問題的癥結也往往有「想當然耳」的自是，報導極易成為教條的闡述或個人的吶喊。

歸屬感和孔道作用

報導文學所以值得我們去獻身，主要在於它所展示的意義。報導文學的意義對於作者而言，是一種社會使命感，參與人間的理想的實踐；藉着報導文學，作者亦更能了解個體和社會之間的關聯，使自己更能不斷地落實，承擔現實社會推動前進的責任。對於被報導的地方或人羣，易於激發彼此的歸屬感，使失落的個體回歸到同胞意識的線脈裏，了解彼此從歷史的演變到現實的奮發，都是不可分離、遺忘、割捨的。對於一般讀者，報導文學幫助大家深入、廣泛的認識了社會的各種層面，縮短個人和羣體的距離，由是幫助讀者產生參者社會、認同人間的思想，使讀者走出自己封閉的天地，由是更易於體會國家、民族、同胞的血肉感情。

換一個角度來看，報導文學也是社會現代化的一個媒體；報導文學直接反映不同人的不同心態，不同環境不同問題；不同地點、事件的不同風貌與進展，報導文學是一個觸媒，使彼此互相認識，幫助大家互相關懷，最後，大量報導文學的出現，也督促社會一起進步，使社會現代化全面展開，而沒有孰先孰後的紛爭、不公。這也具有一種社會平衡的意義，報導文學替受到傷害的人講話，向社會溝通他們的需要，報導文學也替低的向高的要求，溝通了彼此的有無，把受到忽視或誤解的，向社會展示他們的面貌，所以報導文學又有一種作爲「孔道」的意義，成爲人和人，人和羣體，羣體和羣體之間的孔道。

象徵和報導文學

再往下推一層，我們必須了解報導文學所以有這些意義，在於它的內容和展示具有無限象徵意義。他幫助人從孤獨、漂泊無依的感覺中得到充實和肯定。報導文學的內容是建立在追求事物之眞和事物關聯上，但是作者更要尋出事物與人的關係、與社會、人文、未來的關係，然後可以適度的爲事物本身說明它象徵的意義。

例如，約翰·根室寫「美國內幕」，訪問了當時美國的四十八州，並作了和九百個美國人談話的記錄，他很訝異的發現這些人對美國的看法、描繪都不同，最後他恍然大悟說：「許多許多事物支配這個國家……民主，假如是健康的，當可從自己的多樣性中取得缺陷的支援。」他在序言中說：「這本書是實行中的民主的研究。」他充分、適切的掌握了事物展現的意義。

再如，「大戰隨軍記」這本書，有一段描寫二次大戰登陸西西里島，很多人坐在甲板上等待出發，大家都知道自己也許馬上就死了，他們談話的主題竟然都是人生最細微的小事，其中一個話題是「如果戰後還能回故鄉」，他們要做什麼呢？擁抱自己的親人、情人，躺在門前曬曬太陽，也許我們會浮面的認爲他們很卑微、平凡；但是作者恩尼·派爾給予不同的解釋，他指出，從這些話題中，我們知道他們對未來都懷有一個希望，都對明天有一個信念，因此戰爭毀滅不了他們，他們可以跨越過一切災難。他從許多小事中，找到了象徵的意義：人所以不會被毀滅，因為他對明天充滿信念。

報導文學的回顧

臺灣的報導文學尚在起步。但是它已經有很大的進步。我們對進步過程的發展也該檢視一下。就中國而言，那所謂的「報告文學」，從「九一八」、「一二八」事件後，正式邁入了中國新文學的領域。特別是「一二八」時期，當時的「文藝新聞」首先介紹了報告文學的理論。而此後一步步的發展，倒也可以約略的看出它的成長、進步。就是從直接的經驗到間接的呈現，從現象的描繪到意義的掌握，從單向的片斷報導到綜合的多面觀察，從戰爭的激動到生活的眞實，從粗淺到精密，可以說，正印證了我們對報導文學的定義與要求。只可惜，後來由於局勢的轉變，報導文學沒有再深一層的發展下來，也沒有留下更多成熟的、偉大的作品，誠然是一件憾事。

但經過二十年後，政府在臺灣的建設使人民安居樂業，我們相信報導文學適時的提倡，可以幫助社會進步的速度全面化的提高，幫助大家產生道義的責任，從「根」剷除人與人之間的漠視、隔閡所造成的積弊。

就美國言，在四十年代前後，文人突然產生一種自覺，美國給他們那麼多，但自己回報的太少，他們反省上一個十年的虛無和晦澀，承認自己對社會沒有盡到責任，並由於二次世界大戰帶給社會經濟的挑戰，他們覺悟到有一份人的責任必須承擔，他們必須面對人生、面對問題、面對美國，這種自覺的道義責任，促成報導文學興起，三四十年代之際，報導文學可說是美國文學界的主流。美國報導文學的蓬勃發展，因素很多；如當時攝影的進步與廣泛使用；戰爭導致社會變動，人民遷徙變率擴大，使人隨時面對新的環境，人要找尋落實的感覺；加上老羅斯福總統鼓舞新政，倡導民主，要人民講話，報導文學探討眞象的特質因此益發受到重視。

我們今天面對的挑戰與考驗是前所未有的，在這塊土地上的中國人所致力追求的生活方式、生活理想和面對歷史的責任和努力，實在值得用文學記錄下來。而把大多數人的心聲和感覺記錄下來，報導文學是最好的方式之一。所以我希望有更多的人，懷着健全、活潑、平等、眞實和愛心從事這樣有意義的工作。

既然，我們提到了歷史的責任，在此不妨就這個題目再作一點引申。的確，報導文學從另一個層面來看，正是現實和歷史的結合。報導文學的基礎是對現實的深入觀察和探討，但是現實的面貌是從過去的面貌演變來的，並且對未來往何處去有一份責任。現實必須放在未來和昨天中間加以努力和肯定。因此，報導文學工作者一方面必須面對現實種種，一方面仍需建立前瞻與回顧的才識與氣魄。當我們把歷史放入現實，我們才會眞正的謙虛，對前人的努力充滿敬意；對歷史產生新的瞭解和解釋。當我們把現實納入歷史中，我們才會滿懷可理解的信心，對今天的一切充滿希望和期許。報導文學在把歷史與現實結合之後，對現實的檢討和反省，才會有眞正的啟示作用。不過，這也要視題材而定，有些純現實的報導，如翁臺生的作品，仍然非常好。但是李利國的「紅毛城遺事」，最有現實的相關性、歷史的歸屬性、未來的象徵性，使這個問題無論在那一代都會驚惕那一代人，這種長遠的殷鑑性便是報導文學結合歷史和現實之後產生的作用。

從這裏，我必須再強調，一個報導文學工作者必須從擁抱自己的土地和存在於這塊土地上的同胞開始，以今天在臺灣的中國人而言，就是要擁抱臺灣，但卻不單單就是如此，第二步，一個報導文學工作者必須了解中國是我們的母親，是現實的廣大淵源，是我們最初的根，也是我們最後的果。我們必須熱愛中國，我們一切的努力是爲了承續中國那個大傳統、大潮流，爲了中國未來無限發展的可能。然而，我們應該培養更大的懷抱，一個報導文學工作者在做現實的探討，爲歷史記錄中國整個民族追求的理想以及所付出的努力時，我們也應該想到世界上尙有許多民族受到各種因素的限制，不能如同我們展現自己民族的意義，我們要關切他們，所以胸懷天下的氣度也必須培養。

報導文學的最大意義，就是使我們對一切人、事、潮流、文化型態，產生切身感，產生關懷的意識，報導文學的大量作品，將會使人與人間「漠不相關」的心理狀態愈來愈降低，我們希望有一天會完全消失，並且希望那一天早早到來。

（本文選自愛書人旬刊第八四期）

報導文學的昨日、今日、明日

林進坤

報導文學在態度上，應以社會良心、道德勇氣爲寫作原則，不可以只報喜不報憂，也不可只報憂不報喜，而是要喜憂俱陳。

聯副主編瘂弦表示；「報導文學」在三十年代至四十年代之間，風頭非常健，有文藝界的「輕騎兵」之譽，那時候並不叫做「報導文學」，而稱爲「報告文學」，在當時的報紙副刊上，差不多每天都有一篇報告文學，相當受讀者歡迎。他記得傑克倫敦曾有一本著作「淵底」，曾被翻譯發表在當時的報刊上，對彼時的作者與讀者發引出強烈的震撼力，這本書是傑克倫敦親身混跡於倫敦的下層社會，仔細了解低下階層人們的生活，寫成二十七篇報導，可說「報導文學」的代表作，其他如紀德的「剛果紀行」、「蘇聯歸來」，也可以說是很成功的報導文學。

在中國方面：瘂弦認爲四十年代，蕭乾的「人生採訪」曾風行一時，而已亡故的左傾作家曹聚仁也寫了不少這方面的東西。由於「報導文學」有強烈的現實性和批判性，當時左翼作家便利用報導文學，作爲揭發社會黑暗面，製造不滿現狀心理的工具，產生了極壞的影響。但是報導文學本身是一種優良的工具，工具是沒有色彩的；敵人用過的武器，我們拿在手裏也可以殺敵人。「報導文學」作爲文學的一種表現形式，仍然有其存在的價値，而近時的徐鍾佩、司馬桑敦、佘阿勳等人所寫的報導文學，成績甚爲可觀。中國時報人間副刊主編高信疆先生所設計的「現實的邊緣」及新近推出的「報導文學系列」，也極爲特出，爲我國的報導文學，開拓了新的境界。

瘂弦認爲：「報導文學」在取材上，不應是偏於報憂或報喜，而應該是喜憂俱隊，喜憂皆報。瘂弦舉出德國的報導文學巨匠 E. E. Kihch. 所列舉「報導文學」應俱備的三項原則：一、作者不能歪曲所報導對象的意志；二、作者應有強烈的社會感情。三、作者應顯示出一種對人類生活遠景的強烈企求，這些原則是從事於寫作報導文學的人所應記取的信念。

現階段的「報導文學」在目前的報刊上，其份量逐漸的被重視，瘂弦指出：這是社會多元性變化的結果，高度的物質化生活無法與精神生活協調，而工業急速發展與農業發展的失調，其所產生的諸般社會問題，使得有些寫作者覺得用傳統文學方式不足以來表達變動快速日趨繁複的現實，認爲唯有報導文學最直接，最快速，也最具立竿見影的社會功效。

因此，報導文學的風行，自有其社會的和文化上的因素。

談到目前「報導文學」應走的方向，瘂弦認爲：這條路是很樂觀的，報導文學拓寬了創作體材，使大眾緊密的結合在一起，也增加社會各行各業間心靈的對流，減少「孤獨的羣眾」的孤獨感，這些皆是因報導文學的出現所涵具的功能所使然。另一方面，因「報導文學」的出現，使散文注入了一股強烈熱流，廣義而言，報導文學應是最富生命力的散文，給日益式微的個人氣息的散文注入健康的色澤。

對「報導文學」是否能成為未來文學的主流，瘂弦持着懷疑的態度，他認為自古以來文學的主流是小說、詩、戲劇、批評等構成，報導文學是文學的一部分，或重要的部分，但卻不是唯一的部分，詩、小說、戲劇、非報導文學的散文，過去是、現在是、將來也永遠是文學的主流。

瘂弦強調：「報導文學」所應注意的是；其所描述的現象和事件的背後，一定要展示它的精神成份，也就是人性的成份，唯有從人性的基礎出發，報導文學才賦有民胞物與的胸襟，而在內容方面，任何一篇優秀的報導文學不能僅是照相式的反映現象，或是資料式的堆砌而已，而應是現實的藝術化，現實與藝術的相結合，否則這種作品僅能算是報導而不是文學。

報導文學的前提是作者本身應具有愛心

戶外生活雜誌社長兼主編陳遠建說：報導文學應是景與情的取材，再加上新聞寫作的手法所構成的，他認為很遺憾的是，中國傳統文學裏頭並沒有眞正的「報導文學」出現，像范仲淹的「岳陽樓記」或是徐霞客的遊記，嚴格地說起來並不算是「報導文學」，因為這些文章含帶了太多個人情緒化的東西，僅是失意政客或騷客墨人隨興而做的文章，而報導文學在內容方面必須是客觀具有代表性的取樣，在創作的態度上，是不能有作者本身情緒式的看法參雜其中。

陳遠建表示：「報導文學」不是從文學的目的出發，文學技巧的應用，僅是提供讀者一個可讀性，「報導文學」應是從客觀的事實出發。但絕不是雜文或僅是資料而已。「報導文學」在知性方面的比重是大過於感性，要提供給讀者了解某一方面的事實，以增廣讀者的社會知識領域，而將一些社會知識所含帶的價值判斷留給讀者本身去抉擇，因此著重於事實客觀性的描述應是「報導文學」的重點。他個人可以舉一個例來說：去年因乾旱成災而造成了苗栗明德水庫的乾涸，每天有許多的遊客到這個地方遊覽，而其中有以前因建水庫而被遷徙的居民，現在他們站在水庫上面，望見他們以前世代居住的老家就在水庫底下，這種心情是非觀光客心理所能了解的，我們寫文章不外情與理，就理而言，這些居民是應該犧牲小我，支持政府的建設計劃而造福羣眾，就情而言，中國人傳統的安土重遷觀念，使他們忘懷不了老家的一切，而這種現象產生本身是超乎是非、善惡之上，而其中所含帶的諸種社會問題，做為一個報導文學工作者，就不應做任何情緒上的判斷，而將這個事實呈現給讀者即可，報導文學工作者其本身行動的表徵即是其關切這個社會的具體事實。

報導文學是追求事物之眞，表現文學之眞的一種文學的手段，也是實踐的文學。

中國時報「人間」副刊主編高信疆就有關「報導文學」的原則、條件、意義、源流問題，向我們表示他個人的看法。

高信疆強調：「報導文學」是一種實踐的文學，也是文學的實踐，就文學史而言，它是最古老的，但也是最年輕的文學。就其內涵而言，它本身是作者的一種學習的過程、自我教育的過程，也是羣體相互「認同」、相互「參與」的文學手段。它的意義是愛與尊嚴，它的形式是文學形態與新聞報導的綜合表現。實際上，它就是一位作者追求「眞」的過程，卽文學之眞與事象之眞的結合。

一個有心從事報導文學的工作者，對自己有更大的期許的話，那麼他必須小心，謹慎而且深入地工作。我們雖然無法一步登天獲得「眞」之呈現，但是我們有信心能够更接近「眞」。

報導文學既然是一種文學的實踐，它透過作家本身的文學訓練與人生體驗的綜合之後，以特定的目的與方向，作無窮的挖掘和探討，對於現實人生，自然具備了一種反哺的功能。那麼作家本身應具備什麼條件呢？高信疆指出：他首先應具有對人身事物足够的深度思考，這種「深度」的現實意義，就是決不在任何一個疑問面前停止思索，也決不在任何一個解答面前停止疑問，要步步進逼事象的核心，永不終止進逼的心態，就如同名彫刻家傑克梅提在一次對談中所說的：「給我一個模特兒，讓她坐在我面前，坐一千年——每天我都有一點修正，一千年後我會說：都錯了，但我更接近了一點。」，這就是一個報導文學工作者對於事物應有的深度思考，也是應該具備的首要條件。如此，才能使報導文學工作者變得更謙虛，更實在，更能夠眞誠的考慮事物本身的秉性與特質。但是，事物並不是單獨存在的，我們原是生活在一個羣居的社會裏，任何事件的發生，都可能牽涉到其他的相關事物，人與人，人與物，物與物……彼此相倚相生，我們豈能不考慮到它們？這就是報導文學者的廣度問題了。他必須是一個對生命普遍關心的人，同時更需要瞭解事物與人生的「關係」原是無所不在的。事實上，報導文學豈不就是一種「關係」的理論與建立嗎？這種「廣度」的培養，足以讓報導文學者了解事物的橫闊面，具有深度而又不獨斷的報導事實，這是作家本身應具的第二個條件。然而，報導文學的另一個條件，則是事物象徵意義的掌握，如此，它的永恆性才顯著。而這些，僅是一個從事報導文學工作者的基本條件罷了。

要用什麼態度來從事「報導文學」呢？如果它祇是作家個人價值的判斷與人生觀的投映而已，那如何才能產生更好、更能符合報導文學原則的作品呢？高信疆表示一個好的報導文學工作者，應該努力建立並堅持的是「平等」（公平）的精神。即是作家要體認自己並不比被報導者有更高的地位，不比事物本身更具權威，否則極易造成報導的偏差，給予被報導者無形的傷害、扭曲。要認識到本身的報導僅是一種學習的過程，一種投入和參與。那麼，任何卑抑或醜化或美化的報導，都是應該避免的。其二須俱有開放的胸懷，這是一種生長的、活潑的心態，可以接納任何不同的對象，面對任何不同的事物，掌握其背後所包涵的意義，這也是一股進步的動力。

我們說「平等」，說「開放」，難道報導文學工作者的態度，就是沒有選擇，沒有條件的嗎？不是的。高信疆繼續說明，它是從此時此地此人開始而達於無限遼闊之域的。因此，它的立場更清楚、態度更明確，而這絲毫不妨礙我們在報導上的自由。「報導文學」的呈現，對於現實的既存意義爲何？高信疆指出：就作者而言，這是作家個人表達其社會責任與人生參預的方式，也是最能夠在較短時間呈現較大效果的文學形式。當作者獻身於此，在他的實地採訪與資料搜集的過程裏，也將一步步、一層層體會出個體與羣體之間的關係，產生人生價値的落實與肯定的感覺。就國家民族而言，能夠產生很強的認同意識，喚起整個社會、國家的同胞愛、民族情。更深一層而言，報導文學也是一種邁向民主社會的文學實踐。在這裏，它成爲現代化的觸媒——因爲不同的個人，不同的事物，不同的觀念，逐一透過大量的報導，使大家看到大家，大家了解大家，大家愛大家，能夠產生社會平衡的功能，產生新的尊嚴、新的改革與肯定，這是眞正的「民主」，是人與人之間的溝通之橋。而且報導文學比純文學具有更深闊的現實意義，比新聞報導擁有更大的容量，更深的感動力，有志者，是可以好好獻身，有所開創的。

報導文學可能是文學的主流嗎？高信疆談到沒有任何文體可以永遠領文壇的風騷，但卻各有其時代的特性。以美國爲例，一九三〇年代前後，各種外在環境的困頓，使得當時的文學工作者覺醒到，國家給他們這麼多，而他們回饋給祖國的這麼少，面對現實，面對人生，面對祖國，使他們毅然拋棄了那種晦澀、虛無的創作形式，代之以積極的、健康的心態，去介入廣大的美國社會之中，從現實之中取材，表露出他們對祖國的關懷與認同，並使他們的作品落實到自己芬芳的土地上，而報導文學竟成爲當年美國文學的主流了。

而在我國，報導文學發迹於「上海」事變之後，由於愛國、抗日的需求，許多文學家都加入了這種寫作方式裏，當時稱爲「報告文學」，上海甚至有以此爲名的一份刊物。它們在激發民心士氣，暴露現實方面，曾引起許多人的注意，但由於時空的侷限，使得當時的報導文學，僅對事物外在之「眞」作一表面、概括的描述而已，並沒有賦予更高的意義，抗戰中期以後，報導文學的發展逐漸蓬勃，也能帶入事實以外的意象了。可惜的是，它們逐漸落入左派文人的宣傳煽動之中，失去了報導文學追求公正的意義。高信疆強調：近二十年來，由於時空環境的重組，社會的需要，使得我們有足够的信心，將「報導文學」做得更好，卽以中國時報副刊「人間」而言，從最早的「現實的邊緣」——域外篇、離島篇、本土篇，以至「鄉土採訪」、「報導文學」等一系列專題的提出，莫不是這種文學運動的激發，也是整個現實人生的反哺，而企圖從這些專欄的報導中，激發出擁抱臺灣、熱愛中國、胸懷天下的現代中國人的懷抱。

高信疆認爲，「報導文學」的發展表徵着文學本身的進步與擴大，這是社會轉變的必然事實，它不一定是未來報紙副刊的主流，但卻必然成爲文學的重要形式。事實上，報導文學來自羣眾，亦將回歸、反哺於羣眾。

在「雄獅美術」的編輯室，我們會見了蔣勳先生，就臺灣目前最爲人津津樂道的報導文學，它的內容和形式諸問題，請他發表意見。

文學因時代不同而有所改變——在內容與形式方面表現的獨特的性質，例如魏晉時期的所謂山林文學、盛唐時的宮廷文學，在歷史上都曾有過燦麗的貢獻。我們通過歷史來考察，不難發現這種改變乃是文化演進的必然現象：因爲在文學藝術的表現方面，時代和客觀環境有相當大的影響。不同的時空條件決定了不同的文學風格或形式。民國成立之後，因爲受到世界潮流的衝擊，傳統文學產生了極大的轉變。在思想方面，文學中的貴族意識與個人性相對減弱，平民意識和羣眾性增強。白話文代替了文言文，加強了文學的普及，使讀者羣擴大，因此讀者的要求必然地表現在文學作品中。

六〇年代之後，在臺灣產生了政治上經濟上的衝擊，隨着產生了一種本土文化認同的運動，讀者要通過文學藝術來了解自己的問題、困境與出路，因此要求文學往下紮根，而推拒了只求能賞心悅目的風花雪月。爲了滿足這廣大讀者羣的要求，文學工作者的價值取向也改變了，他們摒棄了唯技巧論，唯個人感而撲向社會現實之反映。報導文學才應運而生，他們的使命是積極介入社會、認識社會，然後把它具象地表現出來。

就美學的觀點而言，蔣勳指出，「報導文學」使用的文字技巧和一般文學作品的用字遣詞都顯著的差異，例如白先勇的小說裏使用語言非常成功，但這種文學語言或者說文字技巧，很難應用於報導文學的體裁上。報導文學需要一種適合於它的文學語言。

「報導文學」對於一般讀者的最大功能是知識的導入而非感性的喜悅，它導入的知識是社會知識而非學院式的知識。這是報導文學的特色之一。諸如戶外雜誌對於本省各地自然景觀與風俗民情的報導，詳述了不爲人知的眞實事蹟。對這類問題深加探究挖掘之後，表現於文字，就介紹給讀者一種事實，一種知識。讀者由於獲取這些知識之後，能夠對社會自然地產生一種關懷。

報導文學在取材方面應該盡量拓寬視野，在態度上盡量客觀，忠實地描述所報導的事物，盡量避免情緒上的偏動。報導文學在臺灣剛剛起步，但它必會結出豐碩的果實。

報導文學的兩個層面

口述：黃　年　訪問：李　凡

報導文學的素材必須以事實爲根據，但得以文學手法處理。黃年畢業於政大新聞系，曾任記者。

我到「綜合」時，黃年先生正在暗房沖洗照片，然後我們在忙碌的辦公室中談了一個小時。

他說，談目前的報導文學，要從新聞寫作發展歷史看。早期的新聞，就性質與題材而論，可分兩種，一爲政府公報，另一種是敍事的，類似小說。實際上是先有小說體，後有新聞體的。早期這兩種體裁都在說故事，只是表達方式不一樣。但後來新聞報導體裁趨向現在的情勢，是因爲過去作者透露過多的主觀、感情和意見，所以並不是報導事實，變成了報導者個人的主觀意見，大家認爲新聞宗旨應加改變，把意見和事實分開，演變成今天的新聞面貌。但是讀者感到純報導太枯燥，太片面，不够滿足需要，他們希望除了單純報導事實之外，作者也應該把事實背後隱藏的意義、感情、態度、觀念立場等也一併提供，即所謂「深入報導」，亦即解釋性報導，或新新聞學。

報導文學必須以事實爲基礎，不是小說的虛構，但是處理眞實事件的手法，可比較重視修飾、伏筆、氣氛、感情等以達到作者理想的境界。所以報導文學的層面與基礎有二，一是報導，要建立在眞實的材料上，二是文學，它容納多種表現方式和文學寫作的技巧。

黃年舉出綜合月刊的一些文章，如「我遇上了海盜」、「異鄉、中文、淚」、「長老會事件始末」，說明報導文學不同於新聞報導是在於它的說理分析、描繪事件的發展與形象，儘量避免平舖直敍，而穿挿一些特別的、動人的東西，使讀者覺得有切身感，而非別人的事，與己無關。他表示，目前的習慣是新聞寫作的限制相當嚴格並受到時間因素的影響，所以在題材、格式上都無法有太大的突破，但讀者目前對於傳播訊息的要求不只如此，讀者在要求知道事實後，也希望了解作者的感覺、思考和判斷，報導文學正好可以彌補純新聞報導在這方面的缺陷。

黃年認爲允許作者流露自己的情感和觀點，給作者更大的權利與範圍，在相關性材料的聯繫、代言作用上，無疑對讀者提供更大的服務。但是作者必須具有自我督促與責任道德感。否則作者的報導是否有偏頗、特別企圖，讀者很難判斷。

新聞特寫或報導文學的對象、題材，一定是比較不爲人知的範圍，否則便沒有吸引力。黃年說從新聞學的立場上看，特殊性、衝突性、變化性、對照性強烈的問題才是新聞，如人咬狗；但是上述的各種特性，並不一定屬於暴露黑暗面的題材，而是它能給我們的啟示究竟有多少的問題。另外新聞學的原則，如接近性、趣味性、衝突性，都值得報導文學工作者參考。

黃年覺得過分強調「冷血」、「黝黑如我」、「根」是報導文學中的傑作，並不十分適合臺灣社會，因爲各民族有自己的歷史文化、現實背景，題材自然有所不同，我們要參照自己的需要來寫作，讓大家能深入地認識自己生存的環境以及在這環境中的各種事務之眞象。他更強調，報導文學工作者必須追尋眞實，並且發掘事實背後延伸的意義；但是報導者必須客觀，必須培養捕捉眞象的敏感、技巧，擴大接觸面。

黃年指出，有些題材不屬於新聞範圍，例如某個區域並沒有任何突出的屬於現實的事件發生，但卻擁有歷史傳統，有些人的生活方式異於一般的人，讓社會認識他們，也有助於社會全面的發展，或文化的保存，報導文學很適合於敍述這些。他說，在基本上並不以爲報導文學和新聞特寫或深入採訪有什麼絕然不同，只是在語言的使用和情感、意見的流露上略有不同罷了。

報導文學的基礎與體認

口述：翁台生　訪問：李　凡

報導文學必須要高度的參與社會，從愛和客觀出發。

翁台生畢業於政大新聞系，曾任中央日報記者，綜合月刊編輯，現任民生報記者。已結集的書爲「西門町的故事」，其餘作品散見各處極爲豐富，其中發表於綜合月刊的「痲瘋病的故事」、「大臺北的小部落」、「皇軍廟滄桑三十年」、「天母獨角獸」等尤其受到社會的重視和好評。

我們約在中午見面，因爲記者似乎都是這時比較有空。我先從「報導文學應以報導爲重抑是文學爲重」爲談話的出發點。

他說，曾經看過世新編採科主任荊溪人談報導文學的文章，他認爲報紙的邊欄、特寫、專訪都是報導文學的一部份，很明顯的是以新聞的角度觀察，目前中國時報所做的報導文學系列較爲偏重文學。這兩者的區別在於：報紙的特寫、專稿類一般說來對於現場的氣氛、心理狀態的變化並不十分重視，因為時間和篇幅的關係，所以使用的語言詞彙也比較受到限制。新聞的語言總是要求精準，報導文學的語言可能需要給予讀者一些想像，報導文學受到的時空限制也較少，可以交待更多的事情，寫作方式和題材也較廣濶、自由。

但是在這樣自由情形下，報導文學是否會和其它文學類型混淆？

翁台生表示：有此可能，許多所謂的報導文學作品其實是小說，作者雖然安排許多情節，用了許多文字描寫，但是作者的用心和所報導的問題卻模糊不清。另外某些報導文學卻類似遊記，都易使人對報導文學的性質特色產生誤會。他認為報導文學應採用新聞手法表現，而賦予文學的象徵意義，以達到啟發讀者、判斷人生的目標。

那麼報導文學的特質，可否加以確定？

他強調，既然「報導」兩字在前，「文學」在後，所以報導文學應該是以報導事實，追求事實為主，任何一篇報導文學作品，該有「時、地、人、事」四個層面，技巧上當然可以變化，但是一定要從事實出發，尋求、闡發、分析、判斷在現實裏的意義。他說，不過我們這樣去解釋，還是相當勉強的。因為「報導」重在事件之呈現，並促成現狀之改變，而「文學」重在激發同情，並不需要提出改革的方法和意見。所以報導文學的一切特質的確定，都是姑且說的。

對於「目前在臺灣從事報導文學工作者的困境」，翁台生認為：

第一是我們社會的財力有限，不能供給作家充分的經濟條件，作家無法集中全力，把自己完全投入欲報導的題材裏，因爲稿費不能維持他的生活，尤其報導文學往往需要更多的時間、旅費開銷。

第二是我們社會的觀念尚不十分開放，逃避主義的心理盛行。例如冷血作者卡波第訪問了被害者、警官、法官、當地居民等，他們願意接受訪問，說出事實。但在臺灣大家都不願坦誠地講話，縱然接受訪問，也是猶疑膽怯，不肯吐露全部眞象。所以在臺灣從事報導文學，最大的困難就是無法掌握認識眞象的全部客觀因素。

至於目前報導文學和社會的關係，他從側面表示一些意見。他說，報導文學開始階段當然有許多問題無法突破，方向無法把握，目前社會已經相當重視報導文學，照理說報導文學應該有顯着進步，但實質上仍是量勝於質，由於社會需要，所以產生了大量的浮面報導、印象報導、旅遊觀光報導等等，都以報導文學之名出籠，混淆視聽。因此他認爲報導文學今後發展，主要的需要是以好的、深入的、有價値的作品取代虛浮的報導文學，然後報導文學的功效才能展現。

他接着表示從事報導文學的工作者，最需要擁有一顆愛心，而無絲毫「私心」。因爲報導文學往往針對一些不好的現象或落後地區的需要而寫，針對這種素材，是希望它變好，變得合理、進步，而不是要表現自己，或爲自己爭取什麼地位，只有從愛心出發，才不致於造成誤會。一個報導文學工作者也應該對於某些事務與人物，有一種「心在疼痛」的情懷，那麼才不致於高高在上的觀察人生，寫出不切實際，扭曲眞實形像的變態報導。但是「心在疼痛」並不是可憐、同情，仍然是摯愛。

最後他說，臺灣因爲工商業之發達而都市化的程度很高，每個人都在爲自己的生活忙碌，對於自己居處外的環境十分隔閡，報導文學縮短了彼此的距離，增加彼此的了解；報導文學若能幫助讀者對社會、民族產生關心，意義就更大了。

（本文選自六七、七、一、六三期書評書目）

訪黃春明談報導文學

吳瓊埒

當我與黃春明先生握手道好時，正是梅雨紛紛的季節，臺北灰濛濛的天色正籠罩著依舊車水馬龍的羅斯福路，黃先生冒雨趕來晤談，令人十分感動。

此刻我在心中暗自說道：「久違了！」這些日子裏，黃春明在做些什麼呢？我想這是萬千讀者和我同樣關切的疑問？這位長時期被稱爲鄉土作家，聲譽日隆的中年作者就從這裏展開了他的話題。

報導文學的耕耘者

原來這些日子裏，黃先生早已在「報導文學」的領域中馳騁了一段不算短的時日了。「我是以一種嚴肅的心情，痛下苦功夫，來做這件事情」他說：「我跑遍了中部、南部和東部，這幾天我還要到霧臺的魯凱族去一趟！」這一、二年來，黃春明的確把他的心投入與他共同生活在一起的同胞和這一片可愛的大地上。他把「報導文學」和寫小說等量齊觀，視爲同等重要。

近年來，臺灣報界興起一股報導文學的熱潮，有些人搞不懂到底它是「文學」還是「新聞」？事實上，它是調合兩者，以文學的形式報導社會的眞實情狀，使讀者從更深入的報導中，了解事情實況，或者作爲改進的參考。對於這些問題的爭論，黃先生覺得無聊。他激動的說：「有些文章的報導，就像一個老嫖客在尋找新目標一樣，今天佳洛水好玩，明天那裏那裏又有什麼新鮮的玩藝，這些怎麼是報導文學嘛！」例如最近有人也報導了臺灣的宗教活動，他覺得有些描寫迷信的活動是必須加以譴責的。他同時也對於某些傳播類似迷信活動的大眾傳播工具感到不滿。「難道您不認爲宗教活動也是一種安定社會的重要力量嗎？」「沒錯！」黃春明答道：「但是，安定社會的力量並非只靠宗教，例如政治、經濟等力量也是安定力量之一，你不能讚揚一些倒退的、迷信的活動。」他認爲每年花上大量的金錢、人力在這些活動上是不智的，如果把這些力量轉用於社會福利上，更可安定社會、造福人羣。他對於有些人只是祈求神祉給予自己一些自私自利的利益的「功利思想」感到不屑。

黃春明的努力傾向於社會問題的發掘，告訴人們自己的「疼痛」是什麼？他說：「痛，才有知覺，才知道如何去解除痛苦。」「這也是一種社會調查，這種不必政府花上一毛錢的免費服務，使得政府知道民瘼，我想鼓勵都還來不及呢！」黃先生花許多的精力、金錢於這些也許是吃力不討好的工作，又爲了什麼？這可能與他熱愛羣眾、關心同胞的熱情有關，也可能與他的了解羣眾之「出生」有關。

在這些風塵僕僕的日子裏，他一面深入社會發掘問題，從問題中又回到書本中尋求答案。他說，這樣子自己倒是看了許多關於社會和宗教方面的書籍，而對問題也更熱切探求了。「如果有人自以為到一些地方住上幾天，就能洋洋灑灑的寫起報導來，我覺得可恥。」因為如對問題不求深入了解，而自以為是，那簡直不算「報」「導」。

最近，他準備以現實人生的觀點出發，來談他對於「報導文學」的看法。他又認為報導文學應站在「老師」的立場。「我覺得透過這種形式（現實人生），更可以看到現實生活的反應。」黃先生批評道：「例如有人描寫鹿港，很懷念快速失去的古老面貌，難道只容許自己成長，不要別人進步？」他強調，進步是很自然的事情。上面這種心態是自私的，要不得的。我們由此可見，黃春明實在是一位進步的人道主義者。關於他的報導文學作品，就讓我們拭目以待吧！

進步的人道主義作家

黃春明在他的小說集「莎喲娜啦・再見」的自序中曾如此說：「我想我畢竟是寫小說的。有很多事情，我常常想拿小說來解決。」以此相詢，問他是否仍有此想法？黃先生沒有否認，只是更關注報導文學罷了。

這些年來，黃春明的作品一直受到高度而熱烈的讚揚，我們從「莎喲娜啦・再見」一書暢銷到第十三版（到目前爲止）和據聞某國際知名的教授能熟背他的著名中篇「莎喲娜啦・再見」便可知其熱烈程度之一般了。前些日子，他的另外一篇廣受喜愛的名作——「看海的日子」被搬上舞臺演出，問其感想，他只是淡淡的說：「在舞劇的形式上，它可以自由的表達他們所要表達的。」

他經常被稱爲是「人道主義的作家」、「小人物的代言人」，但是黃先生卻謙虛的拒絕了這些讚譽，去年元月十六日，他在政大西語系演講「一個作者的卑鄙心靈」時，曾痛責自己有兩種卑鄙的心靈。其一爲「在我還沒了解到我們與社會的關係，也還沒了解到，當我們這個社會，有人浪費一千塊錢的同時，就有人因爲一千塊錢，遭到很大的困難，在我還沒有了解到有這樣的社會關係之前，寫了幾篇小人物的生活爲背景的小說，乘文評家說我是悲天憫人的作家，我竟自以爲是的默認了。盜名欺世，這是卑鄙之一。」另外一則爲有朋友送他一隻西班牙鬪牛狗，他花錢出力，細心照料「一邊把愛心獻給一隻狗，一邊搖著筆桿寫窮人的故事」這是卑鄙之二。

黃春明說：「自從我看清自己的過去，認識了自己與整個社會的關係，我的心靈才有一點成長，也開始會多做思想，無形中，作品也慢慢地有了轉變，寫的東西不再考慮文學通的掌聲，也不投好文學通的趣味，於是從「魚」一變，就『蘋果的滋味』、『莎喲娜啦，再見』這類作品了。」我們與其視此類反省爲他的謙虛，不如把它看做黃春明文學生命的轉捩點及其人生觀寫照的轉變。作爲一個讀者言，黃春明的轉變是值得我們深思和敬佩的。而這些轉變或可自他早期的生活尋出一些蛛絲馬跡來。他稍稍思索了一下，便侃侃而談：「我從小就不是什麼好學生，好孩子，家境也苦，和許多小人物相同。青少年時的我，思想很灰黯，那時甚至有自殺的念頭，像『男人與小刀』便是描寫那個時期的作品。」

回憶的河水，潺潺而流，他繼續說著：「後來我上了師範學校，又當了三年的老師。這三年使我在山區的小學裏學會更關心，更喜愛這些兒童和小人物了。」「同時，在中廣的宜蘭電臺，我主持了一個節目，我儘可能在電波所能及的地方和人物中進行訪問，這次很成功，聽眾的支持給了我很大的鼓勵。」而「軍中的生活也使我更廣泛的了解、介入現實的羣眾，擴大了我的生活經驗。」

「退伍後，」黃春明說：「我來到了臺北，任職於廣告公司。」在他的作品，經常描寫中國人與外國人接觸、往來的一些經驗。黃先生說：這些經驗大半得自這個時期。此時，他也為兒童們盡了些心力，我們在電視上看到的「貝貝劇場」、「小瓜呆」等節目便是出自他的製作。另一「芬芳寶島」的報導節目更是贏得廣泛的注意，這是他騎著機車、遍遊寶島所辛苦的成績。

談到當前崇洋媚外的風氣，黃先生形容現在這股歪風為「胎內感染」，他嚴肅地指出：「現在的小孩，便是一出世就在這種環境下長大，能不感染這種風氣？」在黃春明的小說中，像「莎喲娜啦，再見」和「我愛瑪莉」便是強然嘲諷和譴責這種頹風的力作，文評家認為後者更是「黃春明式的嘲諷」的表徵了。

有人認爲，嘲諷與其說是一種文學表達的方式，毋寧說是作家表達其對社會作道德批判的思想方式。觀乎「黃春明式的嘲諷」也應作如是觀。東方旣白先生曾解釋：「黃春明的嘲諷是在『有破』『有立』的雙線發展下進行的，這樣的均衡性，使得黃春明的嘲諷變成了溫暖的嘲諷」，也就是說「黃春明的作品中，經常出現的嘲諷是經由嘲諷某些人，而肯定了另外一些卑微的、委屈的、愚昧的人。」

雖然，黃春明是一位具有強烈社會責任自覺的人道主義者，但是他也批評某些鄉土作家，「抱著某種理想，硬套入作品中，而忽略周遭的生活現實，這還是一種敎條。」黃先生認爲，即便是一種眞理，但是當它成爲一種渺不可及，沒有實現的可能性時，這些就無啥意思了。他說：「如果我們每個人都抱持一個自以爲是的眞理，而排斥別人的看法，那就像是經常在追求新的玩具一樣，玩膩一個，再換一個。」黃春明從來就不同意別人把他歸類爲鄉土作家。他說他現在的寫作態度，不是什麼主義？什麼派別？也不想用早期文學味道那麼濃的方法來寫。他有更淸新的意識在作品中訴說，「我要罵，便罵！」他堅決的吐出這五個字來。

對於光復後的臺灣文壇，他有極積的肯定，他強調：「最起碼有更多人關懷現實週圍的現象或生活，這種進步就是有意義的。」黃春明曾經有過這樣的質疑：爲什麼經常會讀到四五十歲的人，寫出十七八歲的東西呢？他說，他個人看過一些外國的文學思想史，發覺現實主義往往是一個民族在文學上最重要的主導力量，甚至可以廓淸文學上混亂的主義或流派。他也認爲，在文學上以追求諾貝爾獎爲目的的努力尚非主要的任務。

有人從他的作品中，提出「鄉土呢？還是迷舊？」的質疑，如果我們從以上的談話和他最近的努力，可以清楚的看出，他不僅是一位受人歡迎的作家，甚至可以說是一位令人敬佩的社會改革者。他永遠生活在羣眾中間。

「一把水泥，或是一截鋼筋」

黃春明在一九三九年出生於宜蘭的農村，一九六九年開始寫作。他認爲「悲天憫人的作者不是可以碰巧誕生出來的。悲天憫人的作者，單憑對人對地的那一份說不出的感情，而沒有生活的體驗，和思想的成長是不够的。黃春明童年和青少年生長的環境和經驗塑造了他的小說的面貌。他說童年時與朋友「在一起的時間比跟家人在一起的時間，要來的長很多。」他們在一起「無所不談，無所不玩。然後，隨時間的流轉，不知道在那一天，大家很自然地，不知不覺地不告而別了，有的是眞正的離開了家鄉，有的是往社會各種不同的層面散開了。」他自認是個幸運的作者，把「文名」歸諸於一帆風順的機會和際遇，並且謙稱是讀友們「善意的誤會」。

文評家何欣在評論他小說中的人物時說：「黃春明特別強調了做爲一個人所必備那些基本條件，諸如保持個人尊嚴，贏得他人尊敬，堅毅不拔的精神，慷慨、博愛等，他筆下的人物生活在不利於他們表現這些美德的環境中，選擇了我們不太熟習的和我們不願接受的方式來表現出這些，也許我們感到這些小人物的行動有些滑稽，缺乏我們的理解的嚴肅性，因而減弱了我們所謂的悲劇性；但是黃春明的小人物的可愛就是因爲他們有自己的獨特的表現方式，他們的詼諧幽默給予讀者的印象之深，甚至銳意刻畫「血淋淋的現實」。可是黃春明不但生於羣眾、長於羣眾，更隨時擁抱著羣眾。從他的文藝觀中，我們更能清晰地見到這一特質的傾向。

他強調：「所謂文學藝術應該也是推動社會向前邁進的，許多力量當中的一股力量吧。」他希望他今後的寫作，能找到一條更開濶的道路，跟大家，跟廣大的讀者，跟整個社會連在一起。黃春明很肯定地希望他自己是「一把水泥，或是一截鋼筋。」因爲「偉大的建設，永遠是需要大量的鋼筋和水泥。」

難怪何欣要說：「黃春明的文章是噴出來的，不是寫出來的，彷彿他的故事像水勢洶湧的江河，那水向前流時，其力量之大，沒有任何東西可以阻攔。」哦！我幾乎可以從這五十二個字中嗅出一股偉大的力量，老實說，這股力量就是羣眾的力量啊！

愉快的下午飛也似的溜過，羅斯福路的細雨依舊，人潮依舊。當黃春明的機車濺起一些水花，逐漸在那頭的人潮消失之際，他那健談、機智、豪邁的影像卻在我的心中慢慢的擴大；而剛與他握別的右手，熟絡猶存，彷彿才從萬千的手中握別回來一樣。

（本文選自六十七年六月臺灣時報副刊）

報導文學的根與果

——高信疆的心願

林清玄

報導文學的寫作已經成爲文壇的一股主流，許多報章雜誌均闢出很大的篇幅來刊登報導文學作品，雖然每一份報刊的走向不同，確已使報導文學慢慢結出了花果。

談到近幾年報導文學的蓬勃發展，自然要追尋到民國六十三年中國時報人間副刊鉅力萬鈞的「現實的邊緣」，這個專欄在計劃編輯下，滙集了許多作家走出他們的寫作室，進入人羣之中，用最深切的關懷與生動的語言把我們的社會現狀反映在我們面前。

計劃這個專欄的是人間副刊主編高信疆，因爲他從工作與學習中，體認到時代環境與社會結構的變遷，必須有一種更主動、更積極、更參予社會、更有說服力的文學形式產生才能合乎社會的要求，當時他心目中的這種文學形式是要「能爲我們的時代作見證，歷史作見證，使我們對土地、人物及整個大的民族理想有認同的感情，使我們認識自己的社會與歷史」——這個文學形式就是高信疆行之數年，鍥而不捨的「報導文學」。

高信疆對「報導文學」的認識與信念並不始自「現實的邊緣」，而是他在大學時代就已經萌芽了，那時他學的是新聞，酷愛的是文學，覺得我們的新聞中文學的質素太少，文學中與現實人羣的關係又太浮面，希望自其中尋到一條滙通的路，經過幾度思索，結合新聞與文學而成的「報導文學」概念便在他心中成形。

有了這樣的概念以後，他開始了爲報導文學尋根的工作，首先他發現從詩經開始，報導文學在中國就已經有了相當秀異的濫觴，孔子說：「詩三百，一言以蔽之，思無邪。」高信疆認爲這「思無邪」就是「眞實」而「誠懇」，是報導文學最基本的要素。又古時有「采詩」之說，我們從國風、變風、變雅，這些詩篇中可以察看到十分強烈的報導文學色彩。

在西方，像荷馬史詩寫的雖然有不少昇天入地的事，但依現代心理學家的分析，荷馬史詩仍是寫實的，因爲「神話是民族最早的記憶」，而且文學評論家曾說：「荷馬的世界是輪廓分明的世界，眼能看見的世界……連神都是具體的。」因此它不只是文學的成品，也是事實的記載。依據「劍橋古代史」作者所作的說法，「奧德塞」或「伊里亞德」，都是寫實與報導的作品了。這些中外的例證，正好說明了「報導」是文學最初的，也是最重要的功能——特別在於，它能爲一個民族塑形像，爲一個社會留記錄，爲異時異地的人，做橋樑。

高信疆說：「但是談到眞正的中國報導文學的開山祖師，卻要數司馬遷的史記。」他覺得史記是報導文學一個極重大的源頭，它使報導文學的精神更深厚，感覺更細膩，方法更靈活，形式更博大。是報導文學極重要的里程碑。

記得三、四年前，高信疆曾在許多演講裏談到司馬遷在報導文學中的典範性。如今，他更積極的希望國人能有此一認識。

高信疆表示，從報導文學的眼光來看，史記中資料的收集與採訪的詳實都可以看到司馬遷博大的胸襟與深透的眼光，司馬遷早歲的讀書與巡遊，都在做着資料收集的工作，他所收集的資料包括各國的史料，各家的學說，官方的文書，民間的圖册，私人的密藏，甚至最新出土的文物等等。然後，司馬遷還依據所得的資料和實地用眼睛看的、用嘴巴問的，相互查證、考核，並用全心意、全人格去感受，去領會，才下筆寫成，這就是為什麼司馬遷的史記擁有如許深度與廣度的根本原因。

在採訪上，他覺得司馬遷至少表現了報導文學的三個精神：

㈠實證的態度——要追求其眞。

㈡參予的熱情——要掌握其眞。

㈢承擔的精神——要表現其眞。

這些精神，使司馬遷能眞正生活到羣眾中，並掌握到可能的最眞實的情況，還在不畏強權、不畏迫害的擔當下振筆疾書，才能達到「無虛詞，無溢美」的境界。

談到寫作的態度，司馬遷也有人所不能及的地方，可以做為今天報導文學的標竿：

1.樸實活潑的文采——司馬遷的文體在今天看仍是相當白話的，他用了許多民間的諺語、俗語、成語，甚至土語，使他的語言不但十分生活化，而且生動活潑，靈轉而不生澀，他的語言是有顏色、有聲音、有動感、有人性的語言。這是最適宜於報導文學的表現的。

2.平等博愛的胸懷——司馬遷不以成敗論英雄，不以高低敍人物，他把漢高祖寫入本紀，卻也不避諱項羽的神采，得以與漢高祖並列。孔子是一種文化模式的開創者，故列爲世家，陳勝雖無赫赫之功，卻開創了政治革命、平民起義的新形象，也得列世家。在他的筆下，帝王、將相、文人、武士、商賈、遊俠、刺客都是最適當的面貌出現，司馬遷卻能一視同仁，不以社會的喜惡褒貶做標準。看看被列爲西方「史學之父」的希羅多德，他在求眞的努力、平等的胸襟上，都顯得不足了。

3.象徵意念的掌握——司馬遷筆下的人物不但寫其形，也寫其神；不但寫一事一地，也寫人性的久遠；他不做呆板的外形刻劃，而是在一系列不同的事件中，找出其普遍而永恒的意義，做可大可久，栩栩如生。這是一切偉大的報導文學作品，都必須具備的條件。

司馬遷的史記是一項浩繁艱鉅的工作，他用畢生心血爲我們揭櫫的，已足以做爲如今報導文學工作者的宗師。

因此，高信疆提出一個事實：報導文學工作者須具備什麼樣的條件？什麼樣的精神？「史記」已爲我們作了最好的說明。只有像太史公這樣長期不斷，忍苦耐艱、勇於承擔的工作，才有可能爲我們千秋萬世的子子孫孫留下這個時代的見證。

這也就是高信疆要不斷提倡報導文學的理由。他說：「我們今天做報導文學的工作，就是要去塑造一個新的中國人的典型，新的中國人的認同，因爲舊的人物典型已因時代變遷而分裂、崩潰、動搖，我們要建立國人的自尊自信，就是要用報導文學的方式來重新觀察、檢討和奉獻。」

對於今天的時代，我們從事報導文學工作，高信疆認爲有兩個條件，一是來自憂患或轉型的環境，二是作者普遍自覺的態度。這種憂患的、轉型的環境，是現實給予我們的挑戰，而自覺的態度，是作者的堅定回應。事實上，文人是大時代的一份子，何能自外於社會？兩條件相激相盪，報導文學即使不着力提倡，它也會用各種方式表現出來的。

民國六十三年，高信疆撐起報導文學的大旗，接著自「現實的邊緣」到「人間參予」，到「報導文學系列」，到「報導文學獎」，到「文學之旅」，人間副刊一直是領導國內報導文學的主流，高信疆表示，副刊由於受到時間、篇幅的限制，雖不能發生大力，但卻能做提出理想、開創風氣、培養氣候的工作，希望藉由副刊的推動，把報導文學提倡起來。

今後，在報導文學方面，高信疆有兩個心願，一是做報導文學尋根工作，希望有志於此的朋友，共同來完成一套報導文學的理論叢書（特別是中國風格、中國精神的報導文學論證）；二是出版當前的報導文學作品系列，使社會看見它的成果。一棵樹如果有強大的根，長得再高也能挺立，而且能結成更多的花果。

（本文選自愛書人旬刊第九九期）

不能只是江湖過客

——尉天驄談報導文學的再深入

游淑靜

問：從時報推出「現實的邊緣」後，報導文學成熱門話題，您對它有什麼看法？

答：其實報導文學的作品在大陸抗戰時就非常得多，至於在臺灣，時報也不是首發其端的，在它以前，就已經有了這類的作品，不過那時稱「報告文學」而不是「報導文學」。從字面上看，所謂文學就是虛構的，但並非眞無其事，例如紅樓夢，在曹雪芹的那個時空裏，也許並沒有賈府、賈寶玉，但他卻反映清末整個貴族的沒落，是那個時代的縮影；因此報導文學是一種建築在事實眞相上的綜合體。

問：報導文學不同於小說、散文或詩歌，那麼它的形成是不是有什麼背景？

答：當一個時代，全部的人民都向一個目標努力，它的文學須要再發揮時，報導文學會應運而生。例如：對日抗戰期間，很多事實已非常感人，虛構的反而不足以表達其情，這時報導文學就是最好的方式。記得我讀過一篇描述上海第六屆全國運動大會的文章，它寫到淪陷區(東四省)

的代表進場時，在國旗上掛著黑布，那種肅穆、悲壯的愛國熱忱，不需要再藉文字的雕琢已足讓你感動不已，所以報導文學，一者是在某國時空下，文學家須做更有意義的創作，二者是題材比小說更感人時，報導文學就產生了。

問：據您所說，報導文學有其時代的意義，那麼您覺得它該具備些什麼要素？

答：題材是一個要素，這是毫無疑問的，但我覺得它還不是惟一的，因爲題材是客觀的，重要的是作者對題材所持的見解、感情和析判等，不然同一個題材，甲和乙寫出來的觀點可能完全不同，就像你要寫農村，都市人可能帶著觀光踏青的心情來寫，但一個出自農村的貧寒青年，他的心態可能就是同情、悲憫的，所以題材加主題才是報導文學的骨和肉。

問：依您看法，那麼一個從事報導文學者，他本身應該具備什麼條件？

答：我想一個從事報導文學工作者，他的人生觀、世界觀是很重要的，否則他的作品會沒有深度，只是膚淺的報導，同時他還要有很廣博、豐富的知識，譬如：林安泰古厝這個題材，如果只是抱著懷舊的心情來寫，就嫌不夠，因爲這件事情的背後潛藏著很多因素，像資本主義問題、土地漲價問題、人類適存問題等，如果能從這些著手，那麼工商社會下，它給人們帶來種種衝擊、後果，是不是就呈現出來？

問：有人以爲：報導文學不應揭露社會的黑暗面，您的見解如何呢？

答：我覺得黑暗面與否並不重要，而要看你是抱什麼態度來看它，如果我們是要透過這些黑暗面給人們警惕，藉此讓人們追求更好更高的物質與精神，則又有何不可？如果我們的社會確實存在這些問題，卻故意掩飾，而讓問題永遠存在，這對嗎？像　國父不也曾說中國是東亞病夫，胡適也說過裹小脚嗎？

問：您覺得報導文學，它的存在必須有何價值、意義？

答：報導文學能使人看現實看得更深刻，它能刺激小說的深度和廣度，最重要的，作者必須以一種民胞物與的胸懷，來面對這些人物和事實，了解他們的痛苦和願望，讓社會來關懷他們，解決問題。所以，在我的觀點，文學固然有其現實面，但必須是理想主意的現實主意，作者是藉作品把人們帶到作者所企望的理想境地，譬如：報導臺南縣烏脚病對當地居民所造成的傷害，作者決不能帶著視若無睹的心態來寫，他應該覺得：那些人因病而鋸下腿，這就像鋸到自己，或自己的親人一樣，而他報導的目的是爲了改善他們的生活，雖然作者自己可能沒有能力來做，但他可以呼籲大家來關懷、努力。所以一篇報導文學的作品，如果它能够改善社會，提升人們的精神和物質，那麼它才有存在的意義和價值。

問：如以最近時報舉辦的報導文學獎作品爲例，依您的觀點，這些作品利弊如何？

答：這些作品對目前社會來說，當然是很可喜的，因爲它們更接近現實，不再只是追求唯美的純文學。不過我覺得這些作品的主題還不够，很多都是回憶過去，作者好像只在陳述一件他知道而別人不知的事，在介紹一個他到過而別人沒去過的地方而已。所以我想，今後我們的報導文學者應該再努力，題材的選擇要寬一點，而且要帶著參與及投入的胸懷來寫，而不是像到蘭嶼觀光一樣，只是一個江湖過客。

問：在您的心目中，您以爲報導文學將來的理想局面該是什麼？

答：在這個物質日漸蒙昧人心的社會，應該有個理想主義的東西，以作爲人們努力的中心，我個人對理想的看法是，達到人與人、人與自然的和諧，譬如：多接近自然，領略萬物的美，多發揚人性的良善，使其達到至善至樂的境地，而報導文學本身就必須具備這些條件，它是引導人們向高處的橋樑，我們沒有理由讓大家永遠停留在無知的層面，而這些題材是不虞匱乏的。我們周遭的小人物、小事物，就是最好的透視鏡，譬如：從股票市場，你可以看出工商投資的弊病及成因，從一個賣饅頭的老兵身上你可以寫出一部中國近代史，這些都是最好的報導素材，所以報導文學如果不僅能深入鄉村，同時深入都市，而且深入人性的探討，深入各個階層，那麼報導文學的使命就達成了。

（本文選自愛書人旬刊第九九期）

擺對位子

——阮義忠談報導文學的攝影

東籬

「報導文學卽是把所報導的對象擺對位子，不能扭曲它的眞貌，使它在讀者面前造成一種錯覺。」選擇以「攝影」做爲報導文學工作的阮義忠先生如是認爲。

事實上，阮義忠並不承認自己是別人眼光中的報導文學工作者。他以爲：

「我之所以選擇『攝影』，那只是我的工作，我的職業必須我這樣作，一開始我並未想到選擇用『攝影』爲工具，來從事報導文學的工作。而且，我沒有什麼高超的口號，要利用報導文學的工作來叫別人改善什麼。我要做的是職業必須我如此做，而且我願意去做。」

那麼，以攝影的形態來從事報導文學的工作，和與文學的表現，基本上有什麼不同呢？其效果何者較適切呢？阮義忠個人以爲：

「我想，照片和文學兩者是並行的。不過照片給人的感覺是比較直接性。在還沒讀一篇報導文學作品以前，首先，照片就給人第一個印象。就如，一個作者在寫作前，必須先看到一個情景之後，經過過濾才能寫出一篇文章一樣。而照片比文章給人較感動。通常讀文章之前，讀者會先看看照片的。當然，在拍攝的時候，有它的角度和技巧，包括攝影本身的角度和技巧之外，還有從事者以及從事者要帶給讀者怎樣的一樣角度和技巧，像寫文章的人要在作品中使用寫作技巧和描述的角度。」「說明白一點，文學可以描寫一個人在如何的氣質、如何的生命力量下，他的偉大，但照片卻要利用角度和技巧的表現型式來呈現，而如何把一個普通的人拍成一個偉大的人呢？毫無疑問的，照片在視覺上有立即效果；文章就不一樣，我們必須把作品唸完，才能知道他的內容，甚至被感動；有些作品我們只唸了一兩段，就沒興趣了。因此，報導文學似要偏重文學方面，否則只要去看新聞報導就可以了。能給讀者比較快比較直接的感覺，當然是照片了。」

當談到目前報導文學的方向時，他特別指出：

「很多從事報導文學的人，有點投機取巧，這怎麼說呢？因爲臺灣那麼小，要成名很快，只要選一個沒人知道的地方、沒人看過或去過的，把它寫下來，就立刻變成『專家』了！有人甚而利用資料來寫所謂報導文學，這是很可笑的現象！他們認爲只要所寫的很『新鮮』，只要找消失的東西、失落的東西，立即就引起注意，而很多人卻一窩蜂這樣去做，這是因爲從事者不够眞誠的關係！當然，我們不能完全說那是壞的，這又像大家一窩蜂拍功夫片一樣，儘管一窩蜂的拍，但也有一兩部功夫片可看的啊！如果報導文學能選擇廣的接觸面，造成一種風氣，而變爲一種方向和力量，這都可顯現出來。而更叫人擔憂的是，即使目前報導文學的方向有所偏差，例如大部份傾向鄉土，但也要眞正的把它做好呵。這便是從事報導文學者的自我要求了。」

他繼續說：

「一窩蜂的挖掘消失的、失落的東西，阿猫阿狗都來做，大家不免就要失去方向，例如大家在報導文學的作品都爲中下階層的人講話，那中上階層人都倒霉呵？因此，這卽使是所謂『位子』問題，一個普通的人就是普通的人，不要把他捧成一個聖人。一個人有一斤重，就不能寫成一噸重。很顯然，寫山胞就該把山胞放在他們的位子上，別用我們的眼光來看山胞的一切，把所有事都寫得悲哀了，說不定那只是從事報導文學的人一時的情緒作用而已！這就是要保持客觀的心態與寫作方式，那個位子該擺在那裏，怎樣擺好位子，這是每個報導文學工作者要注意的！」

可是，該怎樣做呢？換句話說，參與者該如何擺好所要擺的位子呢？阮義忠很誠懇的表示意見：

「報導文學作品或有教育功能，在此前題之下，報導文學的工作者要淸楚自己所選擇的題裁是否正確，用怎樣的心態、怎樣的眼光去報導一個事件和事物。基本上，客觀的立場是很重要的，每個位子都有它該擺的地方，每篇所需報導的東西亦都各有其眞正的面貌狀況，利用文學的表現手法，寫下來，這才是眞確的。」他舉個例說，例如一本婦女性質的雜誌，亦有其它的階層面讀者羣，並不能因知識份子認爲它不够水準而排斥它，因婦女性質的雜誌亦能提供一些東西給婦女們閱讀！這顯然是有些知識份子的認識不够，其立場不正確，也就歪屈了、忽視了任何一本除了文學性之外的刋物。他說：「同理，報導文學也一樣，一個層次的人或物，就有其固定的層次，報導它就要注意，它的位子該怎樣擺好，這是要受到關切的。」

有些報導文學並不是一篇好的、美的作品，讀它跟在談一篇報導一樣，這是因爲缺乏文學技巧結構的結果，如果再沒有照片來輔助的話，那更叫人無法接受了。如何完全把文學的技巧結構溶入報導文學作品中，是阮義忠想爲從事報導文學（指文字的報導文學）進一言的。

當然，以攝影來從事報導文學的工作是有其困擾的地方，他說：

「攝影本身的角度與技巧是看個人的功力，但更重要的是如何拍攝一張有『角度』和『技巧』的照片，使它眞正表現所要表現的精神和內涵，這便不容易了。而有意從事以攝影爲工具來參與報導文學工作的人，都要注意，我們所採取的『角度』和『技巧』卽是站在讀者立場的『角度』和『技巧』，它表現無形的精神內涵。有深度、有價值的照片給人的感覺應該不是僅把照像機對準東西咔嚓一聲就拍下來的作品，而是具有內容有美感有精神的。」

阮義忠用攝影來從事報導文學工作，他個人的感想是：

「攝影既然很簡單，人數也比寫文章的人多，而照片也具有先天性的記錄性質，那麼，如果以報導文學所需帶給人們的取信度來說，它比小說、散文和詩歌都來得更具有其特殊的意義。例如某個地方發生某個事件，照片的力量很快可以變成一種證據似的型態說服有關單位對這事件做迅速而有力的處理，但我們並沒法在那時去唸一首詩或寫一篇小說就使問題獲得某種程度的解決呵。」因此，照片的影響在報導文學上佔有重要地位，因爲它可能更可表現「報導文學」的功能效果。單就視覺上的效果來講，照片比文字或任何其它文學型態尤其發揮說服力，我們豈可忽略攝影在報導文學的力量呢？

最後，阮義忠坦白地表示：

「我是很『自私』的，我也沒所謂的口號，有什麼話、有什麼想作的，趕快去作就好了！去『敎訓』別人倒不如『敎訓』自己，自己去參與也才能從那裏面得到東西。從事報導文學工作的人必須覺得自己也能從工作中得到好處，才會去做，而且做得好。」這一席話是值得深思的，因爲任何自許爲報導文學工作者都該了解，除了正確的把握住方向和精神之外，更要用心去參與。

（本文選自愛書人旬刊第九九期）

自我覺醒的認知

——王鎭華談報導文學的展望

燕　萱

「我是學建築，雖然上了四年的大學及兩年的硏究所，但從來沒有接觸過傳統的古蹟；後來因爲『林安泰』激起我對古建築的興趣，加上敎育文化的一段淵源，那篇古書院建築的文章，就這麼寫出來了。」

以「臺灣現存的書院建築」獲時報報導文學獎優等獎的王鎭華先生，謙虛地說出他寫那篇文章的出發點，他繼續說：

「建築是一種空間的型式，它提供人們活動的範圍，由這活動空間，我們可以了解它背後的文化層次，所以從書院建築，同樣它顯示出我國的敎育文化背景，讓我們了解中國文化如何敎育一個人。其實何止建築、文學、美術……那樣不是一種型式？只是表達方法不同而已，但其反映的文化思想，則是一致的。」

這些話正可爲他那篇書院的文章做註脚，至於提到從事那篇作品的經驗談，他說：

「第一：那篇文章我是以論文的心態來寫的，這包括資料的收集、實地的探訪、圖片的說明及文字的修飾，於是從很多零碎的點，慢慢連貫起來，成一個整體的面，它不僅要求「量」上的完備，同時更要有「質」上的水準，也就是說，對一個事實要有完整、透澈的認識及見解。」

「第二：那篇文章我雖然極力想在型式上打破論文的格局，而且也儘力做了，但論文的味道還是很濃，這是後來我才覺悟到的，也就是說，我文學的處理還不够，我是鉅細靡遺，而沒有積極去做文學處理所必要的取捨。」

談到這兒，問題似乎牽涉到定義上了，王鎭華認爲：「報導文學的定義到現在還眾說紛紜，莫衷一是。一般文人很自然的把它解釋成『報導的文學』，歸入文學的一種，但如解釋成『報導與文學』它的範圍就深廣多了，我以爲後者才是一個文學眞正應具有的規範，用老話講，即報導文學，應是文史哲兼備的一種文體。我們從字面上看，既是報導，則必須有眞實性，深入的程度，最好達到學術的水準，然後由學術走出來做文學的處理，換句話說，要有完整而透澈的見地，報導的題材，可以是現在，也可以從古代到現在，這都無所謂，重要的，它必須把主題落在現代的時空，要使讀者有切身的感覺，對時代社會才有影響、有意義。其次，既然是文學，那它就要寫得通俗，當然文學上講究的遣詞造句、文學結構及文學效果等也是必須的。依我的看法，報導文學的型式是有『散文的筆調、小說的效果、論文的結構』的綜合體，好像什麼都不像，但各種性質的文體，運用靈活，有它自己的風格與面貌。」

由於在報導文學的範疇裏，王鎭華自己也算是個圈內人，那麼對於報導這次獲獎作品的看法呢？

「這些作品包括我自己的在內，當然還不能算很成熟，但有些已有文學的效果，我覺得這是很好的開端。畢竟它與純文學不同，因爲它必須深入事實的層次，作透澈的分析和見解。譬如：小說可以有經驗、事實、還可以有想像，但報導文學則不能虛構，而必須建築在事實上，但可別小看這些事實，如果你眞去觀察，你會發現每件事實的始末都是變化萬千，就像我去訪問過的那些書院，一個書院就可以寫出一段感人的故事來。張系國就曾說：『史記中的一些列傳就是最好的報導文學作品。』它不僅有文學的風采，有歷史的批判，同時更有雋永的哲學觀，一部史記，等於就是司馬遷他本人的代表，我想，報導文學的理想狀態，應該是這樣的。」

既然報導文學要建築在事實上，那麼社會的正負兩面就應該都被報導，而不必去諱言了？

王鎭華的觀點是：「既然是報導，透露社會的黑暗面是必然的，因爲沒有一個社會是十全十美了。有人以爲報導文學是「憂喜皆報」，這固然不能說不對，但我覺得還是很危險，如果一個作者前面說了九句好話，最後一句壞話卻整個改變印象，因爲前面的好話可能沒什麼，那句壞話，在文字上使人有了偏頗的印象，這不是很可怕嗎？所以所謂「憂喜皆報」的關鍵，不在內容分配上的問題，而是看作者的立場和信念，這表現在他微妙的文字運用上。誰也不能否認，每個社會就像每個人一樣，都有像爛攤子的一面，人能因爲自己是爛攤子，就放棄他，而任其自生自滅嗎？如果我們要說，報導文學是有革命性的文學（改善社會），那毫無疑問，指標會對準現實社會的，有好的事實當然要報導，至於壞的一面，我們不必怕坦然地面對它，只要我們經由負面的報導，眞能給人一種正面的意義。當然，這又牽涉到另一個問題，一個作者如果是抱着愛國的動機，直言負面，誰能擔保他不被誤會呢？加以敵人的運用與斷章取義，到時候，你怎麼取信於人？因此文藝管理單位的審查，在觀念上應從內容的判斷，提高到立場的判斷，就如以前蔣院長對「獻身於領導」這本書所作的判斷，那是一個最好的例子。所以這個問題如果不能解決，那它永遠是報導文學者的一個包袱，是報導文學前進的一個障礙，長此下去，報導文學永遠只能寫古代的，非周遭社會的題材。」

最後，對報導文學將來的展望有何看法呢？王鎭華頗具信心的說：「報導文學日後一定會興起，而蔚成一股巨流。其理由有三：1.臺灣年輕的一代，有強烈的自覺意識，他們要求對自己歷史與文化的認知，而一般奇情幻想式的作品已不能滿足他們。2.人在生活安定後，會警覺到生活的多面性，需要對各行各業深入了解，如果各行各業的專家能從事報導文學，那麼它對社會能產生溝通與豐富人生的作用。3.目前文學除了小說多少給人虛弱的感覺，而且大家對這種口味吃太久了，報導文學正好是一種新的口味！所以報導文學是一條康莊大道，它有待大家來努力！當然，最重要的還是不要忘了：報導文學的終極目的是深入人性問題，面對文化、改善社會。」

（本文選自愛書人旬刊第九九期）

爲歷史見證

——楊春龍的「報導文學作品系列」

柳暗

將傾力推出一列序報導文學作品的盤庚出版社發行人楊春龍，正策劃爲報導文學出版專書。雖然楊春龍並非直接參與報導文學的工作，但對報導文學亦有他個人的觀點：「報導文學卽是透過一種媒體，使兩個世界達成溝通。這兩個世界可能是人與人之間，可能是人與物之間，可能是人與地方之間，可能是人與思想之間，或者是思想與思想之間，生活層面與生活層面之間。總之，藉着一種文學技巧的方式，來報導一個世界對另一個世界的關懷。」

「不過，注意的是報導文學不是新聞報導，後者要客觀的批評、分析，公正的報導一事件物，而前者則利用文學技巧的手法，以愛心爲出發點來做爲作品的取裁，尤其是去關懷社會，是不可缺少的。」

楊春龍認爲報導文學是對土地對人類的一種愛的新的一種文學型態，它爲歷史做見證！他認爲：

「這工作今天不做，以後會後悔！」

由此想見，他對報導文學是不遺餘力的，因此他有計劃進行編印出一套臺灣的報導文學史，分各種細目來做專題的報導。可是對於報導文學這一文學體系，它可能對未來的文學產生怎樣的影響呢？又可能駕凌在小說、散文或詩歌的成就之上嗎？

他個人以爲：

「古時有句：『六經皆史』，可見文學皆以史爲主。我前面說過，報導文學是爲歷史見證，報導文學的表現方式卽是很接近歷史，那麼我想在某種角度上看，它不因是一種新的文學，但可能超越小說、散文和詩歌的價值。古代杜甫之所以被稱爲詩聖，卽是它的作品中多具有關懷社會實際生活現象的心，亦爲歷史見證，現在的報導文學同理，交負有此責任，任何一篇成功的報導文學作品至少不能脫離『爲歷史見證』的職任，否則報導文學亦只是一篇單純的新聞報導而已，缺乏文學性，將導致作品的生命力。」

儘管，也有人認爲報導文學只是在當前造成一種風潮，在不出三五年卽會沒落，其所持有的原因有二：第一、報導文學較有時間性，所謂時間性卽是一篇報導文學在這一段時間可能有其價值，但事隔幾年，這篇報導文學的作品價值可能不復可見，對以後沒法繼續造成影響，說明白一些，卽是一篇報導文學作品，也許現在的人會關心會看，但若它未眞正寫入人類的共同點的話，可能很快失去價值，以後的人也不會去接受了。第二、報導文學不若詩歌、散文和小說具有永久性的文學價值，報導文學所呈現的觸鬚面不廣，加上無法眞正在取裁上寫入人類的共同點，最重要的是不如詩歌，散文和小說在文學的根上有其地位和內涵，它只是在報導一件事一件物，即使有了一份愛的心，亦僅是在喚起對過去的感情而已，這種感情並未能和其他的文學抗衡！

對這問題，即使在報導文學的體裁和報導方式上談，它有何足供從事報導文學工作者的參考呢？

楊春龍的看法是：

「㈠在寫作技術上努力，嚴格說來，目前的不少報導文學作品亦流入一種完全新聞報導的格式，儘管說在取才上是受大家關懷注意的體裁，但寫作方式只是直接去探討去描述而已，這距眞正的報導文學是很遠了。也許從事者的觀念只是認為在取裁上找別人不敢作、儘量從傳統或社會的病態去挖掘即可，殊不知，這已構成失去一篇眞正報導文學的價值性了。報導文學離不開文學。例如，去寫華西街的那一羣女人，通常是把華西街跑一遍，拍幾張照片，寫一些她們的生活，硬着把大家的關懷加諸在她們身上。而為何不從另外的角度着手，如寫她們的眼睛，她們的眼睛裏一定可以告訴我們許多事，又如從華西街上的機車羣寫起，那些眾多的機車羣亦可間接告訴我們所要關心的，這種從點着手而非從面着手的寫作方法便是一種文學技巧，是可行的，也可避免落入新聞報導的巢臼。」

「㈡觸鬚的敏銳，對事事物物要保持自已對事物的敏銳度，要深入，寫出人類的共同點，引起人性的震撼，而不惟僅是感情上的認同而已。報導文學似乎要針對這問題特別加以重視才對！而從事報導文學的工作者，亦當具有眞正敏銳力才行。」

「㈢報導敍述廣，也卽是報導的層面不但要伸向傳統感情中，更要伸入現實的生活裏。可慮的是目前報導文學的作品不少完全在傳統的文化中找東西的，這不是不好，而是如果大量在這方面努力，可能不是好現象了。過去的報導，值得我們去關懷，但現代的社會更有待我們去發掘，絕不要老在舊古的傳統裏打轉。惟有把眼光放遠大，才能眞正去寫人類所需要的。」

楊春龍自認是報導文學的間接工作者，他只是爲出版報導文學的作品做編印的工作，他自謙並未實際參與報導文學的工作，但有心有責任爲報導文學做一點所應作的事。他是有理想有抱負的出版家，他的努力値得我們擊節。

在問到他個人認爲當如何加強報導文學這工作的認識，與實際參與時，他說：

「我只是間接從事報導文學的人而已，去做好爲報導文學的作品做出版工作是我的責任。報導文學在基本上要認識的是從事參與的工作者要眞確認清報導文學的內涵，一是把它也當成一種文學方式，免得只是構成一篇新聞而已。一是認清報導文學是在寫同一階層中，思想與思想的認同，亦是人性的共同來點。能夠注重這兩點，那大槪對從事者是大有幫助的。」

「當然，從事者更要有冷靜而細密的觀察力和組織能力，對自己和作品負責。」

報導文學是較接近歷史的，卽是要對歷史負責，而報導文學的工作者豈可沒有使命感？

不論報導文學是否眞能在文學上佔有其自己的價值地位，不論它是否眞能爲歷史做見證，任何一位從事報導文學工作者都似該了解，爲我們的文學和社會做點事。

（本文選自愛書人旬刊第九九期）

不敢回頭看牽牛

——林清玄與他的報學文學工作的使命

游淑靜

畢業於世界新專電影科的林清玄，他的報導文學處女作——「長在手上的刀」，已於去年年底問世；這本書共收有「過河卒子」、「弦斷有誰聽」、「長在手上的刀」……等十八篇，在時間上，包括他自民國六十四年學生時代的作品，以及前後發表在時報週刊海外版的「每週專訪」和「特別報導」，題材方面，則包括民間工藝、戲曲、古蹟……等，雖不能說面面俱到，但觸角已不算少。

他在這本書的自序中寫到：

「嚴格地說起來，這本書不能算是『報導文學』，我前面說過，報導文學必須使它的限制最小，可以無限的開展；必須使它最自由，可以有全面的體察和深入的觀照。以這個標準來說，我寫這篇作品時篇幅受到限制，採訪寫作的時間也太匆促，不能在最自由的情況下徹底的發揮，這是我要向讀者告罪的。」

如果這本書不是「報導文學」，那算什麼呢？

遠在加拿大的馬森先生稱林清玄的「報導」爲「特寫」，卽發掘到別人視而不見的問題——指特殊的理念；這也就是林清玄期許於自己的——從「特寫」出發，向「報導文學」邁進！

雖然林清玄謙稱這本書只是「特寫」，但從一個「爲賦新詞強說愁」的慘綠少年，到而今成爲一個「愛鄉愛土」的報導文學工作者，這其間的成長和它所含蘊的意義，又豈是偶然的花開花落?!

源遠流長

出生於高雄旗山的林清玄，從小就在土地、山林的懷抱中長大；他家有數十甲的林地及牧場，在大自然薰陶下，北方草原的壯闊、南方林地的鬱勃，他已了然於心，無形中，那份屬於鄉土的情感，已種下深厚的因緣，而「大地兒女」的胚胎，也暗然成形了。

高中畢業後，負笈臺北，就讀世新，這時他面臨人情世故的考驗。

以前由於家園較大，前後左右都沒有鄰居，放眼皆是草原、山色，所以對人際的交往，是很模糊的，除了和家裏的人接觸外，他的朋友不外花草樹木、滿山牛羊。

而現在他孤軍北上，人際關係的頻繁，使他對於人性開始懷疑了，他發覺：人並不全是好的。多少次的受挫、受騙，使他開始運用思想，喜歡思考，也對「人」這個動物產生濃厚的興趣。

讀世新時，他是翹課大王，常常一個人背著背包，到鄉村、漁村，四處流浪；白髮蒼蒼的老太婆，口咬檳榔的小太保，或垂著馬尾的小丫頭，都成了他的目標，每到一個地方，他就找這些人聊天，而奇怪地，每次他都和這些人談得很投機，好像他也是他們的「圈內人」，這卽是他從事「報導文學」的基本訓練的開始，所謂深訪「民間疾苦」吧？

初露鋒芒

他是藝術的忠實門徒，來到臺北後，更確立了他的志向，雖然師大美術系不幸落榜，但電影是第八藝術，至少唸電影科也跟藝術沾了點邊，算是退而求其次！

雖然他唸的是電影，但文藝創作卻很早就開端了，不過那時他還是唯美主義的創作者，文章充滿了羅曼蒂克的浪漫氣息，「弦斷有誰聽」或「過河卒子」的悲哀，他是無法體會的。

由於學校課程有電影製作，這時他面臨抉擇，是拍「唯美的」？還是「寫實的」呢？如果以他的個性來看，當然是拍唯美的，但他記取「人間」副刊主編高信疆先生曾經對他說的一句話：「偉大的作品是與生活密切結合的。」所以他選擇了寫實的路線。那時，他經常扛著一架攝影機，像個「偉大的攝影家」，在街頭巷尾，鬧市僻鄉，獵取他需要和喜歡的珍貴鏡頭，也許是個滿臉皺紋的老翁，也許是株長自壁縫的小草，總之，他對周圍的人物、鄉土，都給予最深的投入與關懷。他的第一篇報導「特寫」——「過河卒子」，就是在這種心境下孕育的。

由於唸的是電影，因此常在電影製片場走動。也認識了這個行業各式各樣的人，明星、導演自不在話下，但他更關心那些默默工作的無名英雄——打雜的，就像他在「過河卒子」裏寫的：

「……一部電影的完成，自拍攝、剪接、配音到放映，工作人員當在百人以上，其他都是「幕」後工作者，他們雖然搞電影、幹電影、關心電影、靠電影吃飯，然而他們沒有名姓，也從來沒有在銀幕和報刊雜誌上出現過，他們的生活很少人過問，他們的成果都被導演和明星瓜分了。於是，他們生活在一個黑暗的小角落，沒有人關心，自生自滅。

……我能認識到他們的生活態度，能體會到他們的工作情緒，能知道他們心裏的痛苦，覺得應該讓大家有認識他們的機會。甚至此時我將要寫這一羣朋友——電影的基層從業員——時，我仍陷在一種好像是同情的激動裏。」

不錯，就是這種情愫逼使他拿起筆桿，逼使他不得不記下這一頁影劇圈的滄桑。

…………

「伊娘咧！我就是幹一世人場務，拿的錢也沒有甄珍拍一部戲多。不對，不對，就是我兒子、我孫子祖孫三代一起來幹一輩子場務，也沒有她拍一部戲的錢多。」蔡銘飛一面嘴裏說著粗話，一面在計算著錢的數目。

…………

這些人都活生生的擺在眼前，像場務、燈光助理、場記、放映師……等皆是，他們拿著微薄的薪水，供人差遣，命運是被人掌握而無奈的，像個過河的卒子，只能拼命地向前，到頂的一天就是停擺的一天。」

「過河卒子」當然不能說是成功的作品，因爲它只出於一種情感的趨使，一種對人普徧的關懷，至於報導的主題，癥結的來龍去脈，則還是很模糊的，但以一個涉世未深的學生，能有這種觀點，已很難得，又豈可多加責難？

於是「過河卒子」成了他創作的新里程碑，成了他日後從事報導文學的濫觴，自此，他的作品不再那麼愁紅慘綠，不再儘是「剪不斷、理還亂」的情緒，他開始走向「愛大眾、愛鄉土」的一江勃然浪濤去。

峯迴路轉

他本來只是個業餘的、臨時性的報導工作者，「過河卒子」、「弦斷有誰聽」是最早的兩篇，前者電影基層從業人員的生活和心態實錄，後者寫臺灣地方戲的沒落，這兩者都只是偶然猝發寫成的。

後來，他進入時報海外版工作，報導變成他專業性的責任了。面對陳舊的古蹟、破舊的漁村，以及沒落的民間藝術、坎坷的鄉土人物，這些像缺了口的大江大河，排山倒海地衝擊著他，震撼著他，深深撥動他那悲天憫人的心弦。而孕育他心中那顆「愛鄉土」的種子，也漸漸吐露嫩芽，開始鑽出地面，追尋陽光了。

像其他許多報導工作者一樣，林清玄也有過一段迷惘的日子，這點從他的作品中可以看得出來。

例如：

弦斷有誰聽——臺灣地方戲的沒落

燃香的日子——波瀾壯闊的北港媽祖誕辰

長在手上的刀——臺灣的木雕藝術

廢園舊樓裏的一點螢光——板橋林家花園

像這些作品固然同情、關懷充滿字裏行間，但仍嫌不够，因爲這只是一個局外人抓到一個別人不知的事件，加以描述、記載；至於對這些事件、人物的過去、現在、未來則不知就裏。

這給讀者的感覺好像是：

一個蘭嶼的觀光客，以他感性的筆調，描繪當地的風景，憑弔當地的古蹟、關愛當地的土著而已。

情是有了，但還不够，因爲報導者和被報導者間並沒有眞正的彼此認同，只是江湖過客式的相遇而已，結果問題還是存在著。

直到有一次，林清玄到臺南烏脚病防治中心採訪後，他才猛烈覺醒，報導不只是感情的渲洩，而是一種使命的付與及延伸。

醍醐灌頂

那是一個週六下午，他來到臺南縣一棟白色建築前面，上寫「臺南縣烏脚病防治中心」。報社給他的任務是宣揚政府德政，報導政府對烏脚病的防治措施。

當他踏進門後，第一眼看到的是一個斷腿的婦女，茫茫然地坐在椅子上，對於周圍的事務好像視若無睹。

進得病房，陽光被窗簾緊緊地關在門外，幾近暗無天日的地步。

他走到窗邊，伸手拉開窗簾，強烈的陽光射了進來，一個個病患卻用手蒙住眼睛。

「烏脚病對於溫度比較敏感，太熱、太冷都會令患者疼痛不已，所以我們都把窗簾拉上。」一個護士走過來，邊對他說，邊再把窗簾闔上。

這時，他的心像被刀刺了般久久無法平息，面對著一個個斷腿、斷手的患者，他不得不壓抑心裏的感傷，進行他的工作。

訪問到最後一個了。

這是個頗有詩書氣的中年男子，他床上還擺著把琵琶及一架楊琴。

採訪結束後，林清玄請他彈奏一曲。

於是這個人以他半截的腿，爬過床頭，拿起琵琶手指開始揮動。一個個渾厚、淒婉的樂音，傳自琴弦剎時，所有的病患都靜下來，空氣凝聚著肅穆、淒切。

「你彈的這首叫什麼名字？」

「昭君出塞。」

「爲什麼要彈這首？」

「你不覺的我就像出塞的王昭君嗎？在大漠飛沙的曠野，她一個人坐在馬上，四顧茫茫，她不能回頭，但又不知她的方向。」

聽到這兒，林清玄的眼眶已經濕潤了。

「可不可以再爲我敲一曲楊琴？」

那個人再爬過床邊，琵琶放好，琤琤琮琮的琴音漫開了。曲畢，林清玄再問：

「你這首歌又叫什麼？」

「牽牛歌。以前我是種田的，現在我再也不能回到我心愛的土地了，每次看到別人牽著牛，我都蹲在牆脚哭，哭我這麼沒路用。」

林清玄這時已泣不成聲，淚水像泉湧般，滾滾而下，其他患者也跟著哭了。

這次的經驗像醍醐灌頂般，把林清玄給點醒了，他已然意識到報導文學的使命感，於是他寫了一篇「不敢回頭看牽牛」。

從此他這個「報導者」與「被報導者」間，開始可以眞正溝通，可以彼此認同了。

再如，當他遠到澎湖，與大昌國小的校長、老師一起涉過深及大腿的水路，到僅有數十個學生的大昌國小時，他體會到爲人師表的偉大與可敬。

當他與漁夫坐著小船出海，一整天只抓到幾公斤小管，而漁夫還是一派樂天時，他感到人類生命力的磅礴，人與大自然是那麼地接近、以至冥合。

太多的感動，使他那枝握在手上的筆，不再停留於情感的深淵，他開始伸出理性的觸鬚，眞正面對現實的問題。

華西街、北投他去了。

通霄、鹿港，他去了。

榮星花園的民謠演唱他也去了。

他不僅深入鄉村、漁村，他也投入都市、風塵，他已是個以「使命」自許的人，在他心上總烙著一句話，「隨時可以出發」。

爲了要實現這句話，他勤練身體，以備接受跋山涉水的挑戰；他也更加勤讀書籍，多體會、多觀察，以備面對任何事物時，能有敏銳的反應，以抓住問題的核心。

他對於人、事、物有廣泛、深邃的情感，他廣大的心胸可以包容任何的失敗、成功、興盛、沒落；雖然他不曾到一個地方觀察幾個月，但他還是報導得有聲有色脈絡分明，因爲對於他要報導的事物，他已成竹在胸，他已找到自己的角度與出發點。

鍥而不捨

在他所做過的一系列報導中，他是比較偏向藝術的，尤其是民間藝術，這與他的個性有因果關係。

「我特別崇拜民間藝術家，像演地方戲的、做油紙傘的、木雕的，他們原不知自己的價値，只是毅然堅守一份信仰、理念，默默地耕耘，在這人浮於世的時代，能保有這份情操，不是很難的，很値得記下歷史的一頁嗎？」

所以他筆下的人物都像眞人般，活躍在讀者面前，因爲他不只是用筆寫，而是用心在寫。但就如人心是矛盾的一樣，他筆下的這些人物在受到新舊文明的衝擊時，他們已欲振乏力了。

地方戲已然沒落、雕刻藝術也代之以機器，許多屬於舊的事物已無法因爲他的一篇報導而起死回生，他們今後的命運仍是生死未卜。

「報導文學並非在替一個事件做詮釋，它是一個完整、獨立的生命，我只是捕抓一些共同的特色，把它們帶到讀者面前，提出我的期望而已。文學工作者很難像社會學家，能對社會做某種程度的改變，我只是個帶路者，而不是改革者。」

「不過，今後我還是要往這條路邁進，原神儘喘、繁花的都市、吾土吾民，這些是我卽將完成的近期目標，我要發掘這些在特殊環境下成長的人物，（像北港六尺四、古龍……等人），他們的悲劇性、他們的內心世界，也許他們對社會並沒有什麼貢獻，但他們的本質則是可以被肯定的，他們的存在自有其意義與價值。」

今後，報導文學已有個較為確切的方向了，但它尚未被實質地肯定，如果這些報導不能有任何的效用，則也將成為文字的陳迹。

我們期待那一天的來臨！期待它早日被肯定，更期待所有的報導文學的工作者，勇敢地向前邁進！

（本文選自愛書人旬刊第一〇六期）

獨騎瘦馬踏殘月

——陳銘磻與其報導文學生命的千重世界

林全洲

情境與心境的轉捩點

儘管從事報導文學工作，僅僅一年有餘，實際發表的作品也不多，作家陳銘磻，卻是一名深受矚目的報導文學工作者。

回溯以往的歲月，陳銘磻十分慶幸他能在一個「文化事業」的家庭中成長、感染。他的父親是一名新聞從業員，所以有很好的機會，他能實際參予深入的新聞報導工作。當年七虎少棒隊進駐新竹清華大學集訓時，僅十七歲的陳銘磻，很自然的被新竹的各報駐地記者，認為是跑這類新聞的最好人選，在義不容辭的情況下，他替父親挑起這一肩重擔。這是陳銘磻最早參予新聞工作的開始；也是他個人接觸報導文學的萌發階段。

在這個時期，他並不了解什麼是「報導文學」，甚至於不知道「報導」與「文學」可以結合形成另一種文學命脈。

七虎集訓告一段落後，陳銘磻離開了新竹，到尖石鄉山地部落教書。那羅村一年六個月的時光，使他認識了山地的各種景觀。那段部落生涯，替他日後的寫作歷程，帶來無比的衝擊。

服完兵役後，陳銘磻駕馭文字的功力漸漸純熟，在文藝圈也闖出一個小小名號，四年間陸續的出版了兩本散文集子「車過臺北橋」及「月亮棚」。這一時期的鍛鍊，爲他報導文學創作的造字用詞奠下基石。

民國六十六年底，他出版了第三本「部落、斯卡也答」。這一本書的出現，對於他的寫作更是饒富意義。

「部落、斯卡也答」是報導新生代山地青年的眞實故事。以體材而論，這是一本介於小說與報導文學的作品，上市以來，它所受的風評平平。究其近因，這本書是陳銘磻由散文創作，過渡到報導文學時期的作品，學習和探討的成份居多。

在書的自序裏，陳銘磻曾這般地表白：

「希望平地人能够認識，這一羣有志在平地創一番事業，並把新文明帶回山上的山地青年的掙扎和奮鬪。

究竟，他們生活的眞面貌是怎麼一回事？還有，超越現代與文明與交通、教育的漸進，他們對傳統與現代所抱持的觀點又怎麼一回事呢?」

這樣的胸懷,使陳銘磻從事報導工作邁入另一個情境與心境。而這一本書就成爲他創作報導文學的轉捩點。

果然,不到半年的時間,他發表了第一篇報導文學「賣血人」。

在賣血人的楔子裏,我們可以看到陳銘磻,那股年青人熱烈參予社會的眞切態度。他說道:

「提出這一篇報導,我個人無非希望透過賣血人的心態,呈現社會羣眾中另一類被忽略的人羣的生活層面,然後再從資料的印證,期盼有關單位予以輔導、解決。

我寫賣血人的抽樣調查,無意要人們同情他們,只希望現實的社會裏,人們能彼此的相互尊重、關懷,社會問題可能不至於如此困擾絕大多數的人。」

番刀與山地問題

這篇作品在中國時報「人間」副刊刊載後,激起了一陣迴響,提到寫這篇文章的心情時,他說:

「和賣血人談話,我感到很痛苦,看著他們蒼白的臉孔、畏怯的聲音和簡陋的生活,我幾乎無法想像,他們究竟是怎樣的生活,可是,他們確實是活著,聽他們對生活的描述,我發覺我自已應當學習何謂堅強?何謂生存?」

有的人認爲這樣的剖析血牛的心態，有助於改善現況；而有些人卻以爲陳銘磻蓄意挖掘社會黑暗面，居心叵測，他卻不以爲然：他說：「如果揭露黑暗面，而能有助於社會的進化，爲什麼我們非要像以往一樣老是歌功頌德呢？」

無視於各種褒、揚、貶、抑，在酷熱的七八月天，他又再度的忙碌，搜集各種資料，爲第二篇報導文學「最後一把番刀」作更賣力的衝刺。

「最後一把番刀」是從高山族的敎育、傳統、婚姻、工作現況以及他們所面臨的生存遠景，探索極度發展的文明下，山地人如何正視與自己切身關係的心理、文化等問題的一篇長文；他同時強調，如何在不同的層次裏，建立山地人對他們自身文化的觀念，與如何謀求改善他們在平地或留守家園——身爲高山族，他們應有的檢視和確切的體認。

熱烈的嚮往海明威

這一篇作品和他在相距十個月以前出版的「部落、斯卡也答」有少部份雷同的地方。只不過「部落、斯卡也答」是用小說方式處理。而「最後一把番刀」則係完全以「報導文學」的型式呈現。

不同的寫作方式，使得作品在內涵上、結構上，有顯著的差距。

事實上他所要表達的理念，六、七年前在尖石鄉那羅村敎書時，已埋下了種子。那時他憑恃

「年青」這項可貴的本錢，像一個山林的探訪者，去接觸、認識，及瞭解山地。

「山地的原始問題，應該是歸究教育的失措。山地部落是很特殊的環境，理所當然，必需用特殊方法去教育他們。」當陳銘磻發現這一個問題後，他選擇思考和學習山地話，去接觸他們的生活。基本上，他以為這是一個山地教育工作者必需具備的條件。因為唯有先接觸他們的生活，才能了解他們知識文化的衍變，也才能深刻地剖析他們所面臨的種種困擾。先有了這樣初步的了解和認識之後，才可能知道山地教育必須全面性的展開。他們的羣體不像平地社會分工得很精細，他們差不多生活、思想、行為都在一塊，如果僅以「點」來教育學生，而家長們不能配合，教育在那裏仍是事倍功半的。」

「我曾經頂著山頭的風雪、冰霜，深夜跑到山地人搭建的簡陋屋子裏，跟他們一起喝酒，吃浸過醋酸的肥豬肉，坐在熊熊的柴火堆旁，聽臉上刺有黥紋的山地老人講故事。」這樣和高山族生活在一塊一年六個月，他幾乎快變成山地人了。當時的山地人，送給他一個山地名字——樂雅(意為愛山的人)，他竟覺得那是「美麗的獲得」。陳銘磻曾經熱烈地嚮往海明威，他認為，海氏可以毫無掩飾的去跟他所想報導的人生活在一起，是他作品成功的主因。因此，他要求自己——唯有從生活的實際接觸中，才能得到眞實、具體的成果。

幾年來的生活歷練，陳銘磻對於社會層面，有了比較成熟的看法。凡此種種，處在今日，更能激起他無限的感喟。所以他陸續的完成「部落、斯卡也答」、「

賣血人」以及已經完稿交給某出版社卻不知幾時才能出版的「出草」等書。

在「賣血人」、「最後一把番刀」的寫作過程中，他感到困難的是不能與被採訪者坦蕩蕩地溝通，往往，被採訪者不一定能够完全給採訪者所需要的。經常，他會像一個瘋子般，拿著錄音機和麥克風四處採訪，有時候，難免會碰到一些尷尬的場面。

例如在「賣血人」的抽樣調查採訪時，一位血牛只聽到陳銘磻要採訪，卻大聲嘶喊：

「你以為我們是什麼人，你以為我們跟娼妓一樣賤賣自己的肉體……」

這種情況，縱使陳銘磻的採訪技巧提高，必然也困難重重，這和他撰寫「鷹架上的夕陽」的建築工人相似，他遭到被採訪者因恐懼而畏縮的回拒，都同樣叫人難堪。

報導文學不是資料報告

六十七年十月時報文學獎公佈了。

陳銘磻的名字，赫然的登上報導文學組的「優等獎」名單中。

當時評審委員之一的胡菊人，曾對他得獎的「最後一把番刀」一文下了這樣的評語：

「最後一把番刀」除略欠緊湊，並且在交代背景時不得不有若干「分析性、總結性」的文字，又引敍別人的理論較多，此外，其大部分都為寫事實，寫特例，非常具體，有些場面，很有「文學」的感染力。

在這同時，他的第一篇作品「賣血人」也被評審委員在「推薦獎」甄選時提出檢討：

「這篇文章結構分明，問題步步揭開……」

以陳銘磻自己的認知和了解，他第一篇作品，理應是以山地爲題材的「最後一把番刀」，然而實際情形卻不盡如此，後來他選擇「賣血人」爲報導文學的處女作，而這個問題是他過去所不了解的，所以在寫作上也比較嚴謹，這和「最後一把番刀」的表現手法不盡相同，他解釋，說：「是有這種差別。由於主題的不同，震撼的力量當然也不一樣。『賣血人』是一個較嚴謹的命題，震撼人心的可能性比較大，對於社會的影響也較具體，所以在寫作方面，我可以用心放膽的去表達。而『最後一把番刀』的零散，是基於這個主題太大。我一直努力想把它裁剪得更整齊，然而往往愈是熟悉的事物，愈是不容易寫好；愈想把它寫好，心境無法做到平衡的調適。這是我個人創作的一項缺失。」

一年多的時光，他對「報導文學」的定義也有了一個心得。

他認爲：一個報導文學工作者，要有相當寬濶的胸懷，對於任何一個命題，他必須憑恃作家的筆力，感染大多數人，同時，震撼社會。他以爲：

「一篇好的報導文學作品，首先作者必需懷抱相當開濶的胸襟，細密而周詳的去認識、發掘社會問題，而這些問題必需過濾、有所選擇。這是基本上應具備的條件。

第二，透過客觀的看法，配合理性的分析，而以文學的方式表達出整個知性的感受，這樣的一篇報導，才能表現報導文學較深的涵意。

第三，報導文學不是資料報告。一篇收集過多資料的報導文學，並不是好的報導文學作品，因爲，沒有透過各階層的看法、自己的意見，是不够的。」

現實邊緣的千重世界

司馬遷的不卑不亢，使人對於他「史記」筆下的人物，有相當深刻的印象。陳銘磻認爲司馬遷不僅是一個歷史學家、文學家、還是一個傑出的社會工作者。

我們拿陳銘磻自己對「報導文學」的銓釋，來對照他目前所發表的作品，我們必然可以發覺到，陳銘磻還沒有完全具備這些條件（對於事件，提出知性、感性的看法），同時相當疏忽歷史的時代使命。以他本身對史記的推崇，他必然也會發現這一項缺失。

然而除此之外，他的作品中還有沒有其他的缺點與特色呢？

他回顧自己的作品，當談到「賣血人」時，他說：「儘管大家對這篇文章讚譽頗多，我仍然感到結構中猶有不足的地方。」

在他進行這篇文章的個案調查時，曾經詢問一些醫生對「賣血人」的看法與態度，而許多醫生居然避免正面答覆。陳銘磻對醫生的行爲感到十分懷疑。他想：也許醫生與血牛之間也有很多內幕。所以在「賣血人」裡，我們看到有關醫生訪問的部份甚少，所提的意見也較缺乏建設性。

陳銘磻的個案實例調查，在他的作品裡算是十分豐富的，而且也十分具像，尤其「賣血人」裡的個案，幾乎活生生的躍在讀者面前。

雖然這種調查，並不能夠概括社會的全面性，但提出的這一個層面，讓讀者了解後，能夠深思這一點就足以使他的「賣血人」形成深厚的水準。

而他作品裡，最欠缺的還是圖片的配合。

往往一張出色的圖片，是千萬個文字所不能替代的。他的作品最令人遺憾的也是這一點；缺乏圖片有力的證據，使得作者想表達的意念顯得模糊，這一點是作者今後必需努力，改進的。

「鷹架上的夕陽」，主題在報導一羣居無定所，過著吉普賽式生活的建築工人的生活面貌。

透過部份本省建築的資料，他從建築工人的生活去著手，報導現代生活中，一羣看似浪漫，實際上卻活在無奈中的工人，他們如何對居無定所的日子，以及日頭下，任由升降梯在大厦外層上下流動做粉刷工程的心態實錄。

這樣的一篇報導，與賣血人同是偏向「社會性」。類似這種性質的報導，是陳銘磻今後從事報導文學工作的主要方向。其他如「殯儀館的洗屍工人」他們對於生與死的看法；又如「中國古詩社」等，都是他極力想去處理的問題。

在國外，優秀的報導文學作品，如「冷血」、「最長的一日」這樣大部的書，已層出不窮，而國內呢？截至目前爲止，仍然囿限於一篇散落的篇章，稍嫌小家碧玉，給予社會的激盪也嫌弱了些，這是很可惜的。

理智間仍然處處洋溢感性的陳銘磻，祈望能靜下心來，爲思考理出一條較有組織的路來，他自許要用更深入的筆去探索現實邊緣的千重世界。

他生命底的色彩，亮麗，亦灰黯，因爲，在他心裡留存的未知世界，正不斷的翻騰，他說：「從事人性探索固然痛苦，但當看著一些生命在蠕動、蛻變、痛苦自然也是一種喜悅和滿足。」

（本文選自愛書人旬刊第一一四期）

痛苦中的震撼

——關於「賣血人」一書

陳銘磻

民國六十七年夏，是我個人在文藝創作里程，重新出發的一個節點——除了和吳念眞、林淸玄參與中影公司「香火」影片的編劇外，我開始把大部份的閱讀和寫作投入報導文學的行列。

當我落實下來，重新回顧過去讀書生活的片段，深切發現，沒能從中國的古文學中歷鍊精髓，是我從事報導的一項錯誤；於是，在檢視這種錯誤的癥結，和再一次研讀「史記」、「詩經」、「古文觀止」、「老殘遊記」等作品時，我驚服於這些中國偉大的著作，是報導文學的典範作品；因爲，強烈的民族色彩告訴我，意圖深入採訪報導我們的土地、人文景觀，我必須借助於對中國古文學更剔透的認識；否則，我將很難審視或提筆去爲尊重人類、社會，呈現文化、藝術和我對成長的這塊土地的責任，做事實的掌握與跨越唯美的純文學的感性信念。

我讀司馬遷的「史記」，發覺他不但是位偉大的文史學家，更是思想精密的社會工作者。一套包括本紀十二篇、表十篇、書八篇、世家三十篇、列傳七十篇，共計一百三十篇的「史記」，不但文采優美、通俗，列表篇章有條理，太史公在文章裏所表露的開放與平等的胸襟，對史、對人不偏不倚的著墨，以及用生動、活潑的意象處理資料，創造了超越歷史事象的力量和互映人性深邃的永恒價值，都使我深刻意識到，做爲一名立志從事報導文學的工作者，除了向知性探索、學習客觀，過濾我身處的社會，用更冷靜的心態和開拓的胸懷去勇敢的分析與刻劃是屬必要之外，我仍需回歸到中國文學的殿堂裏，追索更踏實、有力的源流。

這種強烈的自覺的背面，我必須回溯到十幾年前，我求學的高中的時代。

那時，家父是新竹的一名老記者，長時期從事新聞採訪與發行地方雜誌，使我有幸在「文化事業」的家庭裏成長、感染；記憶中，揹著一部相機、一本記事簿、一支筆，四處搜羅新聞，是學生生活之餘的一件重要工作。

因爲年紀輕，所以對採訪的熱忱、新聞內涵的掌握，格外忠實，那時候心中只堅守著「眞實而中肯地記錄這個時代、這個地方的特徵與現象。」由於正值血氣方剛，對當時當地的新聞從業人員表現的對事實的掩飾、濫用超然、製造勢力、挾新聞權威，在地方上作威作福感到憤怨不平，於是假藉讀者投書咒罵那一批喪盡新聞道德，泯滅新聞工作者良知的無冕王；豈料，他們從筆跡「追查」出是我寫的，因此連累家父遭到那些人的責難和抨擊，他們說我不團結，說我父親無能，竟然調教出這樣無知的敗類。

我當然是氣憤和痛心的，雖然我明知，如果能私下搜集那些記者爲非作歹的證據給調查局或新聞評議會，或多或少有助於改進一小撮地方記者的從業道德：但事實上，那根本不再只是一兩個人的品行與素質的問題，而是一個地方、一團勢力的一種腐化和鄉愿的勾結。

對於這種普遍現象的發覺，使我領悟，整個社會、人類以及國家建設成長中的各種報導，如果操在不忠實的某些記者的筆下，我們當如何向百姓、向歷史交待呢？

今天，生活在臺灣的新生代，正處於新舊人文交替、東西文化交融的「尷尬」時期，這種對自己生存的環境、社會還不够明確認知的時期，豈容身負重責的新聞傳播工作者，用不實的、晦澀的報導矇騙羣眾，用所謂的權威在地方上「耀武揚威」呢？特別是近年來臺灣生活水準和經濟景況的大幅度提昇，以及年輕一輩對鄉土事物、民族情感的覺醒和認同之際，新聞報導和新聞記者更需要提供完整的、有力的、深度的觸角，發揮創發性的思考效率，使讀者能接受一份眞實、積極、震撼的報告。

基於上述的感受和期許，因此，當進入新聞學校求學，從一些書本獲得新聞寫作的新集結、新方向，以及從中國時報「人間」副刊主編高信疆先生傳達的理念之後，更確立了我對新聞報導的態度和從事報導文學工作「投入與參與」的使命感。

萌發我從事報導的工作，應推溯到我在山地任教的那段日子。

民國五十九年夏，我在新竹縣尖石鄉的錦屏、玉峰兩個國小教書，交通不便，飲食困難，使我有較多的空餘時間留在部落，和更多山地人一塊生活，並且對泰雅族的風俗、民情做進一步的探究。一年半的相處，我對那兒的教育、宗教感到不滿，部份教員的苟且心理以及當地人對教會盲目與茫然的信仰，使我疑慮加深，這種山地部落的普遍現象，不是我用一兩篇報導就可解決的；於是，我試圖用生活的經驗，告訴當時候的青年，除了保存他們古老的民俗、藝術等較好的傳統以外，對不斷湧上山去的新文明，應當有所選擇，不然推動生活型態趨於新的方式，他們將遭遇更多困擾和疑惑。

那時候，我比較喜歡處理實際問題。用文字傳述的作法，還是日後下山，事隔七、八年，到臺北來的主要工作；「最後一把番刀」即是民國六十七年間，我與不少來到臺北討生活的山地人做各種層面的意見調查後，一篇較爲整體的報告；想談的問題廣泛，要點也多，於是乎整篇文章的剪裁，顯得不盡理想，這篇長達三萬字的文章，雖然得到中國時報主辦的報導文學獎，但氣魄的不足、觸角的不週密，都促使我自覺：未來從事山地報導工作時，必須更加冷靜剖析、研判。

照理說，我應當先擷取山地的關鍵問題做爲報導素材；然而，有時候不免感到身邊最熟悉的一些事物，卻往往是最難以處置的。而選擇「賣血人」爲我個人報導文學的第一篇創作，是緣由於這個題材比山地問題更具有社會意義，它令我好奇、懷疑、關注，我由完全不知內情的情況，一步步的收集資料，四處託相關的朋友連絡，做重點式的抽樣調查，我期望能呈現和提出這個由好奇和關注所集結的問題，自然，我的目的也只是希望透過這種採訪使我學習得更多、更密；同時讓那些被採訪的——爲了生活下去而不得不以賣血求生的人，領略到人間的一點點溫暖——雖然他們未必能看懂我寫了些什麼？社會人士也未必會在讀過那篇報導後，每個人都到捐血中心捐血，甚至有關單位也不見得會改變現況——因爲這種既存的社會現象，就像沒落的民間藝術、窮鄉僻壤的山地問題，都需要大多數的人去注意、討論、關懷；而我，一個單純的文藝工作者所能付出的，是用知性與感性挖掘事實的眞象，然後，分析與感悟出整個問題的要點。

這個報導的方向和方式，絕不是意圖暴露社會的黑暗面，或挑起下、底層人的病態生活。如果露骨地認爲報導文學是散播恐怖氣氛，那麼，我們就無法清楚的看到一些眞實面貌，連帶的也無從對那些報導，在轉移和變革上把具體的脈了。

而「鷹架上的夕陽」，我寫的雖然只是一羣居無定所，漂泊不定，過著吉普賽式生活的建築工人；實質上，我更願意表露的是，這個大時代的種種建設，都是由許多個體、羣體的力量滙集凝聚成的。那些建築工人有的是從南部舉家遷移北部的，工地在那裏，他們暫時的「窩」就在那裏；有些人則早已經安於過那種沒有秩序的生活；可是，一座座的大樓經由他們的血汗搭建起來，矗立在城市的每一個據點上，卻沒有那一棟或那一樓是屬於他們的。個人的悲劇和大城市聚落的雄渾，兩者間的相互關係，也是我覺得應當提出的。

高信疆先生曾經在一次「報導文學的歷史線索」的演講會中說：「選擇報導文學，正是一個年輕人接觸人生眞實的、具有反哺意義的事業。報導文學是種不斷追尋的良心事業，靠著我們的行動、我們的愛心、我們的知識，才得以實踐，並且成長。而當我們拿起筆來，走入鄉間、城鎮、廠礦、漁牧……走近身邊的一事一物時，也正是我們從矇昧無知、受人呵護的狀態中，邁向成熟、邁向責任的最佳經驗。」我個人在文藝創作的歷程中，固然也選擇報導文學爲另一個起點，但這種選擇畢竟是痛苦的——我必須抱定，我要有更大的勇氣去開發和重視一個個可能可以感染大多數人的事象。

因爲，痛苦中的震撼是永恒的。

因爲，惟有先從關愛我生長的土地上的一些人事物；我才可能去關愛一個大羣體，甚至國家、民族。

因爲，報導文學在過去、現在、未來所馱負的使命是艱鉅的、富意義的。

（本文選自愛書人旬刊第一一五期）

「冷血」譯後的話

楊月蓀

在「冷血」全文最後一章快要譯完的時候，新聞報導美國最高大法官明令宣佈死刑是違反美國憲法精神的。不久，在美國許多至今尙未廢止死刑的州內，就有大批飽受歲月煎熬的犯人陸續地自死牢中被移送到其他監牢去服終身監禁徒刑去了。譯者當時心中想到：「冷血」原著作者楚曼·卡波第得知這項消息之後必定也會舒心地發出滿意的微笑的。因爲無疑地，他撰寫「冷血」的動機之一應是反對死刑的。如今美國最高法院終於明令了他盼望已久的這種決定，至少卡波第在「冷血」一書上前後付出的六年心血總算是不曾枉費了。

一般人反對死刑的理由不外是本於「不人道」與「不能徹底防杜重大犯罪事項」兩大因素上。因爲僅單以謀殺行爲來看，如果說以預謀且狂暴的手段奪取人命是殘酷而不人道的，那麼爲懲治這種兇殘的行爲，法律經過一連串的審判與裁決之後公然將犯人送上電椅、套上絞繩甚或用槍射穿他的胸膛就不算是奪取人命了嗎？並且這種在眾目之下奪取人命的方式是否就並不殘酷或相當的人道呢？再說，死刑果眞是杜絕滔天大罪的唯一有效途徑，然則何以自人類歷史中設有死刑制度以來，仍未見謀殺案件有何等顯著的消滅呢？

楚曼・卡波第反對死刑所提出的理由並不明顯地涉及上述的有關「不人道」或「無於濟事」的兩項論點，更不是對謀殺犯有着什麼特殊的同情。他在「花花公子雜誌」的一篇訪問中說：「我是反對死刑的。」但是他又指出：「我對謀殺者是沒有什麼憐憫之心的。我對許多謀殺犯相當清楚，他們多半根本沒有良心的存在；他們心目中但能有任何悔憾，也只不過悔恨自己終於落入了法網而已。」卡波第表示：他反對死刑的理由主要是針對美國上訴法中不合理的條律而發的。他指出：美國上訴程序的過於冗長與繁瑣往往逼使被判死刑的犯人日以繼夜地在死牢中等上十幾年之久，他說，這不但「愚蠢而且也是非常殘酷的。」卡波第認爲：如果刑法能夠直截了當地，在六個月之內將犯人判決後處死，不予他們諸多的上訴機會；則非僅死刑仍可發揮它懲戒的功效，而企圖殺人以滅口的兇犯明知案發後難逃一死，也就會三思而行事了。但不幸地，目前美國的上訴法規卻在那裏帶着犯人來回地盪鞦韆，這不但算不得是一種懲罰，簡直可以認作是一種法定的虐待狂行爲。

相信許多看過「冷血」的讀者，也許會有這樣的疑問：「貝利・史密斯與理查・希柯克的殺人動機究竟何在？若說是謀財，則他們策劃之初，根本不確知柯勒特家是否有保險箱，卽有也不知道內中價値多少；後來雖然翻出了四十多元，然而有幾個刼匪會爲了不到五十元的錢財竟如此兇狠地殺害了一家四口的性命呢？是尋仇？則雙方壓根就互不相識。見色？楠希又並沒遭受凌辱。動機到底是爲了什麼呢？」不錯，這樣的疑問是難免的。不過，如果讀者細心閱讀，將不難發現答案在本書第四章「死牢」中寫得很清楚。也就是曼寧傑精神病治療中心幾位精神病學家所指出的「沒有明顯動機的謀殺」，也可以說這樣的沒有明顯動機的謀殺者，顯然地是極端嚴重的精神病患者。

按精神病學的理論分析：像貝利·史密斯這型犯下極端狂暴殘殺行爲的人，通常都是經過一段父母殘暴、時遭遺棄而欠缺安全感的童年生活。貝利對他父親存有一種既恨又愛的錯綜心理；對他而言，他父親又是一種最令人憎恨的具有權威性人物的象徵。因此，那天夜裏貝利所殺的並不是柯勒特先生，而是他自己的父親。他將柯勒特先生認定爲如他父親那樣的一個具有權威的象徵人物。在一刹那間，他將自己一生中對父親所蘊育的積憤，以狂暴的行動全盤傾洩在柯勒特先生的身上了。貝利曾數次提及他以往想要殺害的幾個人——在陸軍服役時認識的士官長以及育幼院中的修女等等，也都是這類具有權威性的象徵，碰到時機成熟時，柯勒特先生就不幸地充當了貝利父親的代罪羔羊。貝利對他父親這種久懷的愛恨難了的情感壓抑到飽和點時，終於迸發成爲暴力行動。這也正是他謀殺的動機。

貝利是一個嚴重的精神分裂與精神偏狂的患者。他的心理狀態能促使他毫無激憤、全無憐憫地殺害一個人，就像你、我拍死一隻蒼蠅一樣。這型的精神病患者在殺人之後，能若無其事的飽餐一頓或跑去看一場滑稽電影，完全不再去想自己剛剛作過的事情。這由於在他們的心中人類的生命根本沒有任何價值的存在。

貝利的共犯希柯克則不屬於這一型。希柯克自己一個人似乎沒有能力殺人的。他具有一種如小偷般的狡猾與機智，也只有那種偷了就跑的能耐。在這樁謀殺中，他雖然沒有實際動手殺人，但是一切的策劃卻是他一手主謀安排的。他明瞭貝利含有一種他殺的衝動，於是他鼓勵他去發洩，這正是希柯克狡猾性格的表現。但是希柯克的精神狀態也是不平衡的。依據心理學家的分析：希柯克內心也藏有一種隱恨，一種潛意識的衝力，但卻不是強烈的可以隨時爆發爲暴力行動。他這種潛意識的衝力是起源於自己的性能力的衰弱與連帶引起的對他太太的憎恨。爲了證實自己在性方面的能力，他經常有一種強暴少女的衝動。當這種衝動無法抑制時，任何他所選擇的少女就變成了他太太的代罪羔羊——洩慾工具。

卡波第指出：通常像貝利．史密斯這型沒有能力控制殺人衝動的犯人，是應當終身送入精神病院去設法治療而不宜釋放出去任其自由行動的，因爲他們隨時有「認定代罪羔羊的兇殺目標」的可能。但是，以貝利個人的例子來說，卻並非沒有用他種方式加以感化或改造的餘地。這因爲他在音樂與繪畫方面表現着相當的創造潛能；不幸，在他一生中竟不曾有一個人，他父親或少年感化院甚至監獄中的任何一人，曾鼓勵過他去發展這方面的才華，他只能一個人成天地幻想自己有一天將會成爲一個如何偉大的藝術家。果能有一段時期，有那麼一個人注意到他且從旁加以導助，使他有機會表現他自己這份才華與渴望，也許他經常感受到的孤寂、凌侮、排擠與對整個世界的嫉恨會逐漸地減弱，更說不定他內心的狂暴因子也會相對地化為祥和的。

楚曼・卡波第的作品一向瀰漫着夢般的詩意，文筆清新，俏皮中帶有一股詭奇。但他這部「冷血」卻是用報導文學的方式寫成的，因此許多批評家指出卡波第這是有意標新立異，企圖創造一種他所稱的新的、嚴謹的文學體裁——「非故事體小說」。對於這種批評，卡波第的看法是：在他的寫作生涯中，他始終在以新聞文學的方式探尋着寫作的途徑。他指出「冷血」仍是以抒情的散文筆法寫成的，與他早先的作品如「一個聖誕節的回憶」，在風格上並無不同。只是在寫「冷血」時，由於內容是眞實性的，他運用了新聞寫作的技巧，強調而客觀地描寫了書中人物的言語、動作與情感。他並沒有改變自己的寫作風格與技巧，而是擴大了自己的風格範圍而已。對於「非故事體小說」一詞含義的矛盾，卡波第也有所解說，不過似乎仍顯得十分難解。他說：「我的目的在試圖應用一切的小說創作方法與技巧來寫一篇新聞報導以敍述一個眞實發生的故事，但閱讀起來卻如同一部小說一模一樣。」他自己也承認這是他本人對「非故事體小說」一詞所能作的唯一解釋。

楚曼・卡波第是以新聞寫作起家的。（他的第一篇新聞報導是發表在「紐約客」雜誌上的影星馬龍白蘭度特寫。）無怪乎他至今仍強調說：「新聞文學是當今所有寫作體裁的最先鋒。……新聞文學是文學領域中有待開拓的最終也是最偉大的一塊園地。在今天，新聞文學應該是唯一嚴謹且富創造性的文學途徑。」

楚曼・卡波第自從「冷血」暢銷全球，名利雙收以來，至今尙未有任何巨著問世。他除了將自己的幾個短篇小說改編爲電視劇之外曾擔任過美國數家大報與雜誌的專欄作家。最近他曾應聘美國「滾石」熱門音樂雜誌，並且採訪報導了英國「滾石」合唱團的全美巡廻演唱，特別爲該團主唱歌手米葛・傑格寫了許多篇特寫。這正說明了卡波第對廿世紀中的「年輕叛徒」似乎特別着迷，因爲米葛・傑格不僅臺上的演唱風格怪異；經常穿着緊身的服裝、濃厚的化妝與歇斯底里般的吼叫；臺下的私生活也頗不尋常：吸食毒品，性生活也極隨便；事實上就連他演唱的歌曲在節奏與含意上也是公認的在暴力、性放任與吸毒上大作挑逗與渲染的工夫，而他這一派風格，不幸也正是目前美國熱門音樂激進派的主流。

卡波第曾在電視節目中坦白承認過：他不但已獻身於改革刑法與監獄制度的運動，而且對社會犯罪「非常的感興趣」，尤其是謀殺案件。他除了「冷血」之外，曾在洛杉機爲一個少年謀殺犯出庭作證。據最近的報導，卡波第正在趕寫另一本巨著，是有關轟動一時的查爾斯・曼森嬉皮伙伴謀殺好萊塢艷星莎蘭・泰德等人的駭人新聞。卡波第本人對此沒有評論，僅表示他的下一部著作仍將是與犯罪有關的社會寫實。

此外，卡波第曾三次爲美國廣播公司（ABC）深入監獄訪問，製作了一系列的「卡波第鐵窗訪問」節目。收視率與各界反應雖不甚理想，但這位著名的「非小說」作家卻輕易地躋進了電視界各流行列中，據不久以前的報導說，他即將親自主持一項屬於自己的晚間「漫談節目」（Talk Show）了。

譯者非常感謝「自由談」主編黃肇珩多年來給予的鼓勵與合作，使「冷血」的全文翻譯能自一九七〇年四月至一九七二年九月近兩年半的冗長時間內順利分期刊完。

這次承蒙「書評書目」雜誌社的鄭重出版，我更誠心的感激隱地先生、好友羅明河以及「書評書目」的楊先生與蔡小姐等的冒暑鼓勵與協助。

（本文選自楊譯「冷血」一書，書評書目出版社出版）

勇之決與行之極

——評介古拉格列島

雷蒙

二千一百多年前，中國有個司馬遷遭朝廷寃枉，處以腐刑，後來發奮著書立說，排除萬難，堅強奮鬪，以全副精力寫成了一部傳誦千古的偉大作品——「史記」，那是一部「述往事，思來者」的巨著，也是一部舉世聞名的文學傑作。

二千多年後，蘇聯有個也是史家兼文學家的索忍尼辛，因爲得罪統治者而下獄、而遭放逐，先以「癌症病室」（小說）名震天下，繼之以「古拉格列島」（GULAG ARCHIPELAGO）等書抨擊蘇聯當局人民的迫害，寫出了蘇聯人民的血淚史，後者尤堪與「史記」前後相輝映。

「古拉格列島」是一部分爲三大冊的洋洋巨著，首二冊於一九七四年在西方出版，第三冊亦已於最近在美出版，一部現代式的「史記」，至此已大功告成。第三冊厚達五五八頁，與第一、二冊合起來，全書共約二千頁，都一百多萬言。作者在前兩冊說到蘇聯的政治牢獄網和勞工營，從列寧時代起以至今日的一切慘絕人寰情況，以及數以百萬計的無辜人民受盡迫害的慘狀。在剛出版的第三册中，作者描述了一九四〇年代以來設立的特別囚犯營，根據他本人的見聞（他也曾被囚禁於這種政治犯監獄）和專訪，道出其中眞相，例如，他說：「裏面的生活及工作情況是不可言喻的，囚犯們經常受到屈辱，獄卒經常毆打他們，甚至向他們開槍。」作者又有次透露了政治犯的反抗、越獄以及許多流血事件，更慘的是囚犯自相殘殺的情形。有些囚犯陷於絕望境地，不時企圖逃獄，終遭苦刑或殺害。另一些則對僞裝囚犯混在獄中監視犯人的密探恨之入骨，常伺機加以刺殺，以洩憤恨。諸如此類的內幕，就構成了這第三册的內容骨幹。

綜觀全書，我們可以窺見鐵幕內的黑幕的一斑（鐵幕內的黑幕罄竹難書，所以這本書所描述的只是一小部分）。在書中出現的，除了上述那種慘無人道的酷刑毆打、流血、殘殺外，還有無窮無盡的新仇舊恨，比史記「酷吏列傳」所描寫的官僚更陰險毒辣、更無人性的官吏醜惡嘴臉，以及當道豺狼的淫威等等。作者在書中流露了對當政者的憤慨，因此對他們作絕不過火的控訴。但他並不關心短暫人世存在的禍福，他所關心的是人性和人類永久事業的存亡。他曾蒙受不白之寃，處於極端難堪，無限悲憫之境，可是他的書也如司馬遷的賦作一様，並無悲觀的情調，反而充分激盪着他依理持智作內心鬪爭的熱情。他曾倔強地隱忍苟活，向全人類控訴，爲鐵幕人民吐氣。

儘管世俗平庸的煙幕常掩蓋人間驚天動地的變故，他卻毫不容情地揭露他對那個萬惡社會的種種黑幕，他所呼喊的，是這個社會千千萬萬受壓迫的人們的共同心聲。他敢於向操生殺大權的統治者挑戰，敢於承受一切痛苦，敢於刻骨嘲諷無惡不作的當政者。他說，他要反虛僞、反神話、反敵視人類的思想，並「爲了我們的記憶而鬪爭——那是藝術者的工作」，因爲「一個沒有了記憶的民族，是會喪失其歷史與靈魂的」。這句話，正道出了他積多年苦心，寫成這本百萬言巨著的主因。他的文字修養和寫作能力，無疑已磨礪到無懈可擊的地步，他要以雄渾的筆調，帶着最深邃的靈魂內部掙扎的主題，使眞能在內心同情欣賞他的心靈的人們感到靈魂「顫抖」，相信世上必有有感於其苦心浩氣、奮然於百世之下者。

這本宏偉巨著，有一部分是在偸偸摸摸的情形下寫成的，寫好又要收藏起來，無從修改，所以作者爲其中有一些拙劣文字而向讀者致歉。作爲一個讀者，誰都會諒解他的。可是在諒解之餘，我們還得感佩他給我們說眞話——眞實本身就是對暴力的最有力控訴。他的書有如一柄鋒利的刀子，刺進橫暴而愚昧的統治者的心，但對讀者來說，那是一本使人感奮、堅強的書。

索忍尼辛現年六十歲，一九四一年畢業於羅斯托夫大學，二次世界大戰時曾任砲兵軍官。一九四五年因在致友人的信中抨擊史達林而被捕入獄，關進卡薩克勞動營，後在營內開始寫作。一九五三年獲釋後曾在中亞細亞敎數學、物理。一九六二年，他出版了「伊凡・丹尼蘇維奇一生中的一天」（以史達林時代的勞動營爲背景的小說），時值黑魯雪夫發動反史達林運動，此書獲得官方准于出版。一九六四年，黑魯雪夫倒臺，官方加強文學管制，索忍尼辛的新著「癌症病室」和「地獄第一層」未能獲准出版，只好偸運至西方出版，結果在世界各地轟動一時。一九七〇年，索忍尼辛獲得諾貝爾文學獎，但不敢前往斯德哥爾摩去領獎，怕的是蘇聯不讓他回國。其後他又在國外出版了第一次世界大戰爲背景的小說「一九一四年八月」，以及上述的「古拉格列島」第一、二冊。

「古拉格列島」於一九七四年在國外出版後，蘇政府以「誹謗祖國」罪名拘捕索忍尼辛，褫奪其公民權，然後將他逐至瑞士。索氏抵瑞士後，曾公開發表他在一九七三年致蘇領袖的一封信，信中警告蘇領袖放棄其工業化的政策、帝國主義及共產主義的政策，並力促恢復農村生活，實行仁慈的權力主義，容許知識分子有充分自由。

這位不畏強暴的文豪現在雖已垂垂老矣，但他仍以無限的熱情繼續寫作，相信今後還有一些顫人心弦的著作問世。但卽使「古拉格列島」將是他的最後一部著作，他亦已足令世人無限敬佩。他已爲人類文化寫下了光輝的一頁。他的書能够激盪着每一個讀者的心靈，卽以「古拉格列島」而言，其博大處雖比不上「史記」，但細膩處有過之無不及，精神血肉，無所不具，相信定能像「史記」一樣，獲得世人崇高的評價，屹然矗立於世界文史的前列而同垂不朽。

附記：本文題目取自司馬遷「報任少卿書」，原文是「恥辱者，勇之決也；立名者，行之極也」，用以表彰這位像司馬遷一樣知恥忍辱、堅忍不拔、著書立說，因而取得崇高聲名，達到行爲極則的現代文史巨擘。

（本文選自三〇六期幼獅文藝）

千古傳承話絕藝

——邱坤良的「民間戲曲散記」

李亦園

一

最近鹿港青商會舉辦第二屆全國民俗才藝展覽與競賽，再度掀起民俗藝術活動的高潮。但是參觀過這些活動的人，在欣賞藝人的技巧之餘，心裏總不免覺得傳統民間技藝確是十分沒落了，於是不禁要問，爲什麼這些極富傳統色彩的民間技藝，會走上沒落的道路呢？然而，要問民間技藝沒落的原因，應該先追問民間技藝興起的因素。

在傳統的農業社會裏，生活、信仰、工作與娛樂是混爲一體的，生活的節奏是與農業週期密切關連的，農事休閒的時間就是祭神舉行儀式的時間，而藉娛神酬神之機會才會有演戲唱曲的活動，民間戲曲藝術的興盛，可以說是這樣與宗教儀式有直接而密不可分的關係。可是在現代的社會裏，生活的節奏都因工業化、機械化而被零碎地切割了，不但年青人都爲工廠、機關上班的時間所綁住，卽使農夫們也爲松茸、水菓、蘆筍、蔬菜的外銷價格與船期弄得頭昏腦脹，不再有悠閒心情與充裕的時間來參與傳統的娛樂方式，於是逐漸習慣於現代社會把工作、休閒、娛樂嚴格分開的步調，因而現代化的娛樂方式包括電視、電影、流行歌曲等等遂逐漸普遍，而民間戲曲也就慢慢地被遺忘了。

再說傳統農村社會在時間的觀念上，一方面是「過去取向」的，也就是一種懷古、尊古甚至於戀古的情懷；另一方面則是習慣於緩慢悠閒的時間節奏。所以傳統民間戲曲無論在內容上或節拍上都是配合這種態度而存在。在內容上，民間戲劇的題材都是以古代傳說故事或歷史情節爲主，這些題材對傳統鄉民來說，實具有很大的吸引力，肯定他們心中的一些理想形象。但是對年青一輩來說，這樣的題材缺乏現代意義，不能使他們在看後產生共鳴與廻響，所以民間戲劇也就逐漸走上被遺忘的道路，至於在樂曲的節奏上，無論是配合戲劇的鼓樂，或是純樂曲的演奏，都是屬於較緩慢、悠閒的表達形式，這對於傳統鄉民來說正是非常合乎步調的，但是對年青一輩的人而言，他們都寧可接受急促而刺激的現代音樂。

從表演技巧而論，民間戲曲也正是傳統鄉民文化的產物，那種樸質無文，不崇尚刻意修飾的形式，正是鄉民文化的反映。但是這種純樸的表演技巧，在現代表演藝術千變萬化的技巧對比下，自然就顯出其無法支撐的態勢了。

至於一般民間的工藝技術，包括竹工編織、木工雕刻、刺繡玩偶、紙工陶藝等等，也大都是農村社會的產物，都是本專業化的手工藝，製作很精巧，卻是費時費工，這在時間節奏緩慢、不太講究單位時間所得報酬的社會來說，也許很能滿足所需，但是在現代講究準確時間、人工需求至急，而有大量機器產品的社會裏，這些手工藝就完全失去競爭的地位，而自然地走上沒落殘存的路。

總括而言，傳統的民間藝術，不論是戲劇樂曲，或是手工技藝，大都是鄉民社會的產品，這些產物不僅是鄉民所製造出來的外在物品，實際上也是他們心靈、觀念的表達，或許更確切地說，這是他們生活的一部份，因此這些東西不僅有其外形的存在，而且有其重要的內在意義，我想也就是因爲這一內在的意義，民間藝術才顯出其可貴之處，但是也由於這內在意義的失落，民間藝術也就隨之趨於沒落。

二

對於關心文化傳承的人，對於喜愛民族藝術的人而言，民間藝術的沒落確是一件令人惋惜的事，因此總是不斷思索，不斷實地考察，企圖提出振興民間藝術的方案。

對我個人而言，我覺得振興民俗藝術也許有二條道路，這不是兩條可供選擇的道路，而是兩種並行不悖，相輔相成的辦法。

首先應該是保存與提倡。對於那些卽將失傳的民間戲劇樂曲，例如皮影戲、傀儡戲，以及其他地方戲劇，還有各種地方樂曲的形式，例如南管北管等等，以及一些特殊的手工藝，政府機構應該主動設法予以保存，最少設法保住這些即將傳不下去的特殊技藝，這在很多珍惜自己文化傳承的國家裏，政府出大筆的錢，供養有特殊民俗技藝的人，使其免於流落失傳，是常見於各種報導的。我們目前努力提倡中華文化，要以文化的意義上代表中國，實在就該付出一大筆經費，或者配合文化中心的計畫，刻意對這些民間藝術予以保存，這應是無庸置疑而刻不容緩的事。

但是單靠政府的保存是不够的，這種保存只是一種救急的方法，其他的卻需要民間團體的提倡，假如無民間團體的配合提倡，政府的保存工作就無法持久與推廣。民間團體提倡民俗藝術活動最好的例子莫過於彰化縣鹿港鎭國際青年商會所主辦的「全國民俗才藝競賽與展覽活動」，這個活動配合民俗氣氛濃厚的端午節舉行，今年的活動是第二屆。鹿港靑商會的一批青年人很熱心、很努力地舉辦種類繁多，多采多姿的民俗藝術活動，其後果不但使鹿港居民對自己的文化傳承提高了興趣與信心，同時也吸引了不少外來的民藝愛好者的熱心支持，這對於民俗藝術的提倡提供了很好的榜樣，美中不足的是這個活動也許是由於全由年輕人來推動，所以鹿港地方握有較大經濟權力的老一輩人士就表現得不太積極，例如被認爲鹿港民俗活動中心的鹿港民俗文物館，在這一次活動中就未扮演重要角色，是很遺憾的事。不過，我相信，這一類活動只要繼續不斷舉行，終於會有更多不同成份的人參與的。

但是，單靠保存或提倡，並不能眞正達到振興民俗藝術的最終目的。因爲如我們前面所說的，很多這一類的技藝在內容、形式甚至實用上都與社會脫節了，特別是其內在的意義已經失落了，在這種與社會脫節的情況下，卽使用全力來保存提倡，所得到的結果也許只是在保存一些古董，或者套用一個常被人引用進來的日本名詞：「人間國寶」而已，而我們要振興民間文化傳承最終的目的應該不止於保存古董，所以在另一方面，也可以說是更重要的一方面，應該是發展的工作，也就是灌輸新的成份，使民間藝術無論在形式、內容以及內在的意義上都能配合現代，也只有這樣賦予現代的意義，民間藝術才能眞正起死回生，才會再度爲大眾所喜愛而普遍流行起來。

可是發展的工作卻是最難的部份，這不但要有熱忱，而且要有專門的技術與知識，只有熱忱而缺乏技術與知識，很可能把發展的道路帶上歧途，有技術與知識，而缺乏熱忱與同情，自然也不會投身於這類的工作。所以民間藝術的發展與振興實需要一批兼具熱忱與知識的藝術工作者，而本書的作者邱坤良先生正是其中的一個典型。

三

邱坤良先生來自鄉間，對鄉土民俗有無比的熱忱；他畢業於中國文化學院歷史研究所，受過嚴格的史學訓練，而後把興趣由史學轉向戲劇，師事著名的戲劇史家俞大綱教授，所以對民間戲曲的理論與實際更有很豐富的修養，這就具備了上文所說的作爲發展振興民間藝術工作者的條件，實際上，邱先生不僅是具備了條件而已，他已經開始了這一類工作。

本書第二部份第十一篇「阿伯啊，我演子弟戲給你看！」就是邱先生進行民間藝術發展推廣最明顯的寫照。邱先生領導文化學院戲劇系中國戲劇組以及部份藝術研究所的同學們，參加了臺北市歸綏街霞海城隍廟所屬靈安社子弟戲團的工作，他們一方面向上了年紀的戲老師學戲，一方面也把新的想法灌注到裏面去，希望做到逐步改良的地步。經過幾年的努力，邱先生與他的學生們曾經演出好幾次的野臺子弟戲，深得地方父老及各方面的好評，我相信這屬於北管系統的子弟戲，在邱先生與他的「子弟」們努力之下不但能有所推廣，而且會賦予更多的時代意義，更爲現代的人所喜愛，因爲邱先生以及他的「子弟們」，不但有熱忱，而且有其專門的修養與知識。

除去「阿伯啊，我演子弟戲給你看」之外，本書收錄邱先生近年來的其他十二篇作品，大部份都是記述各種地方戲曲及民俗表演藝術的文章，包括對傀儡戲、布偶戲、皮影戲布馬表演的描述、西皮福路戲曲源流的探討，許多地方戲劇藝人的訪問，以至於廟會儀式的記錄等等，文字都極爲生動而富有感情，從這些文字裏，我們不但可以看到邱先生如何以敏銳的眼光來看種種民俗藝術，並用透澈的文字來表達出來，同時我們也可以看出邱先生在觀察這些民間藝術活動時，一直都存着如何去改良發展他們的心意。

例如在「誰來學皮影戲」一篇中，他一面感嘆一位法國小姐不遠千里地來臺學皮影戲，另一面他也提出問題說：「爲什麼我們年輕一代不肯用一點精神去瞭解它，進而改良它，使它的造型更活潑，表演更生動，效果更美妙，使現代人看皮影戲能像看卡通一樣快樂，而卻又能體驗到一些民族的風格？」在另篇記述南鯤鯓童乩大會串時，他也提出制止童乩有血腥表演的行動之想法，這些都是顯示邱先生對民俗活動有他一套作爲促進與改良者的深遠看法。

我個人很高興看到邱先生這本書的出版，所以樂於爲他寫這篇序言，並寄望邱先生除去撰寫文章之外，更能實際從事發展改進民俗藝術的工作。

（本文選自邱著「民間戲曲散記」，時報文化出版公司出版）

再温一壺酒

——林清玄的「長在手上的刀」

湯碧雲

「長在手上的刀」是青年作家林清玄的第一本有關報導文學的著作，融集了一年來他在工作崗位上深入採訪寫作的結晶，即將於今年十月由時報文化出版公司付梓成册。

包括十多篇充滿對鄉土藝術生活和宗教無限關懷的這本著作，如果僅從「長在手上的刀」的字面上來看，很難對這個題目有確切的聯想，事實上，「長在手上的刀」是書中的一個篇名——一個報導筍農與竹筍的專題。然而作者卻刻意的發揮筍農手中這把挖筍刀的啟示，他說：「做爲一名自承有使命感的記者，就像是走在竹林中挖掘竹筍，找著那些土地上現出裂痕的地，看準大小和方向挖下去……。」

目前服務於時報週刊海外版的林清玄，對報導工作的體認是，找出別人不容易見到，卻眞正有價值、有意義，又即將消失的事物，用文字的呈現來肯定它，以引起大眾的關懷。

因爲職業的關係，這名素以快筆著稱的青年作家，自去年從軍中退役後，由於新聞工作的歷練，很自然的使其寫作方向趨於報導性的文學。

經常在報刊雜誌中一則小新聞得自的靈感，林清玄會立刻搜尋所有相關的資料，詳細的分析、探訪、了解後，就專程的實地深入採訪。儘管有時只是得到鄉民耆老的口述傳聞，可是所捕捉親切眞實的神韻，卻每一次都令人感動不已。就這樣一次又一次、一篇又一篇的引起人們對鄉土的感懷和惆悵。

林清玄認爲，「報導文學」是報導事實，並且提出理念；不但有客觀的描繪，更應有主觀的感情價值判斷。因此在他的每一篇文字中，都能使讀者清楚的感受到其間深厚的感情。他說：「愈艱澀的要愈感性！」

除了報導筍農生活的「長在手上的刀」外，林清玄的這本新書，尙包括描寫歌仔戲、布袋戲興衰的「弦斷有誰聽」；以電影工作者爲主題的「過河卒子」；敍述北港大拜拜的「燃香的日子」；採訪鹿港民俗才藝競賽的「再溫一壺酒」；令人懷念的美濃油紙傘的「歡迎陽光歡迎雨」；探討鹿港鎭演變的「最後的堡壘」；說明臺南安平建築動態的「歷史的古聚落區」，以及報導兩個村里對鄭成功登陸的爭執的「我們的鹿耳門」……等，十多篇發人深省的專題。它們曾經分別在中國時報、時報週刊海外版、中華日報、聯合報及現代文學發表。

由於都是探討鄉土古趣的報導，林清玄解釋，是出自個人的興趣，更是出自對鄉土眷戀的情感，他表示最重要的一點，是不忍心睜著眼看見不應該沒落的民間藝術，在我們這一代人的手中消失。

在「弦斷有誰聽」中，林清玄寫著：「有鑼鼓、有喝釆、有掌聲、有舞蹈、有歌曲的地方戲一旦消失，鄉下人的生活便會由原來已經存在的單調陷入更深沉悲哀的單調裏，往後，他們的根要生在那裏？他們要何處去確認他們的血統？他們要從那裏去體驗一個中國歷史上的子民的快樂？」

這一段話裏，充分流露出林清玄對臺灣地方戲沒落的關切和慨歎。因此在這篇報導中，他不但根據史料將臺灣地方戲的起源、內容以及形式的演變逐一介紹，再探究「歌仔戲」、「布袋戲」沒落的原因，更透過李阿福掌中的人生及陳妄腰苦旦的下場，來反映這些曾輝煌一時的戲劇，均將遭遇不可避免的未來。

不過，林清玄的每一篇文章，都非常積極的爲這些式微的藝術生命請命，呼籲社會重視，或提出建設性的途徑。例如他舉出挽救布袋戲的辦法，或有一個地方專門演布袋戲，或定期舉行布袋戲比賽。另方面對於淫靡內容的改革，他也痛下針砭。

臺灣戲劇的興衰，一向是文藝創作者以及藝術家所熱衷追求的主題，由於布袋戲和歌仔戲遍佈面很廣，收集資料不容易，並且沒有專人從事整理的工作，以致於平常所見的臺灣戲劇資料零落殘缺。

林清玄僅爲了這篇「弦斷有誰聽」，不惜花費了很多時間精力，從老一輩的戲者口中，以及有關的文獻野史一一的找出歌仔戲和布袋戲的興衰過程，經過眞誠的報導，使有心人士對臺灣戲劇的發展有更深一層的認識。江南書生曾在報刊稱譽「弦斷有誰聽」是近年來有關臺灣戲劇的歷史性著作。

在從事報導文學的過程中，林清玄很重視每一個故事的精神，從每一個主題裏，他又能發掘更多的人情風味。例如爲了採集「我們的鹿耳門」的故事，他深入臺南濱海地區，實地在兩個一百年來爲鄭成功登陸地點爭執不休並不相往來的村里，地毯式的訪問，那時使他成爲這兩個村里的調庭人，他又訪問了臺南市長蘇南成。在「我們的鹿耳門」的結論中，林清玄強調：鄭成功是大家心目中共同的民族英雄，鹿耳門也是中華民族歷史上的重地，絕非屬於任何一鄉一里；據說，這一段論說，已爲這兩個村里所接受。

「長在手上的刀」不僅是一本報導文學的創作，同時由於林清玄對於歷史精神的執着，這本書也具有不可磨滅的學術價值。

(本文選自愛書人旬刊第八三期)

我來，我見，我……

——古蒙仁的「黑色的部落」

唐文標

一、歷史在那裏？

人們什麼時候開始對歷史發生興趣呢？

——由於現存的生活已由豐足而轉爲平淡？

——由於將到的歲月竟因失義而預兆災難？

是的，人在安定時期中找到歷史，更在安定時期中感到歷史中的茫無依據……

我生之初尚無爲，
我生之後罹此百難！

歷史常是如此轉折地磨練人羣，也把人羣帶到更高更遠的境界。但人類了解歷史與其說是連續式的，卻不如說是一層疊上一層的。歷史不是一個朝代接另一個朝代，一個正統接另一個正統，歷史的發展是有階段性的。譬如在一個長長的農業開發時代，在中國境內嬗遞着各種變形，然而這畢竟會有一個盡頭，中國境內的農業文明到了兩宋已大爲成熟，到了明、清已是非變不可的時代了。

走完了某個歷史階段的大平原後，它明確地需要突破的一代，領導歷史轉進新的平原。但這個突破從那裏出發呢？新的平原又從那片地方開始？例如：工業革命可以在蘇格蘭的放羊童子身上看到，例如法國大革命可以在巴士底牢獄不平的囚犯中喊出？「歷史在那裏？」是的，每一代人都在發掘這個問題，每一代都在追尋着新的歷史方向！

「歷史在那裏」？我們也喊出這句話！三十年來的戰後和平，經濟發展已到了一個尖峯，又一個尖峯。在「大有爲政府」的號召之下，我們也要向歷史詢問，我們是在一個平原之中，而我們新的突破又在那裏？譬如說，三十年戰後和平，我們處身在一個「太平時代」裏，這樣長成的今日青年……

四十年來家國，三千里地山河，鳳闕龍樓連霄漢，玉樹瓊枝作煙蘿，幾曾識干戈！

在太平盛世中成長的年輕的靈魂，他們在想什麼呢？他們的世界又是什麼？

卽使我們的歷史還沒有準備着完美和接受，年輕的一代已替他們要碰到的未來在找方向了。

眞的，如果我們能用力的回看，新新的中國必然從過去的城牆上升起它的旗幟。近五年許多年輕一代，投身社會，參與新聞界，大眾傳播，甚至職業報導文學的工作，我們很欣喜看到他們挺身而起，大聲說話，已有很好的效果。

例如劉本炎先生等對公共建設，邱秀文、程榕甯等對文教上的訪問。我們更高興見到民間的各種「廣求民隱」的報導，遠的如對各大洲的實況記錄，如故李雙澤先生對西班牙和菲律賓有關風土、人情、歷史、教育的報導文學，（收到他遺作集，「再見，上國」）就在我們臺灣的，如朱明對農村，羅業勤對女工，或李利國的「紅毛城」等等。報導文學已在這塊自由土地上爭妍開花了。這樣子，古蒙仁先生的選擇是深具歷史意義的，他的成果如今集在一本書上，也是一件喜事。

他爲什麼要選擇「報導文學」呢？

二、報導文學報導什麼呢？

我們期待的報導文學應該說什麼呢？

說自己的話，說廣大民眾口裏心裏眼裏所要表示的，說「天視自我民視，天聽自我民聽」的話，說出這個社會的現狀，隱慮和希望吧！

也許我們可以向歷史學習吧！

在我國古代文獻中，其實有不少是頗具有報導文學的味道的，例如歷代的童謠或民歌。『風土記』內第一篇類似的報導文學，帝堯之世時的『擊壤歌』。

吾日出而作，日入而息，鑿井而飲，耕田而食，帝何德於我哉！

這篇歌謠報導了當時的洪荒既闢，一般老百姓只要求自食其力的民間景象，其實在農業文明中，民眾多的是希求「既耕亦以種，時來讀我書。」的與世無爭，得享天年，而世界也不擾亂其生理這種心情吧！

詩經作者是誰，暫不必論。但孔子刪定詩經，也具備了今日報導文學工作者的心情。因爲詩經中的國風，本來就滿有西漢時『韓詩』裏的：

饑者歌食，勞者歌事。

那種內容，但在古代，大眾傳播並不發達，所以執政者便有「陳詩觀風」，要藉詩來知道民間的苦樂。『國語：周語』記載：

「爲民者宣之使言，故天子聽政，使公卿至於列士獻詩。」

『禮記：王制』也有同類的敍述：

「天子五年一巡守，命太師陳詩以觀民風。」

孔穎達『正義』云：「乃命其方諸侯大師，是掌樂之官，各陳其國風之詩，以觀其政令之善惡。」這就是報導文學的一種原型，在古代文字知識未能散及一般民家，民間會利用街談巷語，詩歌童謠來傳達社會上的現實情景；有時，執政者也因此而了解他們諷刺的要旨。中國最著名的「采詩」，可能正是此類「報導文學」因需要而發展出來的。後人懷疑是漢儒的理想主義所創造，但也看出古人一種態度，和對某種民間和當政者溝通的需求了。

『漢書：藝文志』有云：

故古有采詩之官，王者所以觀風俗，知得失，自考正也。

這種采詩的方法『漢書：食貨志』上記載得很爲詳細，頗近今日的報導文學，只是讀者如今是普遍的民眾，而傳遞的方法也倚賴更爲有效的大眾傳播工具而已。

多，民旣入……男女有不得其所者，因相與歌詠，各言其傷。……孟春之月，羣居者將散，行人振木鐸徇于路以采詩，獻之大師，比其音律，以聞於天子。故曰王者不窺牖戶而知天下。

『藝文志』另有一段，說如左傳裏的「城者謳」，「輿人誦」那類民間徒歌童謠，不在這類采詩之列，因爲另有一種采集歌謠的制度。

自孝武立樂府而采歌謠，於是有代趙之謳，秦楚之風，皆感於哀樂，緣事而發，亦可以觀風俗，知薄厚也。

我們總結來說，由於古代大眾傳播不發達，當政者與民眾間的溝通聯繫，全由文人士大夫間的一些文章作爲橋樑，這些文章常就是今日報導文學的初型了。相傳爲孔門高弟子夏所寫的『詩大序』中有一段話：

至於王道衰，禮義廢，政教失，國異政，家殊俗，而變風變雅作矣。國史明乎得失之迹，傷人倫，哀刑政之苛，吟咏情性以風其上，達於事變而懷其舊俗者也。

也許該是一種標準，在我們忍不住一定要問，報導文學是爲了什麼？要報導什麼？怎樣報導的時候，我們想到其實它也是一種社會的歷史，反映了民間現實的忠實記載，它是橫切面式的呈現人民的希望，但也全面的向世界作透視。這裏發生的歷史常也是人類的歷史。

於是，我們再說，古先生選擇和寫出來的報導文學正代表了歷史的一部分了。

但他要說什麼呢？

三、「黑色的部落」

工業革命把人類促進到一個快速合併的社會，但它合併的過程中，工業未開枝散葉，人類必需分工合作，發展專業技術，造成了一種「疏離」的現象。英人斯諾（C D Snow）曾慨言人類生活的兩種文化特性：一是自然科學所培養的人，必然以這種客觀存在的意念來觀看世界；另一個是人文科學所教育的人，他們將根基歷史發展，人羣聚居的社會關係，和對世界的羣體希望來工作。這兩種文化是否永遠分歧，而不能合爲一體呢？

從方法論上看，報導文學固然繼承了一種優良傳統：民眾在歷史發展過程中要參與世界，要掌握世界的知識。用精密的科學方法，採集資料，仔細分析事實，體察客觀現實，和運用經濟學、社會學、歷史學……上對世界的透視，通過文學家的敏感度，報導本國，也是放眼看世界！這一個偉大的時代，這一塊美麗的土地，這一羣努力的人，怎樣生、怎樣活、怎樣思想、怎樣堅持他們的理想下去，未來又怎樣產生？

這是不是報導文學的面貌呢？

古蒙仁的選擇

古蒙仁先生也走上這條路了，三年前他念書時，可能還只夢想着「狩獵圖」，在小說中打天地。今日他或仍保持他的小說之筆，可是卻會上窮碧落下黃泉，到處「探討民隱」了。

在這本新作中，他的報導文學也是多彩多姿的，有地理上的懷舊和旅遊，如『鼻頭角』；有風俗上的悼念和實錄，如燒「王爺船」；有臺灣發展史所遺留的「鬼鎭」今日，也有深山野林中我們同胞的辛酸歷史。這一切，還有今日臺灣社會上的橫切面，例如某些行業的特寫。確實，這是一種方向，通過這些報導，我們了解許多臺灣民眾的生活實況，在某一點看來，精神上和認識上，我們因報導文學而連結起來了。

山地的問題

讀者們應有他們獨立自主的見解。對這一類頗爲辛勞的發掘工作，毋寧應是值得所有人讚賞的。我在閱讀之後的學習，一方面是對社會進一步的了解，另一方面在詢問祖宗們遺留下的老問題：

「歷史在那裏？」

讀完了「黑色的部落」就有這種感覺了。

居住在封閉的，還是利用原始的步行交通工具的泰雅族同胞，在今日臺北人的繁榮夢裏，簡直是不可想像。實在想像不到，就只有幾百年吧，平地人的大量湧到，使他們放棄了易於耕種覓食和發展的地方，到山地和野獸爭生存機會。加上貧瘠的土地，欠缺的水源，消耗體力的高山空氣和跋涉，造成了農業困難的先史時代的經濟社會。他們連維持生活，乃至傳宗接代這個人類的死結難題，都是極爲不易解決，還談什麼發展，和我們口中所說的創造「文化」呢？（姑且以我們今日世界的文化爲標準吧！）

這個部落生活在如此貧乏的境地，得到古蒙仁先生把它向外界報導出來，使熟悉了任何一個女明星的尺碼，任何一個好萊塢男角的離婚史，或美國某某名勝，某某大鎭等等的我們，慚愧地把頭抬望自己的鄉土。怎麼有人不愛自己的土地而去暗戀他人的田園呢？這是個時候了，我們不要再只熟讀美國的華盛頓，而忘記了自己的國恥；只記得了法國香水，而不知道法國兵登陸淡水的侵略吧！呵呵，不是爲了仇恨，而不過是忘記了歷史和鄉土的方位的人，必然找不到走向罷了。

同時，我卻也有一些觀感，想向古先生和讀者請教。

文章中一再提到泰雅族嗜酒的陋習，甚至指摘這種習性，把血汗錢一夜喝光。可是，在一個貧窮而無發展可能的社會，我們能多作要求嗎？山地同胞可能連一點非勞苦工作外的娛樂或生活享受都沒有，那麼，喝一點酒吧！對一個連「機會」都不給他的人，我們應作什麼樣子的自責呢？例如說，山地上的生產農業問題，文中頗有意見的指摘山胞們的工作態度，如說「一向疏懶的泰雅人」，或「實際工作的時間不多」。我想更多問題是山地能否開墾發展農業的問題，事倍功半，極端辛勞的努力也不能有更好的收成，或會造成了山胞們後天的命定論，消極的會有得過且過的態度。問題不在減少酗酒，而是如何讓他們了解到生命有希望，他們可以在土地上——（不必在山地吧！）——生產出糧食的。長長的歷史悲劇，一直打擊他們的上進心，減低他們溫飽和發展的機會，確實，平地人是應向山胞們道歉的呢！

可悲哀的是，事實並不如此，少數平地商人跑到山地村莊附近，用賤價收買，或利用酗酒習慣來騙取他們的生產品，或積蓄。更甚的利用高利貸，或包產方式，來使他們陷入長期經濟恐慌的地步。還有一些包商，他們壟斷了山地土產的推銷工作，不管外面市價如何，仍然依多年前香菇、竹筍、香草等價格買進。最近中部山地就有這類事件發生，一些由平地念書回鄉生產工作的青年，很想組織一個互助會，來運銷他們的辛勞產品。可是，包商得悉，立即聯結臺中、彰化、嘉義等地的廠商，不買他們直接出售的貨品，一定要通過中間剝削的包商經營，於是，山地貧乏的經濟，硬生生的困阻在幾個貪財無德的中間包商手中了。

對於山地同胞，我們要求的不是廉價的同情而已，而是切實的了解他們的處境，和他們在一起。古先生許多報導無疑很多新聞性。但也有可議的；例如說「山地兒童的智力較平地兒童為低」，這句話說錯了。不知道我們對狩獵，對山地知識，對野獸求生能力，甚至在山地活動……這些智力是否仍比山地兒童爲低呢？我們強求山地兒童學習一些他們環境沒有的，長輩和歷史上不了解的東西，怎能希望他們一日間便了解他們言語上、風俗上、應用上……完全沾不上邊的事物呢？這完全是兩個不同的文化體系；依此來比較智力是很危險的。再說，人的智力發展和他的生長過程有關的。醫學證明，兒童時期如缺乏某些營養素，會影響他的腦力發達，造成白痴或低智能的兒童。更何況許多平地人的優越感，更每每心理上先打擊了那些山地人呢！

山地同胞究竟怎樣想平地人呢？也許最好的報導，應先有一顆山地人的心，站在山地人的立場上，描繪山地的歷史，處境和未來的希望。「歷史在那裏？」

「歷史」？可能也在摩托車騎士的手上，或西港燒王爺船的進香客的嘴裏？古先生已跨出一步，人類的一大步，共同爲團結和互相了解！但這條路還可以走得深一點，遠一點！進香客的希望在那裏？恐怕不是懷舊，念古或迷信，而是一個更公平更能使人快樂地活下去的社會吧！送貨員所希望也許如此？「飛車生涯」一文中似乎多說了一點。在送貨員心中，飛車只不過多爭幾分鐘，可以休息，或多賺幾個錢來養家而已。不斷的飛馳事實上是一種負擔，他也無從考慮到將來自己做老板會如何。社會的壓力已把他壓在車輪下了，有多少個飛車騎士出現，才有一個鉅子大亨呢？何況低收入者，經濟困難、營養不良、睡眠不足、知識不够、家庭負擔……他的前途在那裏呢？一次車禍，一場病，或任何小小災難，都使他不能翻身，更何況他也全無保障自己的能力。那麼，古先生的「飛車生涯」續集應在那裏寫呢？可能不在高速公路，而是當車子轉入崎嶇不平的黑暗小巷子裏吧！寫他的每日生活，寫他下班後的疲乏和跼促，更通過它寫出這個社會的形象，他的眞正希望在那裏呢？

古先生已走出了一步，我們期望他永遠爲理想而奮鬪。

（本文選自古著「黑色的部落」一書，時報文化出版公司出版）

歷史的激情與理解

——李利國的「紅毛城遺事」

楊克明

李利國寫了二本有關報導文學的書（近聞又有第三本付梓），交給長河出版社出版。比較起來，「從異域到臺灣」這本書就顯得草率多了，通書以剪報資料爲主，而且集中在游擊英雄剛抵臺那段時間的新聞報導，至於近年來異域英雄在臺灣的種種生活描述，只有一、兩篇訪問點綴，在態度上顯然不够嚴謹，這也是很遺憾的一點。

報導文學是近世紀來崛起的新文學體，非虛構性的題材使讀者產生貼切的感受，不管是人、事、時、地、物，都似觸手可及的眞實事物，很容易引起讀者訴求感的共鳴。從「冷血」開始，報導文學就異軍突起，受到一般愛書人的重視。

最近，兩大報以推出「報導文學專輯」爭睬走告，激起文壇一陣討論的熱潮。尤其報導特色又集中在鄉土民俗等熱門的焦點上，這股風潮更顯得精彩而有許多可取之處。

李利國另一本書——「紅毛城遺事」，在報導文學領域上是頗受重視的一部。他成功的激起了鄉土感情的激情，除了鄉愁，本書很具體的帶我們去接觸你我都感興趣的歷史問題，國際情勢如此詭譎，此書的發表提供國人一個值得深思的課題，該書部份文章在仙人掌雜誌刊登時就引人側目，社會大眾似乎非常關心這個問題，這是李利國編寫本書成功之處。

作者就讀於淡江文理學院，對淡水有吾鄉吾土的民族情感。紅毛城，在中國的土地上，卻由英國人委託美國人代管，這是怎麼回事？紅毛城的歷史與主權問題就成了作者的「歷史的悲憤」，他不期然的染上「歷史癖」，在序裏，李利國說「也許因為我是個學歷史的，在早年時代就始終覺得歷史是一股推動、督導自己面對現實挑戰和為中國未來尋找方向的力量，這個信念日漸加強，我想，我會願意永遠的扮演這樣的一個角色。」

全書分兩輯（紅毛城的歷史故事和紅毛城的未來道路）和一附錄（帝國主義的覬覦和臺灣同胞的抗禦）。

在第一輯中，作者很感性的寫出一段帝國主義者的侵略歷史，「遺忘，似乎是這一代的特色。」李利國憤然激動的意識促使他廣求資料，旁徵博引，寫下如此可悲可泣的史實。第二輯是本書的精華，很理性的討論「代管」的法理根據，尤其是訪問政大外交研究所王人傑教授和幾篇精心設計的訪問，使讀者有多角度的認識，在誘導進入問題的核心上，非常成功。在本輯中，也提出了幾個解決事端的不同看法，涉及層面的廣泛也是值得推許的。附錄所輯的幾篇歷史環境的研討，更有助於背景的說明。另外，孫嘉陽、李偉珉的攝影，強有力且直接的暴露出濃厚的鄉土情感，頗收牡丹綠葉的效果。

但是本書也有幾個缺點，值得提出來討論。

首先是替紅毛城正身的問題。該書三十二頁，記載著西班牙人在一六二八年建「聖多明我」城，即我們俗稱的紅毛城。九十三頁卻說是一六二九年建造。作者自己在九十九頁的報導是「……傳說係十七世紀中葉荷蘭人所建造……」，二十頁裏又引述臺灣通史的記載，「（崇禎）二年，西人復入淡水，築羅岷古城，爲犄角，駐領事，稱爲聖·多名各城。……」之句，前後有所抵觸，固然「紅毛城遺事」，以編著的手法撰寫，出自不同人的手稿，但是既然是以歷史問題爲研究焦點，又涉及考據的爭論，自不能有所疏忽。

其次，筆者以爲如果本書欲臻完整的話，應設法取得英、美政府反面的看法，即使是取材自以往報刊書誌（實際採訪不易獲得回響），也是值得考慮的。當然小疵不掩大成，這點意見無非是責全之意。

民族情感的激情，加上理性態度的探討，是我個人對類似此書的報導文學著作的期許。「只要我們還肯懷抱關切的心情，我們的人生觀大致就不易太浪漫太孤立。只要我們有信心（我們可以在淡水居民辛苦生活中看到信心），我們也就有理由相信明天會比今天更好，至少，我們在他們身上看到了這個事實。」

李利國感喟的說：「這一代如果不要愧對歷史，我們要更努力。」是啊！染上「歷史癖」有什麼不好?!

(本文選自愛書人旬刊第七七期)

我看臺灣「新生代」

——陳銘磻的「賣血人」

胡菊人

一、「飛簷走壁」的新生代

兩年前驟聽「新生代」這個詞兒，聯想到考古學、地質學的物事，腦中現出了乳齒象、恐龍化石的影子，到了臺北，纔知是今日年輕人的稱謂，究竟臺灣新生代是啥樣子，一時卻又摸不着頭腦。

去年十月初，有天晚上，孟絕子、張曼濤把我帶到了華西街吃小攤子，要我嚐嚐臺北市的夜生活。一到街口整個人就樂了，叫賣聲、喧笑聲、燈光火亮、你擠我推、滿眼食物，我們進了一爿小店坐下，一堂十來張枱子，三四十位客人擠得滿滿的，祇一個小伙計在打點，只見他忙得沒頭蒼蠅似地，脚下兜兜亂轉，頭顱卻左打右擺像個螺陀，眞個是眼觀八面，耳聽四方。客人鬧哄哄，他招呼了前枱後枱的又呼喝了，雙手堆架着四五盤菜，到處是喊他的聲音：小弟，來半斤花雕。小弟，來個殺死米。喂，老半天，我們的湯怎沒來。伙計，看帳！我有點爲他難過，又羨慕他的年青力壯，難爲他老是陪着笑面，有呼必應，還一個勁的賠不是。孟、張二位見怪不怪，我卻一時看獃了，張曼濤說：這就是我們的「新生代」。

這是我第一次目驗所謂「新生代」的形象，但是新生代就是年紀輕、有禮貌、有活力、能耐勞、朝氣蓬勃的意思嗎？

另一次瞻仰到新生代，是在余紀忠先生的招待會上，那天來了三四十人，都是年輕的作家、藝術家，小說獎、報導文學獎的得獎者幾乎都到齊了。高信疆兄給我介紹了好幾位，因爲人多，無法一一深談。寫臺灣書院建築的王鎭華，高高個子，聊了一會，有一秒鐘光景他笑容綻開，我至今印象記憶尤新。因爲我們談到了儒家和孔子，他問我大陸上是不是仍在反孔，我答我最近讀到光明日報上一篇文章，對孔子說要一分爲二來看，雖然承認他是大敎育家，也有站到人民當中爲人民說話的時候，他一聽到這句話，連說「那還好！還好！」笑容滿面，頓時像烏雲冒現光采，樣子非常眞誠，是發自心底的喜悅。接着我們又談到無論如何唯物共產主義是絕不會肯定儒家哲學的。我很喜歡他那一笑，表明他的追求近乎一種信仰、一種切心刻骨的對中華民族「正統文化思想」的關切。我在香港及海外二十多年來接觸到的青少年不可謂不少，可從沒有見過因爲關心中國文化的安危有如此率眞笑容的。

這也是臺灣新生代的另一種樣貌嗎？

寫「祈教授」的楊宏義，我和他也談了好一會。「祈教授」得了聯合報的小說獎，「風箏」也奪得中國時報的小說獎，同時得到兩獎，可見是爲人重視的作家。我也寫過一萬字來評析「祈教授」，在香港到處推薦給年青作者看。他是學醫的，小說卻寫的這樣好。他說他希望多了解外面的世界，特別是大陸共產社會的眞相。爲人沉穩厚重，不亢不卑，禮貌與親切都恰到好處，沒有一般年輕人的輕淺莽撞，說話似乎經過深思熟慮，怪不得他的「祈教授」表現的思想如此深沉。這樣樸實而深思的青年人，又是「新生代」的樣貌之一嗎？

我又見到古蒙仁，他以「黑色的部落」獲報導文學獎。是時他已在中國時報當「實習記者」，我九月三十日晚上剛落飛機到時報大厦報到後就見過他。他剪着平頭，身體結實壯碩，像頭小牛，足上登了運動鞋，樓上樓下到處跑，接受工作任務，答話如士兵之在戰場向長官報告，又快、又準、又短。但見他行踪飄忽，像那飯館小弟，一會兒出現一忽又不見了，別看他如此粗壯，上下樓倒像是騰雲駕霧、飛簷走壁似的，我內心不覺讚嘆，臺灣青年又怎樣充滿了活力啊！

陳銘磻在招待會上祇是握了一下手，沒有機會談話。後來他要我爲他的新書作序，我對他的作品和他編輯的刊物本讀了不少。散文集「石坊里的故事」、報導文學「賣血人」、「最後一把番刀」、「鷹架上的夕陽」、「愛書人」旬刊，都讀了，對他有多點了解。他，又是「新生代」的另一個典型嗎？

二、林懷民有了「孫兒」？

我讀了其他不少鄉土文學、報導文學的佳作，這麼多年輕作者，一年換一批新面孔，我記得有次我向朋友發問：就小說家的林懷民而言，從六〇年代算起，他是屬於第幾代？這個問題其實在任何社會都不必問的，他這麼年輕，當然是青年的一代。但在臺灣，卻未必適用，他儘管年輕，卻顯然不屬於「新生代」也不是數上去那一代，他可能算是第二代吧，如果，把白先勇、陳映眞他們算是第一代的話。像林懷民兄這樣年青，也已有一二代後起之秀，有了「孫兒」了，這充份證明臺灣的文學創作，江山代有才人出，俗語形容人才眾多說是「人才輩出」，一輩輩地羣星乍現，而「一輩」僅是一年二年不是二三十年，這是一個極可寶貴的現象。

這「新生代」是最可注意的一代。我常自問：臺灣今日的青年，與香港和海外，有什麼分別呢？與中國大陸，又有什麼不同呢？這些青年，在中華民族的歷史列車前進道路上，有什麼特別的意義？

從七〇年代勃興的鄉土文學及報導文學，我們可看出一些端倪。五十年代的那種無「自信心靈「封閉」的現象，六〇年代從思想到文學競相西化，所謂「橫的移植」，都已爲新生代的年輕作者一掃而空。過去那些年代裏，青年的心境：「自我放逐」「自我疏離」以至於犬儒色彩也不再在今日「新生代」身上探得出任何踪影。那些年代，不少知識青年若非崇美，便是崇日、崇法、崇一切外洋，對自己所處的社會很少正視，對自己民族的歷史文化，也沒有熱切的追尋與肯定。陳映眞的小說「唐倩的喜劇」，對邏輯實徵論和存在主義的模倣者，諷刺入木三分，哲學上如此，文學上的各種「主義」的抄襲（尤其是「現代詩」），其中某種「醜態」確是會讓今日的「新生代」爲之冷齒的，當然「西化」的階段並非沒有過積極作用，但負面作用確爲不少，而對中國傳統對自己身處時空熟視無睹，是它的致死之疾。

三、新生代的路標

「新生代」的文學作品——鄉土文學和報導文學，爲我們標示了今日青年一代的幾個方向：

一、正視現實，關心社會。就以陳銘磻收在這本集子裏的文章來看，被血牛剝削的「賣血人」，在建築業發皇期轉型的青年工人、高山族在現代化社會中的變遷，充份表現了新生代作家對這個社會的愛心與關切感。我們在五〇年代和六〇年代，能在他們於十字路口徬徨的心境中，找得到這個路標嗎？

二、回顧傳統，尋根探源。像王鎭華之追尋書院建築，從而發現中國建築藝術的美感和人生哲學的意義，以及中國古代的教育方式，是追溯到二三千年的根源了。同樣中國時報去年好些篇關於山地同胞的報導文學作品，不同於一般大學研究院，民俗學研究所的調查報告，乃是由於寫作者懷着對這些同胞無限的同情與愛慕，對逝去的風俗習慣有兒子對母親那般的緬懷，並且也試着去表現、去了解山地同胞現在的困境。與兩相疏離的學者式純知識探求，冷冰冰的爲求學位與榮譽的學術報告，是截然不同的兩回事。

三、展望將來，力求變革。他們關切現在回顧過去，其實都爲了將來。卽使近年來臺灣遭到各種外交橫逆，但這「新生代」卻是雄心萬丈，對將來抱着樂觀的希望。鄉土文學不是表現了各種農、工、漁、商的問題嗎？其中許多不平鳴，不必當爲是「不滿現狀」，而應視爲這些年輕作家抱着堅強的信念，臺灣必能比現在改變得更好，亦應看作是「新生代」與這個社會休戚相關，有團聚力有向心力的好現象。如果他們對社會不聞不問，那纔眞是可憂慮的事。

四、承擔與創造。「新生代」文學上的表現既如上述，新作家又人才輩出（還應該加上近年來之民歌運動、新舞蹈運動等等），在在表現出他們對歷史負責任、對社會負責任、對中華民族、對臺灣本土的歷史文化，亟思有所繼承和開創。在全世界大多數青年普遍患「歷史文化疏離症」、患「國族社會疏離症」的今天，這是極之難能可貴的。

四、新生代在全民族歷史中的意義

如果我們站到一個較高的位置，俯瞰全中華民族當前的歷史軌道，臺灣的「新生代」，有什麼意義呢？我不止一次對朋友說，臺灣當前的年輕一代，是全民族當中最可貴的。這因爲中國大陸經過十多年的大破壞，與臺灣「新生代」同年齡的年輕人，二十多至三十多的一代，是空白的一代。沒能受到正軌的中學和大學教育，缺乏必須的一般知識，更不必說是專業訓練了。這兩個不同政體下成長的一代，在他們中學和大學的時代，一個是大破壞大動亂，另一個卻是大發展、大建設。由於文革推行盲目愚忠和狂熱鬪爭以及提倡讀書無用論和知識的封閉，青年在心靈上也受到毛澤東重大的摧殘，最近的「傷痕文學」劉心武的短篇小說表現了這種病態，這一代豈僅無知識而已，他們普遍有三種壞傾向。一種可稱爲「逍遙派」，與一切關係疏離，祇顧自己，工作不帶勁，視人生無價値，自知受了毛澤東的欺騙因而對一切懷疑，獨善其身的彈彈吉他，喝喝酒，交交女朋友，對身外事提不起任何興趣。這種人相當多。另一派可稱爲「流氓派」，聚眾鬧事、街頭打架、偸盜騙搶，這種阿飛流氓青年的形成，也是拜毛澤東文化大革命之賜。另一派則患了「文革後遺症」，他們心理仍殘留着文革時那種「狂熱、盲目、排他性、鬪爭性」，把文化、知識、科學視爲「毒草」。這三種人是大陸青年相當典型的寫照。爲數不少。（參看劉心武「班主任」「醒來吧，弟弟」等短篇小說）

每當在香港與新近自大陸來港的年青人見面和談話，通常的情形他們都會閃爍其詞，神秘其態。很少講眞話，很多廻避問題，政治上多年的壓制與鬪爭，使他們不能坦誠地和人交往，暢所欲言。也很少能有系統地從說理來討論問題，知識上的封閉使他們缺乏自信，又因爲十多年殘酷鬪爭、朝令夕改，他們好些已不相信任何「崇高理想」，祇講「實際利益」和「金錢」。面對這種情形，我心裏有無限的悲哀，畢竟政治的不平衡可以帶來人性的不平衡，社會的不正常亦會使人性不正常。

在文革這段時期，臺灣卻進行十項大建設，對外貿易與經濟生產大幅度增加，開始步向現代化繁榮富裕的大門。新生代在此階段成年。像陳銘磻，童年生於貧窮和憂患，一步步的掙扎，新生代即使絕非每一個人都有貧窮的童年，但與今天十六七歲以下的少年兒童相比，他們大多數了解五〇年代全社會的艱苦與掙扎、六〇年代的奮鬥和開拓，他們知道七〇年代的繁榮和成就得來不易。這就形成他們進取、開創、不忘本、關切於現在、兢兢於將來的特性。我很懷疑十來年後長大成人的下一代，會有今天「新生代」那樣的品質。

像陳銘磻以及大多數新生代青年，他們的童年是「收音機的一代」，他和姊弟躲在閣樓聽電臺廣播是唯一的娛樂。今日的兒童卻是「電視機的一代」，這不光顯示貧富的差距，不光是這一代兒童一出世就享受經濟繁榮成果。祇就「聽廣播」和「看電視」兩種傳播的效能言，兩代很可能就形成不同的品性。據我在港的體驗，電視一代兒童大部份戴近視眼鏡僅是外在影響，內在的如不喜歡讀課外書籍，因而中文或英文的作文程度大低落，所識詞彙愈來愈少，所錯詞字愈來愈多。意志力無法集中，少能定下心專注閱讀半個鐘頭的書。缺乏思考力、想像力。這都因為他們看電視太多。自少從眼睛看畫面形象，而非通過腦的活動來現形象。電視不讓人思考，不讓腦子活動，不像讀書是藉文字、通過腦子而現形象，也不像廣播，通過語言而受感染。是以，如果將來的一代，極少產生像今天的「新生代」那樣的年青作家，再不會在寫作上人才輩出，並不是杞人之憂。

陳銘磻以及上面提到的那些名字，都是我比較熟悉的「新生代」，我也認識一些工商界的「新生代」，他們一樣是活力充沛、思想敏捷、關心社會、識見廣博。儘管是做生意，也注意到文化文學的發展。

也許有人說我祇看到美好的一面，也許有人認爲我以偏概全，也許有人批評我未經過科學的抽樣調查作出浮泛淺易的評斷。這些我都承認。不過我仍認爲，就大陸青年相比，就香港、東南亞和美洲的華人青年相比，臺灣「新生代」仍然是出類拔萃的。

世界上任何一個政府，若有這樣的一代精英，都將感到可貴和驕傲，都將會盡力爲他們提供更多的機會，更好的環境，讓他們能盡情發展他們的才能和抱負。那不僅是臺灣一省的福祉也是全中華民族的福祉，在中華民族的歷史列車前進途中，這臺灣「新生代」將能作出什麼重大的成就和貢獻呢？

（本文選自陳著「賣血人」一書，遠流出版社出版）

部落的徬徨

——陳銘磻的「部落・斯卡也答」

山契

這是一本關於山地青年奮鬥生活和心路歷程的書。作者所想表達的是：「……最重要的，還是希望平地人能夠認識這一羣有志在平地創一番事業和學習新的文明帶回山上的山地青年的掙扎與奮鬥。」

臺灣的山地同胞，佔著目前總人口百分之二的比率，在血緣上也與我們息息相關，這羣臺島的先住民，就和美國的印第安人類似，有一頁辛酸的歷史。正當美國印第安人爲傷膝鎮事件翻案，以及黑人的尋「根」熱中，「部落，斯卡也答」也可以說是臺灣現階段山地研究的一個新註脚——文學地。

本書的表現雖然是小說筆法，但是它的骨髓卻緣自一個眞實的故事，「我透過他們幾位的表白，眞人眞事的報導新一代的山地青年，對山地本身生活的態度，對平地極具誘惑的物質文明的看法。」作者六年前曾在新竹山地部落做過山地服務，書中的角色都是他曾接觸過經驗過，活生生的造型。

關於本書

「斯卡也答」是一句山地話，意思是「再見」，「部落，斯卡也答」是描述一位山地青年依尼離開山地，到都市奮鬪的過程。

故事從依尼參加國中畢業典禮，走山路回家開始，他面臨了生活與求學，平地與山地之衝突。

「我很矛盾，當想到自己身上流著一半山地人的血液時，常會一個人跑到四部落的河谷大叫或哭泣。

爲什麼我是一個山地人呢？

難道是我厭倦那種無意義的單調生活方式？還是因爲山地人在平地人的眼光中是落伍、沒知識、髒、容易欺騙的人呢？」

依尼有一半的山地血統，他的「雅雅」（母親）是山地女人，父親是河南人。

回家卻驚異的發現雅雅與國小的尹主任有姦情，他一面羞愧的以那個山地女人爲恥，另一方面又替自己在礦山工作的父親抱不平，無奈的他決定離家出走，去他好朋友佳汶的山上小茅屋小住，一同砍竹子過活。

藏了一段時日，他決定回家去看他的「雅爸」，沒想到挨了雅雅的一頓打，而他雅爸一動也不動的看著這幕發展，於是他決定自己掌握自己的方向。依尼想：「對可憐的父親，我不再有任何的渴求和奢望，他能够給我的，祇是賜給我一個戶口名簿上面的名字。我已經對他失去了信心，以及那股盼望他允諾我升學的衝動。」

他又回去與佳汶同住，這時師大的山地服務團闖進了部落生活圈。有一天，依尼接到佳汶的噩耗，他在五部落的斷崖墜崖身亡，他在極度的悲傷中決意到平地去闖蕩。

到臺北，在洗車店碰到心理變態的同事，之後又到一家勞力剝削的工廠混日子，生活不如意，卻碰到以眞誠的心相處，以深切的感情建立友誼的幾位平地朋友。依尼想開了，「誠然，無論日子是怎樣的灰黯，我總是要過的。」

流落臺北街頭的當兒，又接到雅爸因礦坑災變去世的消息，他趕回部落料理後事，把僅有的家當給了那貪心的山地女人，隻身到臺南討生活，染上了賭博和酗酒的惡習，得到咯血的肺病，丟了工作，依尼感到前途一片茫然，打了一張往高雄的直達車票，繼續面對生活的挑戰。

——我必須要認淸，不論命運對我是怎樣的折磨，我需要面對現實，跟橫在眼前的生活問題挑戰，一直到我生命結束的一刻，才不愧爲一個英勇的山地人。

二點闡述

本書把山地青年的心態剖析得很清楚，對山地人在平地的遭遇也有人道的描述，我們不但看到依尼的奮鬪，也知道流落煙花的山地女子的淪落，更有平地人好的、壞的不同型態的表現。

但是就一部討論山地的書而言，有下列二點是闡述得很著力的地方：山地青年卑微的心理和山地服務團的衝擊。

山地人是臺灣的土著，在環境逼迫下走進山區，生活與學識上的差距，造成了他們濃厚的自卑感。而他們以萬沙浪、華萱萱爲榮，盲目地崇拜平地物質文明，也是起於這種卑微的意識型態，根本上對其鄉土毫無裨益。

作者透過書裏的主人翁表達這些想法：

「……他們只是日復一日地要孩子們種山林、劈木頭，他們只安於命運認定的，他們不過是山地人的無知想法，而不願放開自己，去跟更多、更複雜的人際環境搏鬪……。」

「我必須淸醒，做爲一個自許卑微的山地人，能够得到像阿凱和鄧大哥那樣友善的平地人的情誼，我難道還不滿足嗎？」

不過他也認知到兩個社會的距離是造成隔閡的主因。「往往，一些平地人以爲山地人內心的開朗和外表的含羞是一種不成對比的性向，是以，常愛藉機探測一如神秘山村的山地人的個性和生活習俗。他們豈能明白，對山地人必須付出眞誠方得眞誠。……」

這種自卑，也連帶對山地服務團產生否定的心理，在依尼的眼中，山服隊只是男孩逞表現，僅是貪圖和企求滿足他們一己的私利到山地看風光，借機玩愛情遊戲而已。

山地服務是如何著眼？是否對山地居民有負面的影響？這些問題已漸讓大家提出來討論。服務是以他人的立場爲立場，以他人的利益爲利益，不全然是「施加」的作用，而是「誘導」的昂揚。

依尼說：「我們的生活秩序原本很順當，那裏需要他們刻意的替大家安排活下去的焦點與細節。」這代表部份山地人的控訴。「山地人啊！爲什麼我們的傳統是一種矛盾的保守？爲什麼我們無心也無力將平地的文明與山地的樸實融合，建築成我們生活的堡壘？」這是他的質疑，而程老師帶來了答案，帶來了新方向：「你們的根畢竟紮在這塊泥土上，只要你能從平地帶回一些文明，像談吐、衞生和眞正的精神文明，用來改善山居的生活，這才是山地人生存的意義。」

疑問與解答

全書是以感喟、人道的筆法描寫這一段動人的故事，由於牽涉到一些活生生的人物，使得結構上顯得很主觀，第一人稱的敍述更帶來濃厚的感性筆調，但是「部落，斯卡也答」在報導文學的領域是一本成功的著作，它觸及了社會文化的瓶頸部位，帶我們去思索一些潛在的課題。

山地文化的研究必須從「通俗」方面來著手，本書做到了，但是「部」書只提出了問題，誰來提供它的解答？我引頸企盼——爲山地文化，爲土著社會。

（本文選自六七年八月份野外雜誌）

滄海叢刊已刊行書目(三)

書名	作者	類別
寫作是藝術	張秀亞	文學
孟武自選文集	薩孟武	文學
歷史圈外	朱桂	文學
小說創作論	羅盤	文學
往日旋律	幼柏	文學
現實的探索	陳銘磻編	文學
金排附	鍾延豪	文學
放鷹	吳錦發	文學
黃巢殺人八百萬	宋澤萊	文學
燈下燈	蕭蕭	文學
陽關千唱	陳煌	文學
種籽	向陽	文學
泥土的香味	彭瑞金	文學
無緣廟	陳艷秋	文學
鄉事	林清玄	文學
韓非子析論	謝雲飛	中國文學
陶淵明評論	李辰冬	中國文學
文學新論	李辰冬	中國文學
離騷九歌九章淺釋	繆天華	中國文學
累廬聲氣集	姜超嶽	中國文學
苕華詞與人間詞話述評	王宗樂	中國文學
杜甫作品繫年	李辰冬	中國文學
元曲六大家	應裕康 王忠林	中國文學
林下生涯	姜超嶽	中國文學
詩經研讀指導	裴普賢	中國文學
莊子及其文學	黃錦鋐	中國文學

滄海叢刊已刊行書目(二)

書名	作者	類別
世界局勢與中國文化	錢穆	社會
國家論	薩孟武譯	社會
紅樓夢與中國舊家庭	薩孟武	社會
財經文存	王作榮	經濟
財經時論	楊道淮	經濟
中國歷代政治得失	錢穆	政治
憲法論集	林紀東	法律
黃帝	錢穆	歷史
歷史與人物	吳相湘	歷史
歷史與文化論叢	錢穆	歷史
中國歷史精神	錢穆	史學
中國文字學	潘重規	語言
中國聲韻學	潘重規 陳紹棠	語言
文學與音律	謝雲飛	語言
還鄉夢的幻滅	賴景瑚	文學
葫蘆・再見	鄭明娳	文學
大地之歌	大地詩社	文學
青春	葉蟬貞	文學
比較文學的墾拓在臺灣	古添洪 陳慧樺	文學
從比較神話到文學	古添洪 陳慧樺	文學
牧場的情思	張媛媛	文學
萍踪憶語	賴景瑚	文學
讀書與生活	琦君	文學
中西文學關係研究	王潤華	文學
文開隨筆	糜文開	文學
知識之劍	陳鼎環	文學
野草詞	韋瀚章	文學
現代散文欣賞	鄭明娳	文學
藍天白雲集	梁容若	文學

滄海叢刊已刊行書目(一)

書名	作者	類別
中國學術思想史論叢(一)(二)(三)(四)(五)(六)(七)(八)	錢穆	國學
兩漢經學今古文平議	錢穆	國學
中西兩百位哲學家	鄔昆如 黎建球	哲學
比較哲學與文化	吳森	哲學
比較哲學與文化(二)	吳森	哲學
文化哲學講錄(一)	鄔昆如	哲學
哲學淺論	張康譯	哲學
哲學十大問題	鄔昆如	哲學
孔學漫談	余家菊	中國哲學
中庸誠的哲學	吳怡	中國哲學
哲學演講錄	吳怡	中國哲學
墨家的哲學方法	鐘友聯	中國哲學
韓非子哲學	王邦雄	中國哲學
墨家哲學	蔡仁厚	中國哲學
希臘哲學趣談	鄔昆如	西洋哲學
中世哲學趣談	鄔昆如	西洋哲學
近代哲學趣談	鄔昆如	西洋哲學
現代哲學趣談	鄔昆如	西洋哲學
佛學研究	周中一	佛學
佛學論著	周中一	佛學
禪話	周中一	佛學
公案禪語	吳怡	佛學
不疑不懼	王洪鈞	教育
文化與教育	錢穆	教育
教育叢談	上官業佑	教育
印度文化十八篇	糜文開	社會
清代科學	劉兆璸	社會